Você também estava lá

Obras da autora pelo Grupo Editorial Record publicadas

Antes de partir
Perto o bastante para tocar

Colleen Oakley

Você também estava lá

Tradução
Sarah Barreto Marques

1ª edição

BERTRAND BRASIL

Rio de Janeiro | 2022

CIP-BRASIL. CATALOGAÇÃO NA PUBLICAÇÃO
SINDICATO NACIONAL DOS EDITORES DE LIVROS, RJ

O11v   Oakley, Collen
        Você também estava lá / Collen Oakley ; tradução Sarah Barreto Marques. – 1. ed.
        – Rio de Janeiro : Bertrand, 2022.

        Tradução de: You Were There Too
        ISBN 978-65-5838-092-4

        1. Romance americano. I. Marques, Sarah Barreto. II. Título.

22-76323   CDD: 813
                            CDU: 82-31(73)

Meri Gleice Rodrigues de Souza - Bibliotecária - CRB-7/6439

Texto revisado segundo o novo Acordo Ortográfico da Língua Portuguesa.

Direitos exclusivos de publicação em língua
portuguesa somente para o Brasil adquiridos pela:
EDITORA BERTRAND BRASIL LTDA.
Rua Argentina, 171 — 3º andar — São Cristóvão
20921-380 — Rio de Janeiro — RJ
Tel.: (21) 2585-2000,
que se reserva a propriedade literária desta tradução.

Seja um leitor preferencial. Cadastre-se no site
www.record.com.br e receba informações sobre
nossos lançamentos e nossas promoções.

Atendimento e venda direta ao leitor:
sac@record.com.br

Para meu marido, Fred

DOROTHY: É engraçado, mas sinto como se já conhecesse vocês há muito tempo. Mas não seria possível, seria?

ESPANTALHO: Não vejo como. Você não estava por perto quando eu fui recheado e costurado, estava?

HOMEM DE LATA: E eu fiquei lá, enferrujando por muito, muito tempo.

DOROTHY: Ainda assim, eu queria conseguir lembrar, mas acho que isso não importa. Agora nós nos conhecemos, não é?

— *O mágico de Oz*

Prólogo

O CÉU AINDA ESTÁ AZUL.

E é nisso que não consigo acreditar. Não no fato de que, por algum motivo, eu esteja caída no chão, quando poucos minutos atrás estava de pé, firme no solo.

Ou que segundos atrás o cano de uma arma (*uma arma!*) estivesse apontado para mim (*para mim!*), como se eu estivesse num estúdio cinematográfico, e não no meio de uma multidão de desconhecidos, que zanzava para lá e para cá, alheia ao fato de que suas vidas logo estariam inextricavelmente conectadas.

Eu pisco e depois observo, com os olhos semicerrados, o céu azul-cerúleo, maravilhada com sua beleza contínua, sua alegria obstinada, que de alguma forma não se abalou com o que acabou de testemunhar. E então recobro minha consciência bruscamente. E me dou conta do peso em meu peito, um corpo me prendendo no asfalto, as batidas do meu coração martelando em meus ouvidos.

Ao virar minha cabeça, desvio os olhos do céu e logo em seguida desejo não ter me mexido.

Há sangue por todo lado. Ou talvez não por todo lado, mas assim como um pedaço de espinafre cravado no dente, é algo que salta aos olhos. É a única coisa que consigo ver.

O pânico toma conta de mim. Viro-me para a esquerda, meus olhos procurando freneticamente. E é quando o vejo. O topo da cabeça dele, na verdade.

Está imóvel.

Como uma fruteira em uma pintura amadora.

Como o céu.

Como minha respiração.

Tento inspirar, encher os pulmões, mas não consigo, e não tem nada a ver com o peso em meu peito.

Se mexe, penso. Ou digo em voz alta, mas não sei se estou falando comigo mesma ou com o corpo me aprisionando ao chão.

De qualquer forma, ninguém obedece.

— Saia! — grito, empurrando com toda a força. E, finalmente, estou livre. Inspiro de novo, o odor denso e metálico de sangue enchendo as narinas.

Acho que não é meu.

Mas não tenho certeza de nada.

Ou talvez não seja verdade.

Eu sabia que esta hora chegaria, não sabia? Os sinais sempre estiveram presentes, dispersos como um quebra-cabeça incompleto, mas presentes.

Tento me levantar, ir até ele, mas minhas pernas bambeiam enquanto me dou conta da outra coisa da qual tenho certeza — e não consigo acreditar que eu tenha me questionado, mesmo que por um segundo.

É ele.

Sempre foi ele.

Capítulo 1

O ESCRITÓRIO É FRIO E pouco decorado. Conto as plantas (três), observo o ponteiro dos segundos do relógio de latão que está na estante completar duas voltas em torno do eixo e encaro o quadro largo na parede, uma mancha solitária de tinta vermelha no centro. Olho para qualquer lugar, exceto para Nora, a mulher impecavelmente bem-vestida, de coque e postura ereta, sentada na cadeira executiva à minha frente — não porque ela está folheando meu portfólio e eu nunca me senti à vontade testemunhando a avaliação do meu trabalho, e sim porque ela está usando um lencinho no pescoço. Só de olhar para ele, apertado como um nó de correr, amarrado bem na altura de suas clavículas, me dá um arrepio. Como as pessoas conseguem usar coisas amarradas no pescoço? Nunca entendi. Mesmo quando era criança, se minha mãe colocasse uma roupa de gola alta em mim, eu agarrava essa parte da peça e fazia pirraça até que ela me deixasse trocar.

Tenho certeza de que fui estrangulada até a morte em alguma vida passada.

Harrison acha macabro, mas uma vez ouvi um desses videntes que aparecem de madrugada na televisão dizer que muitos medos com os quais nascemos vêm das nossas vidas passadas. Por exemplo, se você tem medo do mar, talvez tenha se afogado ou sido estraçalhado por um cardume de piranhas, ou algo do tipo.

Harrison também acha que eu devia parar de assistir a esses programas com videntes que ficam passando de madrugada.

A sala está silenciosa, exceto pelas batidas ritmadas da caneta de Nora na mesa, como os tiros de uma metralhadora. Há um padrão: ela faz uma pausa para virar a página e volta a batucar enquanto olha fixamente — de forma reflexiva, eu espero — para as fotos de minhas pinturas.

Existem treze galerias de arte em Hope Springs, Pensilvânia (um número alto, a meu ver, para uma cidade com dois mil habitantes, e olha que eu sou artista). Só três exibem arte contemporânea, esta e outras duas que já rejeitaram minhas pinturas. Traduzindo? Essa é meio que minha última chance. Mas estou otimista, porque, pelo menos aqui, cheguei por meio de um contato — um ex-professor da faculdade, Rick Haymond, cobrou a um amigo o favor que ele lhe devia, que cobrou outro favor a Nora, e aqui estou eu.

— Mia?

— Oi — respondo, encontrando seu olhar.

— Isso aqui é um retrato de... Keanu Reeves?

Pigarreio.

— Hum, é.

A caneta para. Ela ergue os olhos para mim, esperando uma explicação.

— É uma das obras da minha última série.

Ela aguarda, e eu pigarreio de novo.

— Já viu *The $25,000 Pyramid*? — pergunto.

— Perdão?

— O game show.

— Acho... Acho que já.

Ela semicerra os olhos, sem saber onde a conversa vai dar.

— Sabe quando os famosos começam dizendo um monte de palavras aleatórias, tipo, "rodas, botões, bolas", e o participante tem de adivinhar qual é a categoria? Tipo, nesse exemplo, a categoria seria "coisas que são redondas".

— Sei.

— Então, acho isso fascinante, um grupo de coisas que aparentemente não têm nenhuma relação, mas que, na verdade, têm algo em comum, sim. É assim que escolho os temas das minhas séries.

Ela continua me fitando, e eu não consigo entender se está perplexa ou entediada.

— E Keanu Reeves?

— O tema era "coisas medíocres".

Seus olhos permanecem fixos nos meus, mas ela não responde. Nora me lembra um daqueles detetives de série policial, o que é paciente e espera o suspeito cansar e se render. Eu me rendo. Seria uma péssima criminosa.

— Nessa série também tem o pirulito Tootsie Pop laranja.

— O Tootsie Pop laranja — repete ela.

— É, porque o laranja não é ruim, mas não é o favorito de ninguém, não é mesmo? Seguindo essa lógica, temos calças capri, tomate industrializado... Por isso pintei os tomates com a etiqueta colada... Páscoa...

Ela quebra o contato visual enquanto falo, então vou diminuindo o tom de voz.

Ela encara a imagem por um segundo e ergue os olhos outra vez, com o cenho franzido.

— Você acha *Keanu Reeves* medíocre? Mas ele é tão lindo, modesto e... *respeita tanto as mulheres.*

Ela dá tanta ênfase à última frase que cerra o punho.

— É. — concordo sem muita convicção. Por ele *ser* tudo isso e pela empolgação da minha entrevistadora, algo me diz que não seria prudente explicar que estou me referindo à falta de talento na atuação, e não à pessoa dele. — Foi mais engraçado quando eu pintei. Antes... — Vou diminuindo meu tom de voz de novo, pois não sei como terminar essa frase. Antes que ele se tornasse uma espécie de *patrimônio cultural*?

— Hum. — Ela folheia mais algumas páginas, sem compromisso. Então, mais para a mesa do que para mim, diz: — Que... interessante.

Mas a maneira como a entonação de Nora descende ao fim da frase em vez de ascender como em um elogio é o que me faz entender que ela, na verdade, não acha interessante. Também me faz entender que não vou conseguir uma exposição nesta galeria.

Quando ponho os pés no calor do meio-dia de junho, quase trombo em dois homens de braços dados. O que está usando sandálias e short xadrez de um tom verde azulado puxa o outro para trás para me deixar passar.

— Desculpe! — digo enquanto levo a mão à barriga, um instinto materno e protetor para com o feto que atualmente reside em mim. Em seguida, desvio do homem e continuo andando.

Esgueirando-me para lá e para cá, entre outros turistas bem-vestidos, passo por uma loja de chocolate, de azeites variados e por uma de temperos e especiarias. *Dezessete tipos de sal!* Foi o que sussurrei para Harrison, há quatro meses, quando nós éramos um dos casais de turistas e entramos lá para dar uma olhada. *Nem sabia que existia mais de um.* Conhecendo a mim e a minha falta de habilidades culinárias há quase oito anos, isso não o surpreendeu.

Quando entro na Mechanic Street, meu celular vibra na bolsa e eu o pego. É uma mensagem de Harrison.

Como foi lá?

Rolo a tela pelos *gifs* até encontrar um tanque de guerra e mando para ele.

Foi tão ruim assim? Você usou seu vestido da sorte?

Estendo o braço com o celular na mão, certificando-me de que meu maior achado — um vestido amarelo de transpassar que comprei em um brechó e que estava usando na noite em que conheci Harrison — está enquadrado e clico em "enviar".

Pelo visto, não dá tanta sorte assim.

Deslizo o telefone para dentro do bolso da frente da pasta do portfólio, trocando-o pelas chaves do carro. Então, destranco meu Toyota, entro, giro a chave na ignição e começo a viagem de quinze minutos para casa.

Faz cinco meses que eu e Harrison decidimos nos mudar de supetão para esta cidadezinha, o que parece algo que eu faria, mas não Harrison. Era janeiro na Filadélfia, e estava nevando. De novo. O tipo de neve fria e úmida que se infiltra em suas roupas e te congela, e faz com que você queira nunca mais sair do apartamento, e, se você sai, te faz achar que nunca mais vai conseguir se aquecer de novo.

— Vamos embora daqui — disse Harrison numa sexta-feira à tarde, ao chegar em casa após um longo plantão e horas extras no hospital.

Ele estava tendo semanas difíceis, com longas jornadas de trabalho, sem contar o fato de ter perdido um menino de oito anos na mesa de cirurgia, durante uma apendicectomia de emergência. Ele não falava muito sobre o assunto — nunca fala —, mas acho que aquilo mexeu muito com ele.

— E ir para onde?

— Para qualquer lugar que não seja aqui — replicou ele.

Harrison não é do tipo espontâneo, então concordei na hora. Dirigimos em direção norte pela 95 e fomos parar em Hope Springs, uma cidadezinha a oeste do Rio Delaware. Tinha mais lojas de antiguidade e galerias de arte do que qualquer cidade necessita, e fiquei embevecida com seu charme e com o jeito que a neve, por alguma razão misteriosa, não parecia tão úmida nem fria e se empilhava em graciosos montículos brancos ao longo da estrada, e não em montes lamacentos, como aos que estávamos acostumados.

No domingo, quando estávamos fazendo as malas para ir embora de Hope Springs e agoniados com a viagem de volta à cidade grande, eu disse:

— Queria que a gente pudesse morar aqui. — Que é o que eu sempre digo quando viajamos para algum lugar.

— A gente pode — respondeu Harrison.

Depois, ele disse que vinha pensando nisso havia meses: em como um hospital de cidade grande era estressante, como trabalhar em um hospital menor talvez fosse menos correria e o deixasse respirar um pouco. Então por que não agora e por que não em Hope Springs? E talvez fosse porque eu tivesse acabado de ter meu segundo aborto espontâneo e minha primeira grande decepção profissional e tudo isso aconteceu na Filadélfia, e não em Hope Springs, ou talvez porque estivesse realmente convencida de que a neve ali era menos fria, menos úmida e mais bonita, ou talvez porque o nome da cidade, que remetia à primavera e à esperança, de repente parecesse significativo, como um presságio, eu disse "ok". Embora tenhamos levado alguns meses para fazer entrevistas e amarrar pontas soltas na Filadélfia, foi assim que acabamos nos mudando do apartamento onde moramos juntos por sete anos e vindo morar aqui.

Duas cercas brancas de madeira em ângulo reto flanqueiam a entrada da nossa garagem, e é só por isso que sei onde virar, já que tudo na rua de duas pistas da nossa casa parece igual: verde e arborizado. Posiciono o carro entre elas e dirijo devagar no caminho de cascalho até avistar a casa de pedra. É uma casa de fazenda reformada, de três quartos e do século XIX, o que a faz ter um misto bacana do charme antigo com a tecnologia de uma geladeira Sub-Zero. O estúdio — uma garagem separada da casa que tem espaço para um carro só e que fica no quintal — tem janelas nas quatro paredes. Uma iluminação fantástica. Foi o que me ganhou. Ou talvez tenha sido simplesmente a ideia de ter um estúdio só meu em vez de uma sala de trinta metros quadrados que comportava uma televisão, uma estantezinha e um *futon* impregnado de lascas de tinta acrílica endurecida, verniz, gema de ovo (consequência de uma fase têmpera e infeliz de DIY) e várias outras substâncias provenientes de meus empreendimentos artísticos dos últimos anos.

O *futon*, onde, nos meus vinte e poucos anos, comia inúmeros pratos de macarrão com manteiga e torradas com Nutella e assistia a reprises de *Family Feud*, e depois, nos meus vinte e tantos, transava loucamente com Harrison durante seus curtíssimos períodos de folga entre os plantões da residência de cirurgia no Hospital Thomas Jefferson. Ele me convenceu a doar o *futon* para a caridade quando nos mudamos. "Está começando a feder", foi o argumento gentil que usou, como se estivesse conversando comigo sobre mandar para eutanásia um animal de estimação querido cuja qualidade de vida houvesse se deteriorado. Agora, em vez de desligar o carro e ir para o estúdio pintar, que é o que eu deveria fazer, sinto uma urgência repentina de pegar meu Corola enferrujado e passar por todas as lojas Goodwill daqui até a Filadélfia, até encontrar meu *futon* e trazê-lo de volta para casa.

— Desculpe o atraso — anuncia Harrison ao entrar pela porta naquela noite, por volta das nove horas da noite, embora seja a terceira vez na semana que ele chega em casa depois de anoitecer.

Harrison é um dos quatro cirurgiões gerais da equipe do Hospital Fordham, que atende não só os oito mil habitantes de Fordham, mas também muitas cidadezinhas em volta, incluindo Hope Springs. Embora tenha dito que um hospital menor significava menos correria, ultimamente parece que tem sido o contrário. Ele arremessa as chaves na caixa de papelão, que está substituindo uma mesinha para o hall de entrada, já que não consegui comprar uma ainda.

Ele se inclina por trás da poltrona amarelo-clara na qual estou sentada — uma das poucas coisas que consegui comprar para a casa nova. Ofereço a bochecha, e ele a beija, sua barba grande (que, assim como a casa, também era nova) arranhando meu rosto.

— Seu dia melhorou? — pergunta ele.

— Não muito.

Ele vai até a cozinha, de onde vem o som da porta da geladeira sendo aberta e, então, o da cerveja sendo destampada. Quando ele reaparece no vão da porta, a cerveja está sendo entornada em sua boca. Harrison toma três grandes goles, fazendo pausas para engolir.

— Acho que estou matando os tomates — comento.

A casa veio com uma horta que estava abandonada desde quando o último proprietário se mudou. Eu planejava cuidar dela, começando pela remoção das ervas daninhas, mas percebi que não conseguia distinguir o que era erva daninha e o que era planta. Depois, o sistema de irrigação parou de funcionar. E os coelhos, ou roedores, ou insetos, também vieram participar até que cada folha (das plantas *e* das ervas daninhas) ficasse parecendo um queijo suíço. Foi aí que percebi que a jardinagem requer uma dedicação contínua e que não tenho a menor ideia do que estou fazendo.

— Bem, aposto que eles merecem — retruca ele.

— Harrison, estou falando sério. As folhas estão amareladas, o que, de acordo com esse site que estou lendo, significa ou excesso ou falta de água, ou falta de nitrogênio no solo, ou que estão doentes.

— Hum. Isso reduz bastante as possibilidades.

— Exatamente.

Olho para seu perfil, reparando em sua armação preta e quadrada, em sua gravata-borboleta desfeita, com as pontas pendendo frouxas de ambos os lados do colarinho desabotoado, como um noivo no fim da festa, a barba de marrentão com a qual ainda estou me acostumando, e sinto um orgulho passageiro por termos ficado juntos. Médicos não faziam meu tipo. Preferia os caras que faziam bicos e se esqueciam de pagar o aluguel aos que tinham a carteira assinada. Traumas envolvendo abandono era um bônus. Mas, sendo bem sincera, Harrison estava usando uma camiseta dos Skid Row em uma galeria de arte quando o conheci, então não estava tão na cara assim que ele era um cidadão funcional.

Sorrio, lembrando-me de como as coisas eram no começo. A ansiedade por vê-lo. A adrenalina que sentia só de ler o nome dele no identificador de chamada do celular ou ouvi-lo batendo à porta. É óbvio que esse nível de entusiasmo e encanto não dura para sempre. A paixão é como um rio impetuoso que, com o tempo, ou seca até não passar de uma gota e some ou provoca uma erosão na terra até se tornar um desfiladeiro largo e profundo.

Harrison e eu demos sorte.

Temos um desfiladeiro.

— Sabe, é estranho.

Ele apoia a cerveja no baú antigo que às vezes usamos como mesa de centro e afunda na almofada do sofá ao meu lado.

— Eles podiam ter aquelas lojas que vendem coisas de jardinagem aqui, com funcionários que entendessem de plantas e pudessem ajudar os leigos em situações tipo essa.

Dou um chega pra lá nele com o cotovelo.

— Ah! — Ele agarra minha mão, entrelaça os dedos nos meus e a vira para cima com delicadeza. Olha para ela. Fricciona o polegar pelas manchas azuis e vermelhas.

— Pintou hoje?

— Um pouco — respondo.

Quando digo "um pouco", quero dizer "quarenta e cinco minutos". Embora, quando nos mudamos para cá, a ideia de Harrison fosse que eu focasse em minha arte, não tive nenhuma sessão proveitosa nem pintei nada que prestasse nas cinco semanas que se passaram desde quando descemos do caminhão de mudança amarelo. No início, disse a mim mesma que era porque estávamos nos adaptando. Mas, a esta altura, sei que se trata de algo mais... permanente. Um abalo em minha confiança que começou quando aquele bigodudo do Phillip Gaston fez aquela crítica da primeira exposição que eu fiz na vida, lá na Filadélfia, no ano passado. "Uma mostra amadora e sem coesão, que se baseia excessivamente em um tema muito complexo, sem o talento necessário para acrescentar profundidade e substância."

— Usou máscara?

Ele está me provocando. Tenho sido supercuidadosa com esta gravidez, a ponto de perguntar a Harrison se ele achava que inalar o cheiro das tintas acrílicas que eu usava poderia prejudicar o desenvolvimento do feto. Ele disse que não, mas, mesmo depois de ter procurado na internet e me mostrado a prova de que o uso era permitido durante a gravidez, considerei em voz alta se usaria máscara.

— Não usei. Acha que eu deveria ter usado?

— Não — responde ele, e faz uma pausa, dando um sorriso de canto de boca. — Mas, se nosso bebê nascer com doze dedos, já sabemos o porquê.

— Harrison!

Ficamos ali sentados em silêncio por um minuto, deixando as palavras "nosso bebê" no ar. Pelo menos para mim, elas estão. Penso nos dois bebês que perdemos e respiro fundo para me recompor. Não sabia que era possível ficar de luto por algo que nunca tive. Por uma pessoa que nunca conheci. Mas estou. E me pergunto se a tristeza vai abrandar com o tempo, ou se o medo de perder outro vai desaparecer um dia. Coloco a mão na barriga, desejando em silêncio que este não se vá.

Como se lesse minha mente, Harrison me envolve com seu braço comprido, puxando-me para perto dele. Na terça-feira, quando fui à farmácia, não encontrei o desodorante que ele sempre usava, então peguei uma fragrância nova, e o cheiro amadeirado penetrante faz cócegas em meu nariz. Aninho a cabeça no peito dele como se pudesse abrir uma passagem secreta e ficar ali para sempre.

— Que cheiro bom...

— Sério? Achei que estivesse parecendo um adolescente que tomou um banho de perfume do pai.

— Não — respondo, e, embora seja diferente, uma fragrância nova, ainda é ele. Ainda é o meu Harrison. — O seu cheiro.

Estou numa balsa. Pelo menos acho que é uma balsa — uma balsa grande, levemente oscilante, cheia de carros e pessoas —, mas não sei aonde ela está indo nem por que estou a bordo. O céu está nublado, da cor das cinzas de uma fogueira em um acampamento abandonado. Um bando de gaivotas grasna lá no alto, e eu olho para elas. Depois que passam, volto a observar o horizonte.

E então o vejo. Ele está longe, na areia do litoral, e, por mais que eu não consiga enxergar seu rosto, sei que é ele. Um vento forte achata seu cabelo desgrenhado, colando os fios em sua testa e fazendo com que a parte de trás voe para todos os lados como confetes de carnaval.

De repente, ele está no barco, na minha frente. E a parte do meu cérebro que sabe que isso é um sonho se pergunta se vai ser um sonho com beijos. Espera que seja um sonho com beijos. A atração que sinto por ele é tão intensa que tenho de me esforçar para que meus joelhos oníricos fiquem onde estão, que meu estômago onírico pare de revirar como se fosse uma boneca de pano Raggedy Ann rolando escada abaixo.

— Oi — cumprimenta ele, com os lábios se curvando em um largo sorriso que condiz com o meu.

— Oi — respondo.

Ele pega minha mão. Embora eu saiba que ela deve estar gelada — ele está de casaco, e eu só estou usando um vestido de alcinha —, me sinto aquecida.

Em seguida, estamos no meio de um museu, simples assim. Um quadro se metamorfoseando em outro de um jeito que só acontece nos sonhos. Estou olhando para uma escultura que parece a do *Homem com o nariz quebrado*, de Rodin, mas na verdade é o semblante assustador do Phillip Gaston, que começa a falar. A gritar comigo. Não consigo entender as palavras, mas estou, ao mesmo tempo, achando perfeitamente plausível que uma escultura esteja falando comigo e constrangida que isso esteja acontecendo na frente *dele*. Então ele chega muito perto de mim, os botões macios de seu casaco encostam em meu braço nu, sua respiração esquenta meu pescoço. Ele também está dizendo algo, mas não consigo me concentrar. Todos os sons se mesclam formando um bipe contínuo que aumenta cada vez mais, e eu acordo.

Abro os olhos enquanto Harrison se senta, colocando os óculos e fazendo um movimento certeiro para desligar o bipe do alarme do celular.

— Que horas são? — pergunto com a voz rouca.

Tento engolir a culpa, mesmo me sentindo boba por me sentir culpada. Foi só um sonho. *Ele* é só um sonho.

Mas é que, às vezes, ele parece tão real! E tem sido assim por todos esses anos que ele vem protagonizando meus devaneios noturnos.

— Três e trinta e cinco — responde Harrison, depois se arrasta para fora da cama e liga para o hospital, batendo a porta do quarto. Mas ainda consigo ouvir o timbre grave de sua voz no corredor.

Fico deitada, tentando voltar para o mesmo sonho, mas não consigo.

Quando estava no ensino médio e percebi que o mesmo homem aparecia em meus sonhos o tempo todo, foi empolgante, uma novidade. Um homem bonito, fruto da minha imaginação dominada por hormônios. Também achei que devia ser comum, algo que acontecia com a maioria das pessoas, mas, quando comentei isso com minha irmã, Vivian, ela chiou.

— Quem dera que um homem gostoso me visitasse em meus sonhos toda noite!

— Não é bem assim — retruquei, constrangida por ela ter feito aquilo parecer tão sexual, embora às vezes fosse bastante sexual. — E não é toda noite.

E não era. Estava mais para a cada duas semanas, ou até meses. Com o tempo, notei que só acontecia com certa frequência quando eu estava passando por grandes mudanças: me formando, me casando, engravidando. Voltei a ter esses sonhos quase todo dia na última semana — mais do que nas gestações anteriores, e me pergunto se é porque nunca cheguei a esse estágio da gravidez. Porque esta gravidez está vingando. Conforto-me com todos os sinais que consigo achar.

Mas enfim, depois da resposta de Vivian, nunca mais toquei no assunto. Com ninguém. Nem com Harrison — mas ainda me pergunto se ele também não sonha com alguém. Uma mulher parecida com Camila Alves que ele não menciona para não magoar meus sentimentos. Então, penso na intensidade das interações em meus sonhos e uma pontada de ciúme faz meu estômago embrulhar. Pensando bem, espero que Harrison não tenha fantasia alguma.

A porta do quarto se abre, e Harrison ressurge ao meu lado.

— Preciso ir — sussurra, curvando-se para dar um beijinho na minha bochecha.

Viro meu rosto, e então seus lábios pousam nos meus; me estico para segurar seu rosto, separando seus lábios com a língua.

— Hummm... — Ele suspira, recuando alguns centímetros para me olhar. — Por que isso?

Remexo as sobrancelhas, meio safada. A expressão dele reflete a minha.

— Três minutos. Só tenho três minutos — afirma.

— Serve — respondo.

Ele abre um sorriso e se joga na cama num movimento rápido, e eu rio, pois ele parece um adolescente doido para transar. Enquanto seu corpo encontra o meu de forma tão familiar, sua barba roça em minha bochecha e seus lábios vão ao encontro da minha orelha.

— *Dios Mia* — sussurra ele.

É uma frase nossa, que Harrison criou depois que nos beijamos pela primeira vez, encolhidos debaixo do toldo minúsculo de uma lavanderia, escapando do aguaceiro repentino que caiu enquanto saíamos da galeria de arte e estávamos a caminho de um bar. Na noite em que nos conhecemos.

— *Dios Mia* — murmurou ele nesse dia, quando nossos lábios finalmente se separaram, os dois sem fôlego, o nariz dele ainda a milímetros do meu.

Ergui apenas uma das sobrancelhas, evitando mover qualquer outra parte do meu corpo e arriscar acabar com o clima. Só estudei espanhol no ensino médio, mas era o suficiente para saber que "ai, meu Deus" era do gênero masculino: *Dios mío*. Perguntei-me se eu tinha ouvido errado e disse:

— Pensei que fosse "mío".

— Quê? — perguntou ele, rindo enquanto roçava os lábios nos meus outra vez. E foi então que entendi que tinha ouvido certo. E que ele estava me provocando.

— Você disse "mía" — sussurrei no meio do beijo —, era para ser "mío".

— E você disse que não sabia nada de espanhol — respondeu ele, e então estava com os dedos em meu cabelo e a boca na minha, e eu não dei a mínima para o fato de que a água da chuva estava escorrendo pelo toldo e caindo bem em cima do meu ombro e da minha bolsa, molhando tudo que estava dentro dela.

Agora, com as palavras dele em meu ouvido e os músculos de suas costas se contraindo sob minhas mãos, uma onda de amor e felicidade toma conta de mim, e qualquer que seja a culpa que eu estava sentindo por causa daquele meu sonho ridículo dissolve quase tão rápido quanto a noite.

Quase.

Capítulo 2

— FINLEY ESTÁ COM PIOLHO — anuncia Vivian, minha irmã.

— Que *nojo*...

Faço uma careta e acomodo meu celular entre a orelha e o ombro para poder raspar o fundo do copinho do iogurte com a colher.

— Você não tem noção. Tive que sair do trabalho mais cedo para buscá-la na escola, desembolsar uma grana naquele pente especial e no xampu de piolho, e, quando chegamos em casa, a babá foi embora porque ela não *lida com insetos*. Ela disse isso, literalmente! *Não lido com insetos*. E agora sinto como se esses bichos estivessem andando em mim, e eu queria simplesmente queimar tudo aqui em casa. GRIFFIN! — Ela grita, e eu afasto o celular alguns centímetros do ouvido. Olho pela janela panorâmica acima da pia da cozinha e encaro os galhos murchos dos pés de tomate se rebelando para fora do jardim selvagem, como se quisessem escapar. Vivian ainda está gritando. — NÃO PODE COMER PAPEL HIGIÊNICO! — Sua voz finalmente volta ao volume normal. — Então, como você está? Já terminou de desfazer as malas?

Na semana anterior, em um momento de fraqueza, cometi o erro de confessar a Vivian que talvez estivesse me sentindo meio sem rumo, que não tinha certeza se a mudança tinha sido a decisão certa para mim, e é óbvio que ela bancou a terapeuta e ficou falando sobre períodos de adaptação e estágios da vida, e sobre como eu precisava terminar de desfazer as malas — que isso era um passo simbólico para eu aceitar onde estou ou alguma bobagem do tipo. Vivian é psicóloga do ensino médio de uma escola particular em Maryland e, às vezes, tem dificuldade de se desligar do trabalho.

Penso em como responder, mas, antes que eu consiga dizer algo, sinto uma pontada na barriga. Respiro fundo, acaricio onde senti a dor, mas ela já passou, tão rápida quanto veio.

— Mia? Está tudo bem?

— Está. Não foi nada.

Tento me lembrar da outra coisa que Vivian me disse na semana passada. Que vou estar sensível a qualquer dorzinha ou incômodo por causa do que passei e não posso me estressar porque a gravidez é cheia de dores e incômodos.

— FINLEY, PARA DE CUSPIR NO SEU IRMÃO! Então, desfazendo as malas?

— Estou vendo isso — respondo, embora não esteja. Não muito. Tenho a intenção de desfazê-las. De comprar o que está faltando, como a mesa para o hall de entrada, mas as opções são infinitas. Ou talvez essa casa seja infinita e espaçosa demais. Moramos num apartamento do tamanho de uma caixa de sapato por tanto tempo que não sei o que fazer com tanto espaço nem como preenchê-lo. O que é irônico, já que trabalhei por um bom tempo em uma loja de móveis caros na Filadélfia; primeiro no departamento de vendas, depois como consultora de design, ajudando os clientes a escolher as peças perfeitas e a decidir onde colocá-las.

Mas, bem lá no fundo, sei que a culpa não é da casa nem do tamanho dela, e de repente deixo escapar algo que tenho tido pavor de admitir (para mim mesma e mais ainda para Harrison).

— Tenho a sensação de que eu não deveria estar aqui.

— Como assim?

— Não sei. Não sei explicar. Mas continuo achando que a qualquer momento a gente vai pegar o carro e voltar para a Filadélfia. Que nosso apartamento ainda está nos esperando. Que vamos voltar pra casa.

— Acho que é normal. Vocês moraram lá por o quê? Sete anos? E, honestamente, Mia... — disse ela, com gentileza — Você nunca lidou bem com mudanças.

Sei que ela está se referindo ao divórcio de nossos pais. A como eu passei meses chorando até dormir. A como comecei a fazer xixi na cama aos onze anos. E a como, no Natal, convenci a mim mesma de que minha mãe ia voltar a morar conosco. Que seria nosso grande presente naquele ano. Nem preciso dizer que foi um dia frustrante.

— NÃO, FINLEY! VOCÊ ACABOU DE TOMAR IOGURTE. CHEGA DE COMER. E lembre-se: os hormônios da gravidez deixam a gente à flor da pele. Eles te fazem achar que está ficando maluca. Aguente firme. Tenho certeza de que assim que vocês terminarem a mudança e o bebê chegar tudo vai ser diferente. Vai ser melhor. Você vai ver.

Meu olhar se volta para a horta e para os pés de tomate pintados de bolinhas amarelas. Suspiro. É um conselho sensato, o único tipo de conselho que Vivian dá. E, embora eu odeie quando ela está certa, desta vez realmente espero que esteja.

Há apenas sete pés de tomate no atacadão True Value: seis deles têm brotinhos verdes pendendo dos caules, e a folhagem do sétimo está amarelada e caída como a da horta lá de casa. Fricciono com cuidado uma das folhas do pé mais prejudicado com a ponta dos dedos para ver se dá a mesma aflição.

— Sulfato de magnésio — diz uma voz grave atrás de mim.

Em vez do homem que eu esperava ver, meus olhos encontram os de uma mulher de cabelo grisalho e volumoso. Ela é alta, magra e com a papada, as bochechas e o queixo enrugados. Por baixo do avental vermelho, está com uma blusa florida aberta na região do colo, onde repousa um colar grosso de contas azuis brilhantes. O crachá que consta apenas seu nome diz "Jules".

— Oi? — pergunto, sem ter certeza se ela estava falando comigo, embora esteja olhando diretamente para mim.

Ela faz um gesto para a planta cuja folha ainda estou segurando.

— O solo provavelmente está com deficiência de magnésio. O sulfato pode ajudar. Não é falta de água, porque ela está recebendo a mesma quantidade que as outras. E não acho que seja fungo, porque não tem pintinhas pretas nas folhas.

Ela olha de relance para o caixa, perto do qual um homem de pescoço largo e mãos grossas está contando o troco de um cliente, depois inclina a cabeça para mais perto, tão perto que consigo sentir a acidez de seu hálito.

— Marty provavelmente vai te dar esse de graça se você comprar mais uns dois. Já passou a época de plantio, e ele quer se livrar desses pés.

— Ah, eu já tenho pés de tomate em casa, mas eles estão que nem esse aqui. Vim atrás de alguma dica, na verdade.

— Hum — resmunga ela —, sulfato de magnésio. Mas não vendemos aqui. Você vai ter que ir até o Giant.

— Obrigada.

Ela assente e se vira para ir embora.

— Peraí — peço, desejando, de alguma forma, fazer o download de todas as informações da cabeça dela para a minha. Fui tão ingênua ao achar que cuidar de uma horta seria fácil, que a parte mais difícil, que era plantar, já tinha sido feita e em poucos meses eu estaria colhendo berinjelas roxas, com a casca brilhosa (se é que há berinjelas naquela horta, não sei identificar nem metade da vegetação), e tomates fartos e redondos que Harrison poderia transformar em molho para o macarrão ou em salsa mexicana, ou em qualquer outra coisa que se possa fazer com tomate.

Ela olha de novo para mim, paciente.

— Pois não?

— Vocês têm algum serviço, tipo, de pessoas que vão a sua casa e cuidam do seu jardim ou algo assim? Sou nova nisso e não tenho a menor ideia do que estou fazendo.

— Serviço de jardinagem?

— Quer dizer, não preciso que cortem minha grama... — Embora, pensando bem, eu precise, sim. Harrison não consegue manter a grama sempre aparada porque ela cresce muito rápido, e ele leva duas horas para percorrer o quintal com o cortador dirigível que comprou quando nos mudamos. Eu me ofereci para cortar, mas ele mencionou minha *condição delicada*, e eu não insisti. Principalmente porque, no fundo, eu não queria cortar a grama.

— Bem, de qualquer forma, não fazemos isso — responde ela. — Você vai ter que chamar uma empresa de paisagismo. Mas aqui tem uma oficina de jardinagem que acontece uma vez por mês. Em maio, foi sobre rotação de culturas, mas a próxima aula vai ser nesse sábado. Acho que vai ser sobre espécies anuais de verão, mas eu precisaria confirmar.

— Obrigada — respondo, e ela me deixa sozinha com a planta doente. Ela tem uma aparência tão abatida que quase não consigo deixá-la ali, sabendo que ninguém irá comprá-la nesse estado. *Sua manteiga derretida.* Consigo ouvir Harrison dizendo isso e imaginá-lo tirando sarro de mim quando levo algo que foi abandonado para casa. Foi o caso do *futon*, que avistei na esquina da nossa rua, do gato que encontrei na Sansom Street e que descobrirmos ser mais selvagem que um pobre coitado, da luvinha rosa que achei no banco do ônibus — essa eu deveria ter deixado lá. Mais tarde, me sentindo culpada, pensei: "E se alguém voltou lá para procurar?" Mas, na hora, ela parecia tão solitária, tão vulnerável sem seu par, que não aguentei. Harrison só ficou me olhando, com as sobrancelhas arqueadas, pelo que pareceu umas vinte e quatro horas, depois que expliquei a situação a ele.

Quinze minutos depois, enquanto passo pela porta de vidro automática do mercado Giant para comprar sulfato de magnésio, me lembro de Harrison dizendo naquela manhã que o café estava acabando.

Pego uma cesta, penduro-a no braço e me dirijo à seção de grãos e cereais, onde fico inspecionando os variados tipos de café — torra média, colombiano, com avelã, French vanilla — embora vá acabar pegando o café blend e suave da Folgers, como sempre. Então, o cheiro de pão fresquinho saindo do forno me atrai até a padaria, e coloco uma fatia quentinha de pão *ciabatta* na cesta. Perambulo pelos corredores e pela seção de hortifrúti, o que costuma deixar Harrison pê da vida: sem lista, só pegando coisas que chamam minha atenção. Hoje, pego um pedaço de queijo Gruyère, um pote de muçarela fresca, tomates, um pacote de Cheetos e uma bandeja com fatias triangulares de melancia.

Vou em direção ao caixa e tenho aquela sensação incômoda de que estou esquecendo alguma coisa. A resposta me vem como um flash: sulfato de magnésio. Óbvio! O motivo pelo qual vim até aqui. É por causa de momentos como esse que acredito na expressão "cérebro de grávida".

Não acho o sulfato em nenhum lugar na parte de sal e condimentos e tenho que perguntar a dois estoquistas até finalmente encontrá-lo escondido entre os produtos de beleza e bem-estar. O único tamanho que eles têm é o de doze quilos, e eu o levo, carregando-o como uma criança de colo.

Na fila do caixa, me distraio com uma chamada na capa de uma revista de fofoca especulando quantos bebês a princesa Kate está carregando em seu ventre real. Embora ela provavelmente nem esteja grávida e embora seja insensível da minha parte, não consigo controlar meus pensamentos e achá-la gananciosa. Ela já não tem três filhos?

O caixa registra os produtos e me entrega a nota fiscal. Vou até o fim da esteira, onde um homem idoso e calvo de avental preto me entrega duas sacolas plásticas com as compras no mesmo momento em que a porta de vidro automática, a quase vinte metros de distância, se abre, chamando minha atenção. Um homem entra na loja.

Congelo. Sinto um frio percorrer minha espinha. Meu coração palpita e para.

Talvez para sempre.

É *ele*. Então, como se eu tivesse desejado que ele fizesse aquilo, ele ergue o olhar, que encontra o meu.

— Senhora?

Hesito por um instante.

Viro a cabeça em direção ao homem calvo, que está segurando meu saco de doze quilos de sulfato de magnésio.

— Ah, perdão — digo, antes de olhar para as sacolas em minhas mãos. Com pensamentos desordenados, alguns segundos se passam até eu finalmente transferir todas as sacolas para uma mão só e conseguir carregar o sulfato no braço direito.

Quando ergo o olhar para a porta novamente, não há mais ninguém lá.

Ele se foi.

Como uma aparição.

Um sonho.

Cheia de compras, corro até a porta e então paro na entrada. Olho para a seção de hortifrúti e para os corredores aonde ele possa ter ido. Passo os olhos por vários clientes, mas nenhum é ele.

Cogito entrar na loja de novo, ir a todos os corredores até achá-lo, mas balanço a cabeça. Não poderia ser *ele*. Óbvio. *Ele* é um fruto da minha imaginação. Era só alguém parecido. Ouço a voz de Vivian em minha cabeça. *Os hormônios da gravidez te fazem achar que está ficando maluca.* Tenho me sentindo indisposta ultimamente, esquecida, perdida em pensamentos. Deve ser só cansaço.

Mesmo assim, dou uma última olhada ao redor antes de sair pela porta e sentir o calor escaldante que está fazendo.

Capítulo 3

E<small>STOU COMENDO UMA FATIA DE</small> melancia quando ouço a porta se abrindo e batendo. Não são nem cinco horas, é cedo demais para Harrison estar em casa, então ergo a cabeça, com o coração disparado.

Ao escutar o som familiar das chaves batendo na caixa de papelão e dos passos sobre a madeira, sinto uma onda de alívio, mas só solto a respiração quando ele aparece no vão da porta da cozinha.

— Que susto!

— Você não me pediu para chegar cedo em casa? — pergunta ele, arrancando o paletó do terno e afrouxando o nó da gravata-borboleta num movimento fluido.

Eu o encaro, sem expressão.

— Espere, hoje é sexta-feira?

Estou mesmo perdendo a conta. Ou talvez seja o problema de não ter um emprego... todos os dias parecem os mesmos.

— É — responde ele.

— Raya está vindo!

Dou um salto do banquinho e me atiro em Harrison.

Ele me envolve com os braços.

— Vou fingir que este entusiasmo todo é para mim. E vou começar a cozinhar, porque, mesmo que Raya diga que está trazendo o jantar, nós dois sabemos que ela vai esquecer.

— Não, não vai — respondo, dando-lhe um beijinho no braço.

Ele pega uma fatia de melancia e dá uma mordida, então um rio de suco cor-de-rosa escorre por seu queixo. Ele limpa com as costas da mão.

— O mímico vem com ela?

— Marcel é um artista performático — corrijo.

— Ele é mímico.

Faço uma pausa.

— Ok, ele é mímico.

— Não acredito que ela ainda está com ele.

— Bem, melhor ele do que Jesse, né?

— Verdade.

— E ela gosta mesmo dele, então você precisa ser legal.

— Eu sempre sou legal — responde ele.

— Você sempre é legal — concordo.

— Mas não posso prometer não revirar os olhos se ele citar David Bowie de novo. Juro que foi, no mínimo, três vezes!

— Muito justo. Como foi o trabalho? Qual foi a emergência da madrugada dessa vez?

— Apendicectomia — responde ele, e seus ombros caem como se só agora estivesse se permitindo sentir o peso da situação.

Faço uma pausa. Apendicectomia é um dos tipos de cirurgias mais comuns e fáceis que Harrison faz, assim como as de vesícula, mas, desde quando perdeu o menino de oito anos em sua mesa de cirurgia, na Filadélfia, ele tem ficado emocionalmente abalado com o procedimento. Não que ele fale muito sobre o assunto. Tenta se distanciar, se desligar, como todos os médicos têm de fazer caso queiram sobreviver aos fatos que testemunham. Mas alguns pacientes, como Noah, inevitavelmente o afetam. Harrison carrega esse fardo como pedras nos bolsos. E eu me preocupo que, um dia, ele não consiga mais suportar a carga.

— Como foi?

— Foi... interessante, na verdade. Quando a enfermeira fez o ultrassom para confirmar a apendicite, também confirmou uma gravidez.

Ergo as sobrancelhas.

— A mulher não sabia?

— Agora ela sabe. Acho que ficou bem surpresa. Quase se esqueceu da dor.

— Mas correu tudo bem? Não sabia que uma mulher grávida podia ser operada.

— Correu. Foi por laparoscopia. O risco é bem baixo.

— Olha só você, salvando duas vidas de uma vez. — Lanço uma piscadinha para ele. — Meu herói!

Ele revira os olhos.

— Aconteceu mais alguma coisa interessante hoje?

Minha mente voa para o homem que vi no Giant. O homem que pensei ser *ele*. Cogito contar para Harrison. Pior que tenho uma história engraçada, eu diria, rindo. Mas é engraçado? Penso de novo em como me sentiria se Harrison estivesse tendo sonhos recorrentes com uma mulher.

— Nada. Vou trocar de roupa.

— Pensei que a gente não fosse chegar nunca — declara Raya enquanto passa por mim no hall de entrada, uma hora mais tarde. — O sinal do celular estava uma merda, e passamos da entrada certa, o quê? Oito vezes?

— É, não está muito bem sinalizada — respondo enquanto a abraço.

Ela tem cheiro de Raya, uma mistura de produtos químicos ácidos (da tinta vermelho-clara com que sempre tinge o cabelo) e óleo essencial de hortelã-pimenta.

— Seu cabelo está enorme — comenta ela, passando os dedos por minhas tranças escuras.

Em um impulso, cortei o cabelo depois que perdemos o segundo bebê. Certa manhã, saí de casa com os fios ondulando até o meio das costas, e, quando Harrison chegou em casa à noite, eles mal chegavam ao queixo. Um corte navalha, como o cabeleireiro disse, e gostei do quão forte soou. As pontas irregulares e afiadas, era como eu me sentia.

Marcel a segue, e eu ofereço a bochecha para ele beijar. Embora esteja de banho recém-tomado, ainda retém um leve odor metálico da tinta de cobre que passa no corpo para as performances de rua. Sua regata revela os braços cobertos de tatuagens: um dragão soltando chamas em espiral no esquerdo e, no direito, a famosa mão desenhando outra mão, de M. C. Escher, várias flores e uma caveira de bigode. Seu cabelo está jogado para trás, com uma quantidade expressiva de gel.

— Merda! — exclama Raya enquanto abraça Harrison.

— O quê?

Todo mundo olha para ela.

— Era pra eu ter trazido o jantar, não era?

Harrison me lança um olhar por cima da cabeça dela.

— Ah, a gente pede alguma coisa — resolve ela, sacando o celular. — Finalmente, estou com uma barrinha de sinal. Qual aplicativo de delivery vocês usam?

Dou um sorrisinho.

— Ninguém entrega aqui, a não ser que você queira pizza do posto de gasolina. A gente pediu uma vez num momento de desespero, e um adolescente de cabelo oleoso veio numa motoneta com uma caixa de papelão que tinha o que parecia uma pizza congelada de supermercado aquecida por uma lâmpada. Harrison achou hilário, e eu ri junto, mas foi só para não chorar.

A expressão de Raya é marcada, ao mesmo tempo, pelo nojo e pelo choque.

— Como vocês sobrevivem aqui?

— Aí você me pegou — declara Harrison. — Não se preocupe. Tenho certeza de que consigo arranjar alguma coisa.

Mais tarde, na sala de jantar, com sanduíches grelhados de muçarela e tomate e vinho tinto, Paul Simon canta "Graceland" na caixinha de som enquanto Raya nos entretém com histórias de seu trabalho como guia de ônibus de turismo pela cidade. Sentada no chão, me curvo para a frente avidamente. Raya é engraçada e cativante, e faz tanto tempo que não a vejo que sinto que preciso sugar tudo que posso dela enquanto está presente. Quando ela se cansa das histórias de turistas malucos, começa a me entreter com nossos amigos da escola de artes.

— Ficou sabendo da Prisha?

Prisha Khanna estava um ano na nossa frente e era de longe a artista mais bem-sucedida comercialmente da época, em Moore. Era fotógrafa, e seus retratos provocantes de mulheres fizeram parte de uma exposição itinerante em museus pelo mundo todo. Nunca fui particularmente fã do trabalho dela, mas foi na noite de estreia de sua primeira mostra numa pequena galeria do centro da cidade que conheci Harrison. É só por isso que estou feliz pelo sucesso dela.

— A exposição está indo para a Filadélfia.

— Sério? Qual museu?

— O museu. Filadélfia.

— Sério? Nossa! — exclamo.

— Pois é! E alguém muito famoso comprou uma das fotos. Não consigo lembrar agora... Taylor Swift, talvez? Enfim, ela está com tudo, é finalista do prêmio Mulher Visionária da Moore.

— Sério?

— É, saiu na newsletter. A cerimônia vai ser em setembro. Vou arranjar ingressos pra gente.

Solto um ruído que espero que exprima interesse. Só porque estou feliz por ela não significa que também não esteja com um pouco de inveja. Tento engolir o sentimento com um gole de água.

— Ah, e Fletcher. Lembra que ela ficava garimpando aqueles abajures velhos em feiras de antiguidade, mas não sabia direito o que faria com eles?

— Lembro — respondo.

— Bem, viraram uma exposição, todas os cinquenta e seis abarrotados em uma sala numa galeria na Arch Street.

— Tipo uma instalação de luzes?

— Não, aí é que está. Ela colocou lâmpada neles, mas não ligou nenhuma. — Abre um sorriso. — Está chamando de "Potencial".

Dou risada.

— É a cara da Fletcher.

— Parece mais a cara de Chris Burden, se quer saber — afirma Marcel.

Ele comeu as bordas do sanduíche, como um passarinho, e agora o está colocando de volta no prato em seu colo.

— Quem? — pergunta Harrison.

— O cara da *Urban Light* — responde Marcel.

O semblante de Harrison permanece inexpressivo.

— Um artista da Califórnia — explico —, ele instalou uns duzentos postes de luz vintage em frente ao Museu de Arte do Condado de Los Angeles.

— Pelo menos estavam acesos. — Raya ri. — E fica bonito à noite.

Harrison se estica para encher de novo as taças de vinho.

— De qualquer forma, é melhor que uma exposição de pele humana. — Raya olha para Marcel.

Viro-me devagar para ele, e a cabeça de Harrison acompanha.

— É... O quê? — pergunto.

— É um artigo que eu li... Tem um museu em Londres que tem mais de trezentos exemplares de tatuagem. Tipo, pedaços de pele humana.

— Marcel está pensando em doar a dele — interrompe Raya. — Quando morrer, óbvio.

— Eca — digo.

— Obrigada — diz Raya. — Também acho.

— Por quê? — pergunta Marcel. — É arte. Além disso, qual é a diferença entre isso e doar órgãos para pesquisa científica? É para a posteridade também, só que de outro jeito.

Ele se vira para Harrison, buscando a solidariedade do ponto de vista médico, mas Harrison levanta as mãos.

— Sei lá, cara. É muito *O silêncio dos inocentes* para mim.

— É! — murmura Raya — "Coloca a loção na cesta!"

Todos nós rimos.

— Então, qual é a história da sua tatuagem, Mia? — pergunta Marcel.
— Eu nunca tinha reparado.

Olho para os três pequenos caracteres chineses na parte interna do meu pulso esquerdo e sorrio.

— Não é nada demais.

— É, conte, *por favor* — pede Raya. Faz anos que ela vem tentando arrancar esse segredo de mim.

— Não, é uma longa história.

Sinto os olhos de Harrison em mim, aquecendo minha pele.

— Ela perdeu uma aposta — solta ele. — Para mim.

— Que aposta? — incita Raya, mas Harrison apenas sorri. Então, ela resmunga. — Deixa pra lá. Mostre sua tatuagem nova para eles, amor.

— Nova, é? — pergunto.

Marcel não responde. Desliza o prato do colo para a mesinha de centro, se levanta e vira de costas, levantando a camiseta para revelar a parte inferior das costas com um enorme retrato colorido de David Bowie.

— Ah! — exclamo, sem conseguir me conter.

— Eu sei — diz ele, e cita as palavras escritas abaixo da imagem. — "Há um astro esperando no céu. Ele gostaria de vir ao nosso encontro, mas acha que explodiria nossa mente."

— Isso é... alguma coisa — comenta Harrison, capturando meu olhar mais uma vez.

Levo o copo de água à boca e me concentro para não rir, mas não adianta.

À noite, sonho que estou no True Value. Jules está com seu avental e seu colar de contas azuis, mas, em vez de mangas, seus braços estão cobertos com as tatuagens de Marcel e no seu pescoço, o dragão cuspindo fogo. Ela sorri e me oferece um pacote. Mas seu sorriso se esvai enquanto pego o presente embrulhado em papel laminado de suas mãos. Examino o embrulho sem entender. Quando volto para mirá-la, ela já se foi. Por algum motivo, uma sensação de pavor me domina. Puxo uma ponta do papel. Uma pena fofa aparece, e depois outra. Desembrulho o restante às pressas, mas é tarde demais.

O frango em minhas mãos está morto, e eu fico arrasada. Destruída. Estou sofrendo pelo cadáver de uma ave abandonada como se ela fosse tão preciosa para mim quanto minha irmã ou meu pai, ou o próprio Harrison. De repente, o frango dá um solavanco em minhas mãos, escancara o bico para mim, soltando um cacarejo ensurdecedor que preenche o ar. Em pânico, abro a boca para gritar, mas não sai nada. Então, acordo.

Abro os olhos, me acostumando à escuridão do quarto e com o coração martelando duas vezes mais rápido no peito. Respiro fundo.

Era um frango. Um pesadelo com um frango. Devagar, solto o ar.

Até que sinto. A umidade densa, viscosa entre minhas pernas, e esqueço tudo que aconteceu no sonho, o papel laminado e o frango, e um gemido escapa da minha boca, desta vez em alto e bom som.

— Mia, o que foi? — pergunta Harrison, com a voz grogue, sua mão procurando meu ombro e apertando-o com delicadeza ao encontrá-lo.

O cobertor fino em cima de mim está pesado, sufocante, então o jogo para longe e pouso a mão em minha barriga com cólicas.

— Estou perdendo.

— O quê?

Ouço o clique do interruptor do abajur de sua mesinha de cabeceira, e o quarto é inundado pela luz, me cegando por um instante. Harrison põe os óculos, e seus olhos, arregalados, alarmados, percorrem meu corpo.

— Mia! — grita.

Olho para baixo, e tudo que consigo ver é o vermelho vivo se espalhando por todos os lados pelo lençol. Sei que o sangramento faz parte do aborto, porém tem mais, muito mais, do que nas últimas duas vezes.

— Ai, meu Deus! É muito sangue! — exclama Harrison.

Viro minha cabeça em um movimento brusco em sua direção, embora ele tenha verbalizado o que eu estava pensando.

— Jura, Harrison?

— O quê? — pergunta ele, levantando-se, sem tirar os olhos do meu corpo.

— Você é médico. Você é *médico*!

— Eu sei! — responde ele, indo até a cômoda.

Solto um gemido de dor enquanto aperto minha barriga e sinto mais sangue jorrar e molhar o lençol já encharcado sob mim.

— Mas meu Deus... — Ele se aproxima, segurando uma camiseta velha. — Você é minha *esposa*!

A contração passa, e ele põe a mão em minhas costas, me ajudando a me levantar, depois me entrega a camiseta.

— Aqui, coloque aí embaixo. Vamos para o hospital.

Ele me pega no colo e, estranhamente, me lembro do dia do nosso casamento, quando ele me pegou no colo por livre e espontânea vontade depois do beijo, e a gente percorreu o caminho de terra batida, rindo feito bobos para todo mundo que nos cumprimentava. Agora ele dispara comigo até o carro, pegando as chaves na caixa de papelão no caminho, me colocando delicadamente no banco do carona de seu Infiniti e ignorando meus protestos para irmos com meu carro.

— O meu é mais antigo. Vou acabar sujando o banco do seu.

O carro percorre em silêncio os vinte minutos de trajeto até o Fordham, exceto pelos meus gemidos de lamentação causados por um misto de contrações fortes e minha tristeza profunda.

Assim que encostamos no acesso à emergência do hospital, Harrison corre para o meu lado, me pega no colo e passa depressa pelas portas automáticas de vidro, entrando na sala de espera iluminada com luzes brancas e fortes. Viro a cabeça para bloquear a luz, enterrando a cabeça no pescoço dele.

Ouço a troca de palavras entre Harrison e a enfermeira do plantão como se estivesse ouvindo um programa de televisão.

— Dr. Graydon? — diz ela, reconhecendo-o.

Harrison para de andar e, sem rodeios, anuncia:

— Minha esposa. Ela está tendo um aborto.

Ao ouvir a palavra, um soluço escapa em meio ao meu choro, e pressiono a umidade quente de minhas lágrimas em sua pele.

Capítulo 4

Harrison não chora.

Aprendi isso em um mês morando com ele, quando ele chegou cedo de um plantão e deu de cara comigo sentada no chão de pernas cruzadas, com as bochechas molhadas de lágrimas.

— O que foi? — perguntou, vindo rápido até mim.

— Nada — respondi, respirando fundo e secando as lágrimas com os dedos. — Essa música...

Fiz um gesto para o ar, repleto com o som de Peter Cetera e Cher em harmonia: "Dois anjos que foram salvos da queda."

Ele fez uma pausa.

— Você está chorando por causa de uma música?

Balancei a cabeça.

— É o filme!

— Que filme?

— *O céu se enganou*. É a música que toca no final, quando Cybill Shepherd está andando no altar ao encontro de Ryan O'Neal, e Robert Downey Jr. vira e fala: "Preciso te contar uma coisa. Estou apaixonado por Miranda." E Ryan olha para ele e diz...

Voltei a chorar e não consegui terminar a frase. Harrison olhou para mim meio cabreiro.

— Você está falando sério?

— Como assim?

— Você está chorando porque uma música te fez lembrar da cena de um filme do qual ninguém ouviu falar?

— *O céu se enganou* é um clássico!

— É?

Ele ergueu uma sobrancelha, incapaz de conter o sorrisinho irônico em seu rosto.

— Pare de me zoar. Eu sou artista, sou sensível.

Ele riu.

— Não. Existe sensível e existe *isso*. Nem sei do que chamar.

— Você nunca sentiu aquela vontade de só sentar e chorar?

— Não — respondeu ele, sem hesitar. — Eu não choro.

Teria pensado que ele estava sendo do contra se não fosse pela sinceridade em seu rosto. Fiquei imóvel.

— Como assim? Tipo, nunca?

— Nunca.

— Não pode ser. Nem quando você perde um paciente?

— Não.

— Quando foi a última vez que você chorou?

Ele pensou um pouco.

— No velório de Ita — respondeu, explicando que tinha onze anos quando sua avó morreu. Ele se lembrava da mãe desfiando as contas do rosário, murmurando orações em espanhol, do tio carregando a reprodução de uma grande cruz dourada e ornamentada pela nave da igreja. E do pai puxando sua orelha quando, do nada, ele soltou um soluço, que lhe deu uma baita sacudida.

— Seja homem — sussurrou o pai, dando-lhe um tapinha no peito.

— Que horror! — disse, com o coração partido pelo Harrison de onze anos.

Ele deu de ombros.

— Não. Horror é essa música. Isso é *Cher*! Você odeia Cher.

Sem lágrimas nos olhos, Harrison agora está sentado ao meu lado em uma cadeira dura, segurando um livro de Michael Crichton com a mão direita enquanto a esquerda acaricia a parte interna de meu pulso, inconscientemente traçando a pequena tatuagem preta com a ponta dos dedos.

Faz quatro dias desde aquela noite no hospital. Quatro dias desde que a enfermeira retirou com certa rapidez os absorventes descartáveis embebidos de sangue dentre minhas pernas, me deu um tapinha no joelho e disse:

— A pior parte já passou.

E eu me dei conta de que a "pior parte" era nosso bebê. Quatro dias desde que Harrison me garantiu que a culpa não era minha, que "não havia nada que a gente pudesse ter feito", e eu só acreditei nele em partes.

Agora, na sala de espera do consultório de uma ginecologista obstetra aguardando para fazer o checkup pós-aborto, me sinto como um soldado em um campo com minas terrestres visíveis. Nenhum lugar é seguro de olhar. Nem para as fotos em preto e branco de bebês angelicais espalhadas por todas as paredes nem para as barrigas arredondadas e protuberantes das futuras mamães orgulhosas, todas radiantes e infladas com o sucesso de suas gestações a termo. Não consigo sequer olhar nos olhos da recepcionista, dispensando sua piedade ou seu julgamento por minha barriga flácida.

Mantenho os olhos fixos no chão, erguendo-os apenas quando ouço o agudo de uma gargalhada, alta demais para a reverência silenciosa de uma sala de espera. A mulher está no celular, com a boca arreganhada e toda sorrisos, feliz da vida, com a barriga grande e dilatada. Encaro o ventre com sadismo, deixando que os sentimentos de inveja, raiva e dor fluam dentro de mim até que eu esteja quase sentindo meu corpo vibrar por conta das emoções.

Essa mulher faz tudo parecer tão fácil. Aposto que é daquelas que simplesmente decidiu engravidar, e opa! Quando foi ver, duas linhazinhas felizes na barrinha branca. Parte de mim quer pular e sacudir seus ombros: *Por que você? Por que você, e não eu?* Mas não faço nada — não porque seria um comportamento ultrajante que provavelmente atrairia policiais ao local, mas porque, no fundo, tenho medo de que ela me responda e seja algo do tipo: *porque você não o merece.*

As lágrimas chegam em dois tempos, queimando meus olhos, irritando meu nariz e molhando minhas bochechas, e eu as enxugo com o mesmo movimento de sempre.

A dra. Okafor tem um sotaque sul-africano charmoso que me deixou à vontade desde a primeira vez que o ouvi. Hoje ela está em silêncio enquanto passa o aparelho de ultrassom em minha barriga e olha para o monitor. Enterro a cabeça no braço de Harrison, pois o vazio granulado na tela é demais para mim.

Depois de alguns minutos movendo o transdutor para a frente e para trás e estudando a imagem, a dra. Okafor diz:

— Ok. Não vejo nada com o que nos preocupar aqui. Como estão as cólicas?

— Melhores, mas ainda estou sangrando.

— É normal. Até por mais algumas semanas. Se piorar, me ligue na mesma hora — diz ela, repetindo o que o médico da emergência disse. Ela me dá uns lencinhos para que eu possa limpar o gel em minha barriga. — Alguma dúvida?

Pigarreio, odiando ter de perguntar, mas precisando saber.

— Quando podemos...? Quando dá pra...?

— Tentar de novo? — sugere ela.

Faço que sim com a cabeça, e os bíceps de Harrison, nos quais ainda estou me apoiando, se contraem.

— Fisicamente, depois do seu próximo ciclo menstrual, já deve estar tudo certo para começar a tentar. Emocionalmente, é com você. Vá no seu tempo. É uma experiência difícil, eu sei.

Sabe? Tenho vontade de perguntar por entre os dentes. Mas fico de boca fechada. Talvez ela realmente saiba. Sinto meus olhos lacrimejarem de novo e não confio em minha voz, nem para lhe agradecer pela gentileza.

— Queria recomendar também, caso tentem de novo, que procure alguém, um especialista, para fazer alguns exames. Como foi seu terceiro aborto espontâneo, é importante identificar quaisquer fatores ocultos que esteja causando isso e, se possível, corrigi-los.

Abro a boca para perguntar o óbvio, mas ela faz um gesto com a mão.

— Não estou dizendo que você *tenha* algo. Muitos casais, depois de vários abortos, conseguem ter gestações viáveis e saudáveis. É algo a se pensar, pode te ajudar a não passar por isso novamente.

Assinto. O que ela está dizendo faz sentido, e eu faria qualquer coisa para não passar por essa situação mais uma vez, mas, por outro lado, tenho medo... *E se houver algo errado? E se, na verdade, não pudermos...* Não consigo nem completar o pensamento, que dirá dizê-lo em voz alta.

Nem sempre tive vontade de ser mãe. Na verdade, acho que fui contra a ideia quase minha vida inteira. Minha mãe abandonou a mim e a minha irmã quando nós tínhamos onze e catorze anos. Teoricamente, ela se separou do meu pai porque não o amava mais. Aparentemente, amava nosso vizinho, sr. Frank, que tinha sido como um tio para nós por, praticamente, nossa vida inteira. Mas, em vez de se mudar para a casa dele, decidiram que era mais fácil irem para o outro lado do país, em Seattle, e eu me lembro de ter pensado: "Mais fácil para quem?"

Vivian se recusava, mas eu a visitei todos os verões até entrar na faculdade, e era como um universo paralelo. Ou um set de cinema em que o papel do meu pai era desempenhado por um ator substituto.

À medida que ficava mais velha e percebia que a maioria das mães não deixava seus filhos para trás quando se divorciava, questionei se não lhe faltava algum gene maternal, algum instinto básico importante, que talvez faltasse em mim também.

Enquanto a maioria das pessoas que eu conhecia se derretia com bebês, cheirando suas cabecinhas como cachorros afoitos, eu nunca entendia tal deslumbramento. Mesmo quando Vivian teve Finley, que a meu ver era o bebê mais adorável da face da Terra (até Griffin chegar), eu morria de medo de ficar sozinha com ela e não sabia como segurá-la nem o que significava quando ela chorava, e com certeza não sentia nenhum impulso interno de ter meu próprio neném.

Mas aí conheci Harrison. E não sei exatamente quando essa chavinha virou — antes de nos casarmos, deixei bem claro para ele que não achava que estava destinada à maternidade, e mais tarde, enquanto conversávamos sobre o casamento, ele disse que para ele tanto fazia, contanto que estivéssemos juntos. Então ninguém ficou mais surpreso do que eu quando, certa manhã, comendo waffles com suco de laranja numa lanchonete da nossa rua, olhei nos olhos dele e disse:

— Vamos nessa.

— O quê? — perguntou Harrison.

— Quero ter um filho seu.

Ele me encarou, em choque. Um segundo, dois, fiquei nervosa. E se ele pensasse que nós havíamos combinado de não ter e realmente não quisesse? E eu (eu!) comecei a entrar em pânico diante da ideia de não ter filhos com ele. De repente, não conseguia pensar em nada no mundo que eu quisesse mais que isso. Quando achei que não conseguiria mais suportar o silêncio e estava pronta para entrar no modo megaofendida, já que tinha mudado de ideia e que isso era, sem dúvida, o que deveríamos fazer, ele abriu a boca e disse:

— Posso terminar meu bacon primeiro?

Depois que me vesti e saímos da sala de exame, Harrison coloca a mão em minha lombar, guiando-me pela sala de espera. Mantenho a cabeça baixa, sem querer ver mais mulheres grávidas. Estamos quase nas portas de vidro quando a voz de uma mulher nos chama.

— Dr. Graydon?

Harrison para e vira a cabeça.

— Oi — responde, cordial. Pela cadência de sua voz, sei que é uma paciente.

Cerro os dentes porque tudo que quero é ir embora, para o carro, para casa, para longe dali. Penso em seguir em frente e passar pelas portas. Harrison entenderia, com certeza. Mas o condicionamento social me manda ficar imóvel, interagir e desempenhar o papel da educada esposa do médico. Então, abro um sorrisinho e giro os calcanhares.

Fico sem ar. É como um soco no estômago, um furacão que me tira do lugar, algo sugando todo o ar que há dentro de mim.

Não é a mulher com quem Harrison está falando que me deixa sem chão. É o homem ao lado dela.

O homem do Giant.

O homem dos meus sonhos.

Felizmente, tenho chorado tanto nos últimos três dias que Harrison não fica tão alarmado por minha perda de controle.

— Mia? — pergunta, com delicadeza.

De repente, três pares de olhos estão cravados em mim, esperando uma reação.

Mas só vejo os olhos familiares *dele*, tão castanhos que são quase pretos. Estão me encarando tão intensamente como nos meus sonhos. Sei que é porque estou paralisada, olhando, pasma, para o homem, como se ele tivesse irrompido em chamas de repente e eu nunca tivesse visto fogo antes.

Lanço o olhar para o chão e tento me recompor ou disfarçar, porque eu ia dizer o quê? Como explicaria?

— Uma cólica... — murmuro, tocando o ventre. — Está tudo bem.

Harrison me puxa para perto.

— Essa é Caroline, uma paciente minha.

Eu me obrigo a olhar para ela, tentando ignorar o aperto no coração, a alucinação bizarra que estou experimentando.

— Seu marido salvou minha vida na semana passada.

Ela sorri, e eu foco em seus dentes — brancos e do tamanho de chicletes — simplesmente porque não tenho outro lugar para onde olhar.

Retribuo um sorriso fraco.

— Que nada... — diz Harrison, modesto, depois entra no modo médico: — Você está fazendo repouso? E não está carregando peso?

— Sim. E aqui estou eu, examinando o bebê. Ordens médicas.

Uma lembrança é engatilhada: se trata da apendicectomia de emergência que Harrison realizou semana passada, a mulher que descobriu que estava grávida.

— Parabéns! — exclamo, com entusiasmo exagerado, e Harrison aperta minha cintura.

— Obrigada — responde ela, pondo a mão na barriga. — Foi uma baita surpresa.

Assinto, meu olhar voltando ao homem ao lado dela.

— Desculpe — diz Caroline —, esse aqui é Oliver.

Oliver.

Registro em minha mente, em minha boca. Tenho a sensação de que deveria ter um gosto familiar. Não tem.

Mas todo o restante sobre ele é familiar — sua postura relaxada, a mão enfiada no bolso puído da frente da calça jeans, a forma como o tecido gasto de sua camiseta bordô está justo e então folgado nas curvas de seus braços, de seu peito. A mecha mais longa do cabelo castanho ondulado e rebelde caindo nos olhos, o jeito com que ele a ajeita de vez em quando, um hábito que nem nota mais. Ele é familiar de um jeito que não faz sentido. Como uma foto de revista que de repente ganha vida. Ou como um ex-namorado que você não vê há anos. Eu o conheço, mas não conheço essa versão dele.

Ele está falando com Harrison, mas de repente se vira para mim, e fico paralisada pela segunda vez, comendo-o grosseiramente com os olhos. Sei que devia dizer alguma coisa, dar uma desculpa esfarrapada, algum clichê do tipo "você me parece familiar", mas, quando abro a boca para falar, ele começa primeiro:

— Eu conheço você — diz, inclinando a cabeça.

Meu coração dispara. Minha pele está formigando. Meus olhos se arregalam, mas também tenho uma leve sensação de alívio. Se ele me reconheceu, então *é óbvio* que eu o conheço, e não só dos meus sonhos estranhos. Devo tê-lo encontrado antes e não me lembro, é a única coisa que poderia... começar a explicar tudo isso. Inclino-me um pouco para a frente, ansiosa, esperando para ouvir de onde ele me conhece, esperando que tudo se encaixe e faça sentido.

— Quer dizer, não *conheço* você, mas eu já te vi. No Giant, talvez? Semana passada?

Ah.

— Foi mal. Isso deve ter sido estranho — continua. Seu tom é amigável, mas ele não sorri. — Mas tenho uma memória fotográfica muito boa, nunca esqueço um rosto.

— É... — consigo dizer, com a voz meio esganiçada. — Eu estava lá. Na sexta?

Oliver abaixa e levanta a cabeça. Afirmativo.

— Mundo pequeno — comenta Harrison, amável.

— Cidade pequena — Oliver arremata.

E então Harrison está finalizando a conversa, e todo mundo está trocando os habituais "foi um prazer te conhecer" e demais amabilidades, e eu estou sendo impelida para a porta, desconcertada com a normalidade bizarra do encontro.

— Desculpe — sussurra Harrison em meu ouvido enquanto abre a porta do meu carro para mim. — Sei que você queria sair de lá.

— Está tudo bem — respondo, acomodando o corpo no banco reclinável, tentando assimilar a situação, como isso é possível e por que sinto como se tivesse acabado de andar na montanha russa mais rápida do mundo... Eufórica, apavorada e parecendo que a qualquer minuto vou vomitar para todo lado.

— Está com fome? — pergunta Harrison quando entramos na cozinha.

Minha mente ainda é um mar de confusão, choque e sofrimento.

Fixo o olhar na única banqueta ao redor da imensa ilha da nossa cozinha. Seu par está em meu estúdio, e só agora penso em como foi cruel tê-las separado. A banqueta parece perdida, como uma criança que se perdeu da mãe no shopping e foi parar, desnorteada, em uma loja que nunca viu antes. Preciso comprar mais banquetas. Adiciono o item à lista de coisas que parecem impossíveis de fazer.

— Não — respondo.

Meu telefone toca, e eu o jogo no balcão.

— É a Vivian? — pergunta ele.

— Provavelmente. Ou meu pai. Ou Raya. Não retornei as ligações deles desde...

— Eu conto — oferece Harrison.

Ele pega o telefone que já parou de tocar e começa a clicar na tela com o polegar. Enquanto ele sai da cozinha, ouço-o dizer: "Oi, Vivian. É o Harrison."

Sei que deveria ir atrás dele, sei que estou me esquivando. Sei que Vivian vai me ligar de qualquer jeito, depois meu pai, depois minha mãe, depois meu telefone vai continuar tocando e apitando animada e insuportavelmente até o fim dos tempos. Mas, se tem uma coisa que aprendi, é que o aborto deixa as pessoas desconfortáveis, até as que mais te amam. Elas nunca sabem o que dizer, então sempre acabo sendo aquela que as conforta. *Tudo bem, estou bem. Vamos tentar de novo.* E, agora, não consigo confortar ninguém.

Preciso ficar sozinha. Escapo pela porta dos fundos e vou ao estúdio para não ter que escutar Harrison dizer as palavras que estou evitando.

Meus tubos de tinta e acessórios artísticos estão espalhados pelo chão da garagem, e as telas estão encostadas nas paredes como garotos de ensino médio em uma dança. À espera. A garagem ainda guarda o cheiro remanescente de lascas de madeira. O proprietário anterior a usava como estúdio de carpintaria para talhar à mão os próprios barcos, e uma grande canoa apoiada em dois cavaletes nos cumprimentou quando entramos aqui pela primeira vez. De repente, desejo que ele a tivesse deixado para trás. Tenho vontade de percorrer com os dedos suas bordas lisas, me aconchegar em sua base curva.

Em vez disso, eu me deito no cimento duro onde o barco ficava.

E penso em Oliver.

Oliver.

Saber o seu nome era como destrancar algum tesouro de sonhos que achei que estivesse perdido para sempre, dissolvido como açúcar à luz do dia.

Os sonhos vêm voando como lembranças: Oliver sentado em uma carteira perto de mim na aula do sr. Piergiovanni, murmurando em voz alta enquanto tento achar o cosseno de um triângulo isósceles e silenciá-lo, morrendo de medo de me meter em encrenca. Oliver, meu copiloto em um biplano, rindo quando percebo que nenhum de nós sabe voar, e o avião começa a despencar do céu, assim como meu estômago. Oliver deitado ao meu lado em um campo de cereais, com a mão quente entre minhas pernas, pressionando a parte interna da minha coxa...

Sacudo forte a cabeça. Não são lembranças. São sonhos. São apenas sonhos. Não é real.

Mas ele é *real*. Estava ali, a poucos centímetros de distância, tão sólido quanto o chão de cimento sob meus pés. O episódio inteiro parece uma cena de filme de suspense. Como se eu estivesse assistindo como uma es-pectadora, com a respiração contida, assustada com cada acontecimento. Então, penso que a coisa mais chocante de todas é também a mais banal.

Ele é *casado*.

Parece errado. Como usar um vestido para tomar banho de mar. Ou um par de sapatos muito apertado. Não combina.

Mas lá estavam eles: dois pombinhos.

E vão ter um bebê.

Um lápis carvão está com a ponta para fora de uma caixa aberta perto de mim, com um *HB* prateado gravado na lateral. Pego-o sem mover o corpo, a ponta dos dedos mal tocam a extremidade. Tiro-o da caixa, e a vontade repentina e familiar de criar, de fazer alguma coisa do nada toma conta de mim, mas não há papel por perto. Começo a desenhar no chão. Primeiro, uma linha que vai, aos poucos, tomando a forma de um dedinho e, em seguida, uma mão, que não passa do tamanho de uma moeda de vinte e cinco centavos.

Largo o lápis e cubro a mão com a minha. Cabe perfeitamente sob minha palma.

Então, de alguma forma, pego no sono.

Está escuro quando Harrison entra. Mas, em vez de dizer que preciso me levantar ou me carregar de volta para a casa, ele se deita ao meu lado, com a cabeça junto à minha e os olhos escuros resplandecendo à luz da lua. Viro-me de lado para ficar de frente para ele, com a ponta de nossos narizes quase se tocando.

— *Dios Mía* — sussurra ele.

Dou uma piscadela lenta e longa. Sua bochecha repousa na mão que desenhei.

— Nosso bebê — sussurro de volta. — Você está deitado nele.

Suas sobrancelhas se erguem por cima dos óculos, e ele se senta um pouco, olhando para o chão até conseguir enxergar os dedinhos no escuro, meio manchados e inacreditavelmente pequenos.

— Merda — responde ele. — Sabia que seria um pai horrível!

É uma piada péssima, é muito cedo para isso. Mas me faz soltar uma risadinha, e eu o amo por isso.

Ele se deita de costas, dessa vez posicionando a cabeça longe do desenho. E eu o amo por isso também.

— Posso te contar uma coisa maluca? — sussurro.

— Claro — responde ele.

— Sabe aquele cara hoje, na sala de espera? Com sua paciente, Caroline?

— Sei.

— Tive meio que um *déjà-vu* quando o vi. Como se já o tivesse visto.

— No Giant?

— Não... Quer dizer, eu realmente lembro de tê-lo visto lá. Mas só porque da outra vez eu tive a mesma sensação.

Harrison espera uma explicação, e eu procuro as palavras.

— Eu já o vi antes.

— Tenho certeza de que já, Hope Springs é uma cidade pequena.

— Não, estou tentando dizer que... — Faço uma pausa. — Eu sonhei com ele. Antes.

Assim que a frase sai da minha boca, percebo como soa ridícula.

Harrison me olha de esguelha.

— Como assim? Você teve um sonho com alguém que se parece com ele?

— Não, com *ele*. Eu acho. Era tão familiar! Como se eu o conhecesse, mesmo nunca o tendo conhecido.

— Porque você sonhou com ele — repete Harrison.

— É.

— Hum...

Ficamos sentados em silêncio por alguns segundos.

— Você acha que eu sou louca? — pergunto.

— Acho — responde ele.

Dou um cutucão em seu peito.

— Ei!

Seu semblante se suaviza.

— Mas é uma das coisas que eu mais amo em você.

Sei que ele não acha que seja muito importante, e eu poderia tentar explicar melhor, por quanto tempo venho sonhando com Oliver, como foi chocante vê-lo em carne e osso, mas fico exausta de repente.

Ele põe a mão em meu ombro, envolvendo-o delicadamente, e acaricia minha pele com o polegar.

— Desculpe. Pelo bebê — digo.

O pesar em seus olhos reflete o meu. Respiro fundo, sentindo um alívio no peito, como se a mera presença de Harrison estivesse ajudando a diminuir a carga do meu sofrimento. Sinto-me conectada a ele.

Por esse motivo, não consigo acreditar no que ele diz a seguir.

— Talvez seja melhor assim — sussurra.

Encaro-o, em choque.

— Eu não quis dizer... — começa ele, mas para em seguida.

Uma lágrima escorre do meu olho para a curva do meu nariz, depois para o chão entre nós.

— *O que* você quis dizer? — murmuro.

Ele faz uma pausa, organizando os pensamentos.

— Que a gente tentou. Que talvez não seja nosso destino.

Dou um sorriso irônico, mas sem malícia.

— Achei que você não acreditasse em destino.

Ele reposiciona a cabeça, que está apoiada no cotovelo.

— É que... naquela noite... Não sei se consigo ver você passando por aquilo de novo. Não sei se *eu* consigo passar por aquilo de novo. Você poderia ter... — Ele não completa a frase.

Fecho os olhos. Sei que ele queria dizer "morrido". Eu poderia ter morrido. Mas não sei como explicar que parte de mim já morreu. Cada bebê que partiu levou consigo um pedaço de mim. E, por mais que ter um bebê não vai trazer esses pedaços de volta, não ter nenhum talvez acabe comigo de vez.

Finalmente abro os olhos.

— Quero ir ao especialista em fertilidade.

É uma afirmação, não uma pergunta, mas ainda assim espero que ele responda. Que consinta como geralmente faz quando discordamos. Ou que discuta, que me diga que ainda não está pronto, que precisa de mais tempo. E nós nos encaramos, com os rostos banhados pela luz do luar e a mãozinha do nosso neném entre nós.

Capítulo 5

Harrison

— PELO AMOR DE DEUS, por que você foi colocar a torre aí? — pergunta Foster, despejando o líquido preto da garrafa na caneca e sinalizando com a cabeça em direção ao jogo de xadrez armado na mesa.

Harrison examina o tabuleiro, tentando lembrar-se de seu último movimento.

— Eu vou capturá-la com a minha torre — continua Foster.

Trinta anos mais velho que Harrison, Foster Moretti é um dos integrantes fundadores do grupo de cirurgiões do Centro de Saúde de Fordham, o único que ainda exerce o cargo. Segue a linha mais tradicional possível, preferindo exames físicos (tocar, olhar e escutar) a aparelhos tecnológicos. Costumamos brincar que ele nem sabe em que andar fica o aparelho de ressonância magnética. Foster só trabalha dois dias por semana — um com os pacientes na clínica, e o outro com cirurgias —, mas não parece conseguir se afastar do trabalho.

Harrison se lembra de sua estratégia.

— É, mas aí eu vou capturar sua torre com meu bispo.

Foster balança a cabeça com firmeza.

— Mas você só tem essa torre. Eu ainda tenho as duas. Um jogador com uma torre só nunca deve sacrificá-la pela do adversário. Lev Alburt.

Harrison não tem ideia de quem é Lev Alburt, mas imagina que seja algum expert em xadrez que Foster lê nas horas vagas. Foster captura a torre de Harrison, e Harrison captura a de Foster com o bispo, e os dois estudam o tabuleiro em silêncio por um minuto.

— Sinto muito. Fiquei sabendo sobre Mia. — Foster sopra o café. — Como ela está?

Harrison pensa em Mia, na noite anterior, deitada no chão do estúdio, e sente um aperto no coração.

Quando se encontraram pela primeira vez, ele pensou que ela era demais pra ele. Muito linda, óbvio, mas também muito tudo. Muito espirituosa, muito impetuosa, muito talentosa, muito interessante, muito *viva*. Estava usando aquele vestido amarelo. E dois grampos rosa de plástico, igual àqueles que crianças usam, para manter o lado direito do longo cabelo escuro longe do rosto. Era óbvio que ela tinha se esforçado para compor o visual, mas também era óbvio que não ligava para o que achavam. Era tão moderno, agradável. Ele tinha passado a vida inteira se importando com o que as outras pessoas pensavam e, durante a noite inteira, só conseguiu se importar com o que ela pensaria. Poderia ter escolhido qualquer homem ao redor, mas o escolheu, como se escolhe um doce em uma vitrine de padaria. *Vou querer aquele ali.*

Ela o escolheu. Naquele momento, Harrison jurou que passaria a vida inteira garantindo que ela não se arrependesse. Mas, na época, como poderia saber quantas coisas sairiam de seu controle? Não há nada que ele odeie mais do que ver a esposa sofrendo e não poder dar um jeito na situação. E, embora a cada ano que passe ele se sinta mais inseguro sobre tudo que tivera certeza (e frequentemente pense que essa não é uma progressão natural — não devemos estar mais convictos em nossas crenças sobre o mundo à medida que envelhecemos?), Harrison tem uma certeza: a tristeza de Mia é a sua tristeza, e ele a carregaria consigo como água em um balde até o fim de sua vida se isso significasse que ela não teria de suportar o peso.

Para Foster, ele mente:

— Ela está bem.

Foster abaixa a cabeça.

— E você?

Harrison mente de novo:

— Estou bem também.

Então o celular em seu bolso toca e, por ser o dia de sobreaviso, sabe que é da emergência.

— Vai começar — resmunga.

Às quatro, quando finalmente tem um minuto para comer um sanduíche na sala dos médicos, o celular toca novamente.

— Oi, Graydon. Aqui é o Leong. Apareceu outro caso que acho que você precisa ver... Uma mulher com trinta e nove graus de febre e dor abdominal aguda; taquicárdica. Pelo espaço livre no raio X, parece perfuração nas vísceras.

Enquanto Leong fala, Harrison acessa o histórico da paciente no computador. Avisa que já vai descer e dá uma última mordida monstra no sanduíche, sem saber quando vai conseguir comer de novo.

A paciente aparenta ter a idade de Mia, uns trinta e poucos anos — o que está próximo à idade de Harrison, trinta e cinco, mas Mia sempre brinca que os poucos anos de diferença fazem dele um ancião. Seu cabelo loiro está preso para trás em um rabo de cavalo bagunçado, e ela está deitada na maca com as mãos agarrando as bordas. Sua expressão está tomada pela aflição, mas a mulher tenta escondê-la com um sorriso. Harrison percebe rapidamente que não é por causa dele: ela nem o olha. Há um menino ao lado, com olhos esbugalhados e um pouco trêmulo. Lembra tanto Noah que Harrison fica gelado e é inundado por uma torrente de recordações.

O rosto sem vida de Noah, a boca em "o" em volta do tubo endotraqueal, como se estivesse tão surpreso quanto Harrison pelo que tinha acontecido. O sangue viscoso que cobria quase toda a superfície, como se alguém tivesse derrubado sem querer uma lata de tinta vermelha ao redor. O bipe monocórdico, um lembrete constante de seu fracasso.

Mantendo a voz calma, Harrison sorri para a criança e pega um dos pirulitos que guarda no bolso do casaco para situações como essa.

— Oi, rapazinho — cumprimenta, oferecendo-lhe o doce, porém o menino afasta a cabeça.

Harrison sabe que ele vai ser difícil. Coloca o pirulito no braço da cadeira junto ao menino e volta o olhar para a mãe.

— Qual é o problema?

— Meu estômago — responde ela, cerrando os dentes.

— E qual é o seu nome?

— Whit... — Ela faz uma pausa para respirar. — Ney.

— Whitney, sou o dr. Graydon. Só vou fazer algumas perguntas e um exame rápido, e vamos descobrir exatamente o que você tem. Tudo bem?

Ela assente.

Harrison faz as perguntas de praxe sobre o histórico médico, as características e os detalhes dos sintomas e da dor que ela está sentindo. Durante o exame físico, quando ele chega à barriga, a paciente grita ao contato, mas para na mesma hora, olhando para o filho. O menino encara, com seus olhos de Noah.

— Desculpe, rapazinho — diz Harrison, levantando as mãos. — Já terminei.

O estômago dela está duro como pedra e quente. O diagnóstico de Leong estava correto, o que significa que Harrison precisa operá-la de imediato.

— Certo, Whitney, então o que você tem é basicamente o que chamamos de uma perfuração nas vísceras, o que significa que há um furo em algum lugar no seu trato digestivo, ou seja, desde o esôfago até onde ele termina, no reto. Eu gostaria de fazer uma laparotomia exploratória, que é só um termo chique para abrir, encontrar o furo e fechá-lo.

Enquanto ele discorre sobre os detalhes da cirurgia, os olhos dela vão se arregalando, o que é comum: a maioria das pessoas não gosta da ideia de serem abertas com um corte. Então ela faz a pergunta que a maioria faz, na esperança de evitar ser aberta por um corte.

— O que acontece se eu não fizer nada?

— Bem — responde Harrison —, vamos lhe dar antibióticos... — Ele olha para o menino e escolhe as próximas palavras com cuidado. — Mas o prognóstico não seria bom.

— Como assim não seria bom?

Ele pigarreia.

— Muito provavelmente não haveria mais jeito.

— O quêêêêêêêê? — grita o menino. As lágrimas brotam em seus olhos de imediato. — Nããããããoooo!

— Está tudo bem, Gabriel — afirma Whitney, pondo a mão no braço do filho. — Querido, está tudo bem. Eu não vou morrer. — Ela se vira para Harrison, retraindo-se de dor mais uma vez. — Vamos fazer a cirurgia.

Ele assente de leve e explica todos os riscos da forma mais rápida e tranquila possível para não voltar a alarmar o garoto. Em seguida, dá um tapinha na mão dela.

— Vamos cuidar bem de você. Em poucas horas, vai se sentir bem melhor do que agora, eu prom...

Ele para e pigarreia. Foram exatamente as mesmas palavras que disse a Noah antes da cirurgia. E eram mentira. E ele jura que o menino, Gabriel, consegue ouvir seus pensamentos, pois lhe lança outro olhar fixo.

— Não mate minha mãe — pede Gabriel, com os pequenos punhos cerrados ao lado do corpo como se planejasse dar uma surra em Harrison caso não corra tudo bem.

— Não se preocupe, vou deixá-la novinha em folha — afirma Harrison em um tom reconfortante. Então, mesmo sabendo que não devia, olha-o no fundo dos olhos e acrescenta as palavras que não conseguiu terminar antes: — Eu prometo.

Aparentemente é o suficiente, pois Gabriel estende os dedinhos roliços e pega o pirulito do braço da cadeira, desembrulhando-o em um movimento rápido e enfiando-o na boca.

Noah quis o de uva.

A lembrança atingiu Harrison como uma bala perdida. A forma com que Noah espiou seu bolso cheio de doces e surrupiou o roxo quando achou que Harrison estava distraído conversando com sua mãe. "Só depois da cirurgia, rapazinho." Repreendeu Harrison, tomando o pirulito de sua mão. E agora, enquanto Harrison olha para Gabriel, com o pirulito criando uma bolinha perfeita sob a pele da bochecha direita, pensa: *Noah nunca ganhou o pirulito. Noah nunca vai ganhar outro pirulito.*

Ele espanta o pensamento mórbido, sai da sala e passa todas as orientações a Sheila, a enfermeira responsável por Whitney. Ela recebe a confirmação de que está tudo pronto, e Harrison pede que avise à paciente.

— Ah, e Sheila... Veja se há alguém para quem podemos ligar para ficar com a criança.

— Meu marido, não! — grita a mulher por detrás da cortina. — Não liguem para *ele*.

Sheila ergue uma sobrancelha e franze os lábios.

— Tudo bem. Estávamos tentando a irmã dela, que parece que trabalha no cinema e sai em uma hora, mas ainda não conseguimos entrar em contato.

Harrison abaixa a voz.

— O que tem o marido?

— Separados, de acordo com ela — sussurra a enfermeira. — Estão no meio de uma espécie de briga pela guarda.

Ele assente.

— Mande Gabriel lá para baixo, para a ala pediátrica. Deixem-no brincando com o video game. Isso vai distraí-lo até a tia chegar.

— Vai mesmo.

Ele põe a cabeça para dentro do quarto.

— Gabriel... você curte Need for Speed? Minecraft?

O menino arregala os olhos.

— Ele adora Minecraft — comenta Whitney. — Não é, rapazinho? — Em seguida, diz um "obrigada" silencioso.

Quando Sheila desliza para dentro do quarto, Harrison liga para a sala de cirurgia no andar de cima, transmitindo todas as informações necessárias de maneira firme e calma. Em seguida, vai para a sala dos médicos e direto para o banheiro, que graças a Deus está vazio. Põe uma mão de cada lado da pia e se encara no espelho.

O apelo de Gabriel ecoa em sua cabeça: *Não mate minha mãe! Não mate minha mãe! Não mate minha mãe!* Com o coração disparado, Harrison liga a torneira e joga água na testa e nas bochechas, em seguida levanta a cabeça, observando o líquido gotejar pela pele e pingar da barba.

Inclina-se para a direita, pega a lata de lixo embaixo da pia e vomita.

A primeira vez que Harrison perdeu um paciente foi duas semanas após começar a residência. Acidente de carro. Uma mulher de oitenta e um anos, com falta de ar, foi levada para a emergência. Estava estável, e o médico responsável mandou ficar de olho e ligar caso ele precisasse de alguma coisa. Harrison sentou-se ao lado da maca. A mulher começou a falar sobre o marido, como ficaria preocupado se ela não voltasse a tempo para o jantar. Harrison segurou sua mão, garantindo-lhe que já tinham ligado para o marido.

— Não me sinto bem — disse ela, fechando os olhos. A cabeça pendeu.

As pessoas assumem um olhar específico no segundo antes de sua morte. Pálido, sim. Fraco. Mas é outra coisa. Intangível. Uma consciência. Harrison não tinha experiência para reconhecê-lo até então, só sabia que havia algo de errado. Gritou por socorro. O médico responsável apareceu, chamado por código, e começou as massagens cardíacas. Harrison assistia sem poder ajudar.

Hora da morte, 18:32.

Todo médico tem sua primeira história de morte, e cada um lida com isso do seu jeito. Harrison ficou em estado de choque. Tudo estava se movendo muito devagar e muito rápido ao mesmo tempo. Ele ficou em um canto observando os enfermeiros desconectarem o soro intravenoso com movimentos precisos, rabiscarem notas em tabelas e puxarem o lençol para cobrir o rosto dela. Sabia que estavam fazendo seu trabalho, mas teve uma sensação forte de que esperava por algo mais, embora não conseguisse pensar no que poderia ser. O retumbar de um sino? Um minuto solene de silêncio? Um certificado de que a vida que estava ali, e, então, tão rápido quanto um sopro na chama de uma vela, tinha-se extinguido.

O residente chefe apareceu, e Harrison pensou por um segundo: Acho que era isso que eu estava esperando. O residente chefe olhou para o médico responsável.

— Bife Salisbury na cantina. — Deu um tapa do batente da porta. — Quer jantar?

Não há aula na residência, nenhuma dica para lidar com a morte, com a mortalidade, com o luto. Então você olha para seus mestres e aprende, não *como* se desligar, mas que você tem de se desligar. Anestesiar-se emocionalmente. Alguns médicos oram, se consolam acreditando que algo ou alguém está no controle. Alguns bebem. Alguns gritam com os filhos. Com o tempo, Harrison encontrou conforto na aleatoriedade da morte. No fato de que ele pode fazer tudo certo, exatamente o que foi treinado para fazer, mas nem sempre é o suficiente. As pessoas morrem. E ele não pode salvar a todos.

Então veio Noah.

Harrison aprendeu que há uma diferença entre pessoas morrendo sob seus cuidados e pessoas morrendo *devido* a seus cuidados. A diferença é tão imensa quanto o oceano. E ele não tem certeza se sabe nadar.

Capítulo 6

ENTRO NA COZINHA ARRASTANDO OS pés, com os olhos inchados e avermelhados, o corpo fraco e dolorido. Encho um copo de café frio do bule que Harrison preparou antes de sair, depois vasculho os bolsos do jeans que usei ontem à procura do número do endocrinologista que a enfermeira da dra. Okafor nos deu. O próximo horário disponível é mais ou menos daqui a duas semanas e meia. Deixo marcado, desligo e a cinta apertadíssima que vinha comprimindo meus pulmões e coração pelos últimos cinco dias afrouxa, ainda que de leve.

Segurando a caneca, vagueio sem destino pela casa, embora minhas pernas saibam exatamente para onde vou, levando-me para o quarto cheio de caixas fechadas no andar de cima. O ritual que adotei depois de cada aborto é masoquista, mas sou impelida a completá-lo. Quer dizer, se eu conseguir achar o que estou procurando. Há no mínimo quatro caixas etiquetadas com "diversos", nas quais, enquanto embalava a mudança, joguei todas as coisas que ocupavam espaço em nossas prateleiras e gavetas e que não pareciam ter um lugar específico.

Sento-me no chão, vasculhando caixa após caixa, esquadrinhando entre revistas de medicina velhas, álbuns de foto, itens aleatórios que achava por aí na Filadélfia e levava para casa ao longo dos anos — a luvinha infantil rosa, uma calota enferrujada, uma chave antiga de casa —, mas não acho *aquilo*. O desespero vai se avolumando em meu peito como uma onda que ganha força à medida que se aproxima da praia. E se tiver sumido? E se a perdi no processo da mudança, ou não foi para a caixa, ou jogaram fora por acidente? Mas lá está, finalmente, na terceira caixa, uma ponta de tricô aparecendo por debaixo de um Boggle.

O alívio percorre minhas veias enquanto puxo a touquinha listrada azul e rosa, do tamanho de uma toranja. Na primeira vez em que descobrimos que eu estava grávida — a primeiríssima vez —, Harrison voltou para casa do plantão no hospital, no dia seguinte, e ajoelhou-se ao meu lado, já que eu estava deitada no sofá vendo Game Show Network. Nem lembro o que estava passando, *Family Feud*, *Supermarket Sweep* ou *Wheel of Fortune*, mas me lembro como ele pousou delicadamente o chapeuzinho em minha barriga plana.

— Onde você conseguiu isso? — perguntei.

— Roubei. — Ele abriu um sorriso. — Do berçário.

— *Harrison!* — repreendi, mas não pude deixar de rir.

— Não vai fazer falta. Aquelas senhorinhas amáveis os tricotam para os recém-nascidos. Eu só... Só não quis esperar. — Colocou a palma da mão no chapéu em minha barriga, quase ocultando a peça macia. — É seu primeiro chapéu — sussurrou entre as mãos, para o chapéu, para nosso bebê. — O segundo vai ser um boné do Eagles, óbvio. Mas esse é o primeiro.

— E se for menina?

Ele pausou e olhou para mim, fingindo-se chocado.

— Por que uma menina não pode ter um boné do Eagles? — rebateu. — Meu Deus, que machista...

Ri de novo.

— *Touché*.

Agora, pego a touca e a seguro junto ao rosto, com o tricô suave e áspero em meu nariz. As lágrimas ressurgem, rápidas e furiosas, e abraço as pernas com um braço, puxando-as de encontro ao peito, balanço-me para a frente e para trás e pranteando aquele primeiro bebê, que nunca teve a chance de usá-la. E o segundo. E o terceiro. Pergunto-me, não pela primeira, segunda nem terceira: Para onde foram? Meus bebês. Onde estão? Sinto-me desesperada por encontrá-los, como se tivesse perdido as chaves e, se procurasse bem, vasculhando embaixo do assento do sofá, ou debaixo da mesa de centro, ou na desordem do guarda-roupa, pudesse encontrar. Estão lá, me esperando. Em algum lugar. Só tenho de encontrá-los.

Meus soluços se tornam primitivos, guturais, e fico aflita de uma maneira que nunca deixei nem Harrison presenciar. É particular, esta desolação, só entre mim e meus bebês. Quando terminar, vou guardar a touca de volta na caixa, junto ao meu pesar, mantendo-a escondida a distância por segurança. Vou dar meu melhor para focar no próximo bebê, o que vai poder chegar a usá-la. Afinal, o que mais posso fazer?

Quando estou finalmente drenada e meu corpo não parece mais um lençol antes de ser posto para secar no varal — batido e torcido, mas ao mesmo tempo viçoso e renovado —, coloco suavemente o chapéu de volta na caixa. Inspiro e expiro, trêmula, e em seguida noto as outras coisas que ignorei enquanto procurava o chapéu. O Boggle, óbvio, um envelope cheio de canhotos de ingressos de shows e cinema e uma foto avulsa de Raya em nosso primeiro ano na Moore: na cama, usando um macacão e um chapéu com uma flor grande na aba. Uma pilha de sketchbook para os quais não olho desde a faculdade. Tiro todos da caixa e folheio devagar as páginas, versões de esculturas de Rodin que desenhei a partir de todos os ângulos, nus de colegas que posavam para ganhar uma grana extra, incluindo Raya. Um deles está repleto de mãos: páginas e páginas de dedos, mãos dadas e nós ossudos (uma das partes do corpo mais difíceis de reproduzir com um lápis).

Do último sketchbook, caem papéis soltos, com orelhas. Abro a capa azul gasta e prendo a respiração.

Oliver.

Nem me lembro de ter desenhado o retrato, mas aqui está ele, concretizado em tons de cinza, com os olhos de um preto intenso do lápis carvão Nitram B. Fico toda arrepiada enquanto fito a imagem, agora sei que o homem não é fruto da minha imaginação. Que eu estava desenhando alguém que existe. Como pode ser possível? Fecho o sketchbook rapidamente e o enfio de volta na caixa, colocando os outros por cima, como se estivesse tentando enterrar a prova.

Mas, por mais que tente, conforme vou ocupando minha manhã regando a horta, distribuindo diligentemente o sulfato de magnésio ao redor dos pés de tomate e mordiscando uma barrinha de granola enquanto assisto a *Let's Make a Deal* na sala, não consigo tirar Oliver da cabeça.

No comercial, pego o celular na bancada da cozinha, onde está conectado à tomada, e abro o navegador. Fito a barra de busca em branco e penso no que digitar, antes de finalmente começar por um termo amplo e genérico: sonhos.

Leio um artigo tedioso e superficial sobre o que são os sonhos — uma série de imagens, eventos e emoções que ocorrem involuntariamente durante o sono —, depois rolo a tela por vários sites que oferecem os significados por trás dos símbolos comuns nos sonhos. A maioria é um monte de psico-blá-blá-blá óbvio: sonhar que está jogando lixo fora significa que você está se livrando das energias negativas em sua vida.

Depois, clico em "e" e vou até "estranhos".

Sonhar com um estranho significa que uma parte de você está reprimida e oculta. Como alternativa, simboliza o auxiliador onírico que lhe oferece fragmentos de previsões do futuro.

Segurando o celular, ergo os olhos para Wayne Brady falando com uma mulher coberta com uma roupa de bacon da cabeça aos pés e suspiro. Volto para o mecanismo de busca e tento refiná-la.

Sonhar com um estranho e depois encontrá-lo.

Clico, e os resultados preenchem a tela. À medida que passo os olhos, percebo que estava esperando algum estudo científico surgir, uma explicação biológica ou psicológica para o fenômeno, que fizesse total sentido e esclarecesse tudo num piscar de olhos. Para minha grande decepção, a maioria dos resultados direciona para fóruns ou murais de mensagens. Clico no primeiro.

É uma pergunta postada por Sonhadora06. Tento não me constranger com a ideia de que com certeza é uma menina de doze anos que cobre as paredes do quarto com pôsteres de Shawn Mendes.

Já sonharam com uma pessoa e depois encontraram essa pessoa na vida real?

Há quarenta e sete respostas. Há os esperados não, é impossível e alguns poucos que dizem que acreditam que pode acontecer, mas que nunca aconteceu com eles. Para minha surpresa, porém, a esmagadora maioria são histórias pessoais sobre as próprias experiências. Do mais vago: Uns seis anos atrás, sonhei com um cara que eu gostava muito, mas não consegui visualizar o rosto dele. Ele sussurrou seu nome para mim bem antes de eu acordar: Matthew. Quando conheci meu atual marido, Matthew, soube que estava sonhando com ele. Ao mais específico: Uma vez tive um sonho com uma garotinha que usava um prendedor de cabelo com listras laranja e uma camiseta com um unicórnio em pé ao lado de uma caixa registradora e, no dia seguinte, a vi no shopping, parada ao lado de uma caixa registradora exatamente como no sonho.

Volto aos primeiros resultados da busca e clico em mais links, todos repletos de histórias como essas. À medida que vou lendo um por um, o que mais me surpreende não são os detalhes, e sim o volume expressivo de pessoas que afirma ter a mesma experiência. Depois de mais ou menos uma hora, as palavras e histórias começam a se embaralhar, mas continuo lendo mesmo assim, buscando conforto no fato de que não estou sozinha, mesmo sabendo que nenhuma dessas histórias poderá me dizer a única coisa que quero saber: o que será que isso significa?

No meio da sexta ou sétima história (dessa vez em um fórum do Reddit), as palavras desaparecem e a tela é preenchida pelo rosto de Raya. Ela está me ligando.

Normalmente, a gente se fala por mensagem, então deslizo rapidamente o polegar pela tela e a coloco no ouvido.

— O que aconteceu? — perguntou.

— Nada. Por que você está achando que aconteceu alguma coisa?

— Você está me ligando, você nunca liga.

— Ah, bem, a gente não se fala desde... Você sabe. E eu pensei que uma mensagem seria meio... Sei lá, superficial.

— Eu gosto de superficial.

— Como você está?

— Bem.

— Mesmo?

— Não. — Suspiro. — Estou péssima. E tenho certeza de que estou ficando louca.

— *Ficando*?

— Rá-rá.

— Por que você está louca?

Respiro fundo. Hesito em contar, não só porque pareceu ridículo quando eu disse em voz alta, mas porque tenho a sensação de que Harrison não acreditou plenamente em mim, ou nem ao menos entende o quanto a situação é chocante. Não quero que o mesmo aconteça com Raya. Mas aí me dou conta de que é Raya, minha amiga que tem no mínimo seis livros de astrologia, que queima uma salva com frequência e que uma vez enterrou cristais de quartzo em quatro vasos e colocou um em cada canto do nosso apartamento na faculdade para "criar uma barreira de proteção" quando achamos que ela podia ter um stalker. Se alguém vai acreditar em mim, esse alguém é ela.

Então conto.

Tirando alguns bem colocados e incrédulos "o quês?", Raya não diz nada até eu descarregar cada detalhe: da minha primeira recordação de sonho com Oliver, quando eu estava na faculdade, passando por tê-lo visto no Giant, até o encontro na sala de espera da dra. Okafor. Mesmo agora, no silêncio que se segue, preciso guiá-la:

— Fala alguma coisa.

— Você tem sonhado com esse homem por anos?

— Tenho.

— A gente já morou junto. Como assim só estou ouvindo isso agora?

— Não sei. Os sonhos sempre pareceram, tipo, não fazer sentido. Intensos, mas sem sentido, até que eu o vi, do nada. É esquisito, né? Quer dizer, você já ouviu falar de algo assim?

— Não sei — repete ela, dando uma pausa para pensar. — Quer dizer, umas noites atrás, sonhei que fui fazer compras com Barack Obama. Ele ficava tentando colocar um pedaço daquele bolo de carne pré-pronto no meu carrinho, e eu não queria. Fui ficando muito brava, mas ele não largava. Só ficava falando: "Pega a carne, é deliciosa!" Aí comecei a gritar com ele. Com Barack Obama!

Espero um pouquinho.

— Algum significado oculto aí?

— Estou dizendo que sonhos *são* esquisitos. Inexplicáveis.

— Ok, são. Mas, depois do sonho, por acaso você encontrou nosso ex-presidente na sala de espera de um ginecologista?

— O que Barack Obama estaria fazendo no ginecologista?

— Raya!

Ela fica sem graça da própria piada. Eu pressiono.

— Continuo pensando que devo conhecê-lo, de alguma forma. Você não acha? Quer dizer, não me lembro de já tê-lo visto alguma vez, mas é a única coisa que faria sentido.

— Ai, meu Deus! — diz Raya.

— O quê?

— Acabei de me lembrar de um documentário que vi uma vez. Era sobre duas meninas que se encontraram quando eram adolescentes e se reconheceram, mesmo sendo completas estranhas. Acabou que elas eram gêmeas, separadas no nascimento.

— Está falando de *Operação cupido*?

— Será que era isso?

— Não é um documentário.

— Ah, mesmo assim, sempre ouvi falar isso sobre gêmeos, que eles têm essa conexão estranha e sonham um com o outro e tal. Talvez esse cara seja seu irmão perdido.

Penso em alguns sonhos. As mãos de Oliver. E pigarreio.

— Ah... não acho que eu e ele sejamos parentes.

— Nunca se sabe. Sua mãe, ela não era exatamente fiel.

Eu devia ficar ofendida, mas essa parte é verdade.

— Ok, minha mãe é... minha mãe. Mas acho que saberia se tivesse um meio-irmão por aí.

— É, acho que sim.

— O que mais? — Espero um segundo. Raya parece não ter nenhum palpite mirabolante. — Você não acha que deveria significar algo mais? Sabe? Eu ter sonhado com esse cara por anos e depois vê-lo? Na vida real?

Raya pausa.

— Não sei. *Você* acha que significa alguma coisa?

— Ai, meu Deus, agora você está falando igual à Vivian.

— Sério? — diz ela, obviamente sem se ofender com a comparação. — Sempre achei que daria uma boa terapeuta. Sabe, uma vez, quando eu tinha quinze anos, meus avós nos levaram a Salem, em Massachusetts, para passarmos as férias em família, e me consultei com uma dessas videntes de confiança, e ela bem que me disse que eu seria psicóloga quando crescesse. É óbvio que estava errada, mas... — Ela faz uma pausa e fica em silêncio. Depois continua. — Ai, meu Deus, é isso, é exatamente disso que você precisa.

— Um psicólogo? Ótimo, muito obrigada.

— Não, um *vidente.*

— Ai, não.

Eu adoro assistir ao Warner McKay às três da manhã conversando com parentes mortos da plateia como se fosse normal, mas não sei se acredito que ele seja vidente. É tudo tão vago: "Quem tem nome com a letra J? Estou sentindo algo na perna... Alguém com a letra J, que levou uma facada na coxa, ou caiu de uma ribanceira e quebrou a perna, ou ela foi amputada?" Parece mais um grande jogo de adivinhação.

— Não, sério, eles entendem dessas coisas, sonhos e o que significam, tudo isso. E tem um monte de videntes pela Filadélfia. Deve ter um até na pequena e velha Hope Springs.

— Não sei... Meio que acho que é tudo um esquema.

— É, claro, alguns provavelmente são. Mas alguns são legítimos.

— Aham. — Eu estava pensando que um especialista em sonhos ou um terapeuta teria mais legitimidade. — Vou pensar no assunto.

Quando desligamos, penso em telefonar para Vivian, que é terapeuta de outras coisas, nem que seja para equilibrar a balança da abordagem mística de Raya com a lógica de minha irmã. Mas literalmente já consigo ouvir o que ela vai dizer: "Mia, você está passando por muito estresse ultimamente, o que, com a mudança e a perda do bebê, pode realmente causar uma confusão em seu cérebro, fazer você pensar coisas que não são necessariamente verdade."

Reviro os olhos e me levanto. Estico os braços sobre a cabeça, e a voz virtual dela continua: "Faça alguma coisa! Você tem todo o tempo no mundo e fica aí sentada, obcecada. Desfaça as malas! Vai caminhar! Aprender tricô!"

Nossa, a Vivian falsa é irritante. Mas sei que também está certa. Preciso mesmo ocupar a mente. Entro na cozinha, jogo fora a embalagem da barrinha, então saio pela porta dos fundos, refazendo os passos do dia anterior até o estúdio.

Por alguns segundos, encaro o chão onde Harrison e eu estávamos deitados, a mão de carvão, e então, aí está ela de novo, a mesma urgência de criar, a urgência que me tem escapado desde que nos mudamos para Hope Springs.

Em movimentos treinados, tiro a aliança simples de ouro do dedo e a penduro numa corrente em volta do pescoço. Pego grossos tubos de tinta acrílica das caixas e alguns pincéis, e os organizo na mesa próxima à tela em branco. Em seguida, me sento na banqueta e me vem uma imagem tão nítida que é como se eu estivesse olhando para uma fotografia. Começo a pintar.

Paro uma vez para comer um pacote de batata chips e uma maçã e outra para acender a luz quando o sol vai sumindo das janelas e a escuridão se insinua. Mas ainda estou pintando quando Harrison abre a porta rangente do estúdio, mais tarde, e para no batente da porta, assistindo pacientemente à ponta dos meus dedos deslizarem pela tela com determinação, criando quatro traços de amarelo e laranja. Raramente uso pincéis quando pinto. Prefiro o controle dos dedos para criar linhas, profundidade, textura, sombras. Satisfeita com as marcações, tiro a mão da tela e olho por cima do ombro para meu marido.

— Você está pintando — diz ele.

— Estou.

— É um frango.

— É.

O do meu pesadelo, não morto e embrulhado em papel-alumínio, mas vivo e em cores brilhantes verde-limão, laranja e azul esverdeado, cacarejando com o bico vermelho escancarado.

Harrison inclina a cabeça, ponderando.

— Coisas com penas?

Faço uma pausa com o lábio meio torcido.

— Talvez — digo.

Harrison entra no estúdio e se aproxima por trás de mim até ficar perto o suficiente para tocar meu ombro. Mas deixa as mãos nos bolsos.

— Que horas são? — pergunto.

— Tarde. Onze horas.

Sabia que tinha perdido a noção do tempo, mas ainda estou surpresa por me dar conta de que estive pintando por quase doze horas.

— Dia difícil?

— Uma mulher com diverticulite perfurada. Caso complicado. Taquicárdica, acidótica. Teve que sair antes que eu pudesse terminar. Mandei-a para a UTI para ressuscitação.

Assinto, embora só esteja vagamente familiarizada com os termos por ouvir Harrison usando-os ao telefone.

— Não quis vir embora antes de conferir como ela estava algumas vezes.

Assinto de novo. Nós dois fitamos o frango meio que esperando que ele ganhasse vida a qualquer momento.

— Acho que vou procurar um emprego — afirmo, dando voz ao pensamento que tem rondado minha mente desde que conjurei o conselho da Vivian falsa. Na verdade, faz semanas que penso no assunto. Mas principalmente agora. Preciso de alguma coisa, mais do que arte, para manter minha mente ocupada.

— Loja de móveis?

— Talvez.

Noto que a cauda de penas precisa de mais detalhes. Mergulho o dedo na tinta ocre, depois coloco um pouquinho de marrom-escuro.

— Você comeu? — pergunta Harrison, mas não registro as palavras, focando totalmente em meu trabalho. Ele costumava levar para o lado pessoal quando eu o ignorava enquanto trabalhava, ou mesmo quando não estava trabalhando mas de repente era atingida por algo que queria experimentar num trabalho em andamento ou com uma nova ideia e meus olhos ficavam apáticos no meio da frase.

— Odeio quando você faz isso — disse ele certa vez, com a voz baixa. Foi suave, mas o timbre novo, ou talvez a seriedade com que falou, me transportou de volta a ele. Olhei para Harrison com os olhos arregalados.

— Eu estava falando. Com você.

— Desculpe — respondi, envergonhada. — Eu só...

Ele estendeu o braço para me interromper, e eu prendi a respiração, me perguntando se era isso mesmo. O fim da picada. Minhas manias excêntricas de artista não eram mais charmosas para ele. Já estava de bom tamanho. Pensei em todas as coisas que eu poderia ter feito para prevenir o esgotamento: poderia ter tentado mais. Ter dado ouvido às cem primeiras vezes que ele soltou uma indireta sobre isso o incomodar. Estar presente. Colocá-lo em primeiro lugar. Não ficar imersa no trabalho. Mas também sabia que era impossível, então só segurei a respiração.

Ele me encarou e saiu do quarto. Eu soltei o ar, com a forte sensação de que tinha me desviado de uma bala.

Agora, ele se vira para sair, o som dos sapatos no cimento se retirando. Dou estocadas com o dedo na tela em golpes rápidos e curtos e, quando a porta se abre com um rangido, me lembro.

— Marquei uma consulta. Quinta-feira, cinco de julho — digo.

Ele fica em silêncio, e eu me pergunto se me ouviu. Ou se já saiu, embora eu não tenha ouvido a batida da porta se fechando. Minha mão paira em frente à tela, meus ouvidos ficam atentos.

Então, finalmente ele fala:

— Ok.

E se esquiva para fora, na noite escura.

Capítulo 7

EMBORA, EM QUASE TODA ESQUINA de Hope Springs, haja uma loja de antiguidades, só existe uma de móveis: a Arara de Olhos Azuis. É superfaturada, muito bem arrumada e ouso dizer que o dono escolhe a dedo cada item que vende. Além disso, não estão contratando.

Passei duas semanas explorando sites de vagas, na esperança de encontrar uma que me interessasse, ou que eu pelo menos não odiasse. O problema é que Hope Springs é desanimadoramente pequena e só havia dois trabalhos para os quais eu me qualificava um pouquinho: o de garçonete em um restaurante italiano e o de zeladora de uma escola primária. Mas ambos eram em período noturno, o que não resolveria minha necessidade de ter algo para fazer durante o dia. Também não adorava a ideia de ver Harrison ainda menos. Expandir minha área de busca por todo o Condado de Bucks não ajudou, então decidi usar a abordagem clássica. Aparecer nos lugares pessoalmente e torcer para conseguir um trabalho usando meu charme, a começar pela Arara de Olhos Azuis.

A gerente, uma mulher alta de cabelo loiro-claro, com francesinha nas unhas e um crachá escrito "Henley", me permite, com toda gentileza, preencher uma ficha de candidatura mesmo assim.

— Sabe, ouvi dizer que o Sorelli's está com uma vaga disponível para garçonete. O nome do gerente é Richard.

— Obrigada — respondo —, mas eu realmente estou procurando algo na área de design de interiores ou só design. Eu era consultora na Stanley Neal, na Filadélfia.

— Ótima loja. Alto nível.

Confirmo com a cabeça.

— Bem, Nora, a proprietária, faz a maioria das consultorias quando nossos clientes solicitam ajuda com design. — Ela segura o papel que eu preenchi. — Mas vou entregar a ela.

— Nora? — Arregalo os olhos. — A mesma Nora que é dona da galeria de arte na Mechanic?

— É, você a conhece?

Suspiro. Odeio cidades pequenas.

De volta à rua, fico torrando ao sol depois do balde de água fria. Tenho de admitir que, na verdade, não tinha planejado meu próximo destino à caça de emprego. Fui ingênua a ponto de esperar que minha experiência na Stanley Neal fosse a única arma de que precisaria e que a Arara de Olhos Azuis me contrataria de imediato. Solto um grunhido enquanto minha testa começa a coçar com o suor e um pingo começa escorrer pela lateral do meu rosto. Estou com calor. Minha pele está grudenta, e meu vestido roxo de alcinha e de algodão de repente fica insuportavelmente desconfortável. Quero gritar de frustração.

No fim do quarteirão, as letras vermelhas da placa do True Value capturam minha atenção, e penso em meus tomates e em como as folhas só ficaram mais amareladas — algumas mais para o marrom, para ser sincera — e ainda precisam carregar uma frutinha. De repente, fico furiosa com Jules e sua dica estúpida sobre sulfato de magnésio, que não fez nada para salvar as plantas. Viro-me em direção à fachada e vou batendo o pé pela calçada até a porta de vidro barulhenta.

Depois de me adaptar à falta da luz brilhante que havia do lado de fora, meus olhos examinam a loja até avistarem o capacete de cachos acinzentados de Jules acima de um painel de martelos. Enquanto avanço, resoluta, em sua direção, a raiva vai crescendo sozinha, até eu ter certeza de que ela é culpada não só pelos tomates, mas também pela falta de um trabalho decente em Hope Springs, pela perda de *todos* os meus bebês e, muito provavelmente, pelo aquecimento global.

— Jules — rosno, e ela se vira devagar, olhando pelas lentes de seus óculos as letras UPC coladas no cabo de um martelo. Seu olhar volta para mim, com os olhos grandes e excessivamente molhados. Seu rosto é um mapa de vincos profundos, e o pescoço continua pelancudo. Essas marcas de idade tiram minha vontade de brigar tão rápido quanto o ar sai de um balão estourado. Fico desarmada.

— Sim — responde ela com a voz rouca —, posso ajudar? — É óbvio que não se lembra de mim.

— Meus tomates estão morrendo — reclamo.

— Ah! — Seu rosto se ilumina. — Você já tentou sulfato de magnésio? Não vendemos aqui. Você vai ter que ir até o Giant.

Eu a encaro com a boca meio aberta. Suspiro.

— Vou tentar. Obrigada.

Ela assente e começa a cantarolar enquanto pendura o martelo que estava segurando, depois se afasta com o andar calmo por um corredor em direção aos fundos da loja.

Ouço alguém respirar alto atrás de mim, seguido de uma voz grave e profunda.

— Péssima dica.

Alarmada, viro-me e percebo que estou a poucos centímetros de um rosto muito familiar.

Um soluço estrangulado de surpresa emerge de minha garganta e dou um passo para trás.

Ele endireita a coluna.

— Foi mal. Seu nome é Mia, né?

A voz é amigável e calorosa, mas o jeito que ele me olha é totalmente enervante. Ou talvez eu esteja totalmente enervada, apesar de sua expressão.

Quero responder, dizer qualquer coisa, mas descubro que perdi todo o domínio do idioma. E me dou conta de que, nas últimas semanas, embora não tenha me esquecido dele, de certa forma rotulei nossa interação, igual a uma curadora de museu lidando com a aquisição de um Dalí. Catalogar como "surreal".

Mas agora ele está parado na minha frente, e um relógio derretido ganha vida.

— Oliver — diz ele, apontando para si mesmo. — Nos esbarramos na dra. Okafor? Seu marido salvou a vida da minha irmã...

Eu me obrigo a me recompor.

— É, sim, Isso... — respondo, estudando sua imagem familiar. O sorriso torto; uma linha profunda em forma de parêntese que aparece só do lado direito, como uma covinha que decidiu não ficar no lugar. As sobrancelhas cheias e cerradas, os lábios finos, a forma com que, depois de passar a mão pelo cabelo, as mechas ficam em pé. Eu me lembrava desses detalhes dos sonhos? Ou de quando nos encontramos na sala de espera? A dificuldade de discernir sonho e realidade me deixa ansiosa.

Então, ouço realmente a frase que ele disse, como se ricocheteasse em meu cérebro, igual a uma bolinha de fliperama.

— Peraí. *Irmã*?

— É. Caroline?

— Eu não... Eu achei que vocês eram...

Ele me encara por um segundo.

— Que a gente era...? — Arregala os olhos. — Ah, não! — Dá uma gargalhada. — Acho que faz sentido, já que a gente estava junto na obstetra. Mas não, apoio fraterno. Ela só está meio... pirando com a coisa toda.

— Ah.

Embora eu o estivesse encarando boquiaberta como se ele fosse um tigre selvagem que surgiu do nada no meio da loja de ferramentas, noto pela primeira vez que está segurando um desentupidor. A outra mão está enfiada no bolso. A cena é meio ridícula: o acessório não combina com a intensidade da situação — e tenho de engolir em seco para não cair na gargalhada.

— Problemas com encanamento? — pergunto, por falta do que dizer.

— Casa antiga. Quando não é uma coisa, é outra. — Ele dá uma olhada na direção em que Jules desapareceu e ergue uma sobrancelha. — Problema com tomates?

Respiro fundo, tentando acalmar meu coração ainda acelerado, e olho para suas orelhas. Elas são levemente de abano, o que seria um defeito do destino em qualquer outra pessoa, mas, nele, acrescenta uma vulnerabilidade charmosa.

— É, problemas com a horta inteira, na verdade. Eu herdei o lugar quando nos mudamos e não tenho ideia do que estou fazendo. Além de estar matando todas as plantas.

— Bem, aconteça o que acontecer, não use sulfato de magnésio.

Eu me lembro de suas primeiras palavras para mim. "Péssima dica." Com vergonha de dizer que é tarde demais, lhe lanço um olhar questionador.

— É tipo uma lenda que as senhoras contam por aí, que o sulfato aumenta o magnésio do solo. Mas a verdade é que, geralmente, o solo não tem deficiência de magnésio, pelo menos não tanta que um fertilizante normal não consiga resolver. E o sulfato de magnésio, na verdade, pode fazer mais mal do que bem e causar queimaduras nas folhas. Se estiverem com a doença do fundo preto, só vai piorar.

— Hum...

Fico confusa com as informações que ele descarrega em mim e com todas as minhas emoções: choque e confusão, óbvio, mas também surpresa por estarmos mantendo uma conversa de um jeito tão normal. Se é que falar de sulfato de magnésio pode ser considerado normal.

— Então... você é fazendeiro?

— Não exatamente — diz ele, devagar. — Mas tenho um pouco de experiência com agricultura.

Ele passa as mãos familiares pelo cabelo familiar. As mechas ficam levantadas.

— O que manchas amarelas nas folhas significam?

Oliver recua um pouco e faz estalo com a bochecha.

— Várias coisas, na verdade. Excesso de água, falta de água, deficiência de nutrientes... Mas não tem nada a ver com o solo em si. Pode ser uma doença fúngica chamada "pinta preta" ou até mesmo um problema de praga. Pulgão, tripes, ácaro...

— É. É mais ou menos o que o Google disse. Eu estava querendo que alguém especificasse mais.

— Desculpe te desapontar — diz ele, mas o canto de sua boca se curva para cima, e a familiaridade do gesto mais uma vez me deixa sem ar.

Ele dá uma olhada em seu relógio, um daqueles tecnológicos de esportistas, o que me faz imaginar se ele corre como Harrison, e recuo um passo, obviamente tendo-o alugado por mais tempo que a etiqueta social permite. Abro a boca para dizer algo benevolente, normal. Tipo, como foi legal esbarrar com ele de novo, boa sorte com o encanamento.

— Na verdade, tenho um tempinho — comenta ele, coçando a linha do maxilar com a mão livre, coberto por pelos pontudos da barba sem fazer. — Quer que eu vá lá dar uma olhada?

— Quê?

— Na sua horta — responde, devagar.

— Ah, é... não — gaguejo, pega desprevenida. — Ela está bem, está tudo bem. Tenho certeza de que você tem milhões de outras coisas para fazer. Tipo, mexer no encanamento.

— Eu realmente não me importo. Eu meio que te devo um favor.

— Me deve?

— Seu marido salvou Caroline e tal... — Ele faz uma pausa. — Harrison é seu marido, né?

— É, isso. Entendi.

Engulo em seco, esperando não parecer tão idiota quanto acho que estou parecendo. Então, considero a oferta, a ideia de passar mais tempo com ele é tanto apelativa quanto intimidadora. É óbvio que fico uma pilha de nervos quando estou com Oliver, mas também estou morrendo de curiosidade para saber mais sobre ele. Talvez pudesse descobrir alguma coisa, qualquer coisa, que explicasse os sonhos. Além disso, não tenho mais nada para fazer hoje.

— Ok, seria ótimo. Quer dizer, se você realmente não se importar.

— Não me importo. Vou pagar e depois encontro você.

Dirijo para casa igual a uma senhorinha, agarrando a parte de cima do volante e conferindo o retrovisor a cada vinte segundos para ver se Oliver ainda está atrás de mim. Para conferir se é uma pessoa de verdade, dirigindo **um carro de verdade** (um Prius cinza), indo para minha casa de verdade. Até me belisco. Forte. No pulso, deixando uma marca vermelha. Ainda está doendo quando ando pelo caminho de cascalho, com Oliver chegando logo depois.

— Caramba. Que terreno grande! — comenta ele, depois que saímos dos carros.

— É, pensei em criar frangos, ou algo assim, sabe, para fazer uso do espaço. E é uma casa de fazenda. Sinto como se fosse um pré-requisito.

Oliver não responde, e eu desejo parar de falar enquanto o conduzo pelo quintal, mas a ansiedade me domina e tendo a me enrolar quando estou nervosa.

— Há uns anos, li um artigo sobre o crescimento da criação de frangos em bairros afastados do centro, e achei tão interessante, tão *This American Life*... E os frangos eram tão fofinhos... — Oliver ergue uma sobrancelha. — Eu consigo facilmente me imaginar vindo aqui toda manhã para colher os ovos. Acho que seria uma boa mãe de frangos.

Ai, meu Deus! PARE DE FALAR DE FRANGOS!

Graças a Deus, alcançamos a extremidade da horta, o que me dá a oportunidade de mudar de assunto.

— Chegamos. Bem-vindo à selva. — declaro, porque é o que parece. Uma selva morta, no caso. Quase tudo é marrom e amarelo, seco e murcho. Exceto as ervas daninhas, que estão vicejantes.

— Sabe o que ninguém diz sobre frangos? — começa Oliver.

Giro para ele.

— O quê?

— Que eles fedem.

— Fedem?

— Um negócio medonho.

Semicerro os olhos.

— Como você sabe?

— Já trabalhei numa granja no Oregon.

Uma granja? Fico mais interessada ainda, como se tentasse enxergá-lo com mais nitidez. Esses pedacinhos de informação me lembram de que não o conheço de verdade, mesmo sentindo que conheço. É frustrante, principalmente porque acho que ele está sendo enigmático, oferecendo pequenos insights sem nenhuma explicação. Talvez seja um homem de poucas palavras por natureza, mas quero saber mais, *preciso* saber, e isso está começando a me irritar.

— Que engraçado... Eu também já trabalhei numa granja.

Ele fica muito surpreso.

— Sério?

— Não. Na verdade, não. É um emprego bem incomum.

Sua boca se abre em um sorriso torto, acentuando o vinco em sua bochecha. Ele transfere o peso para a outra perna.

— Há uns sete, oito anos, conheci uma organização chamada Associação Global de Oportunidades em Fazendas Orgânicas. Eles alocam você numa fazenda no país da sua preferência e você trabalha lá por uns dois ou três meses. Me inscrevi no programa por impulso. Fui para tudo que é lado... Peru, Alasca, Cartum. Acabei de voltar de um vinhedo na Austrália.

Ele dá a volta na horta, estudando-a de todos os ângulos, como alguém que está comprando um carro novo.

— Peraí. Você recebe para viajar pelo mundo e... *lavrar*?

Com esse cabelo rebelde e essa vibe *hipster*, eu chutaria que Oliver trabalhava com algo criativo, como designer gráfico, baterista ou tatuador. Mas nem em um milhão de anos teria adivinhado seu verdadeiro trabalho. Ou que as pessoas ganhavam para fazer isso.

— Não. É voluntário. Só recebo casa e comida — explica ele.

Oliver dobra os joelhos, apalpa umas folhas e avalia as plantas.

— Então... você é rico?

Ele sorri com os olhos e balança a cabeça.

— Não.

Abro a boca para soltar mais perguntas, mas ele se levanta de repente, batendo as mãos e me interrompendo.

— Certo. Bem, tenho uma notícia boa e uma ruim.

Inclino a cabeça.

— A ruim primeiro.

— Os tomates não têm mais salvação. A gente pode colher todas aquelas pimentas jalapeño, e talvez você consiga mais algumas se as deixarmos aí. As verduras estão bem, só precisamos cortar as ervas daninhas. E *acho* que consigo revitalizar as berinjelas japonesas, mas o restante provavelmente não tem mais jeito.

Eu o encaro.

— Eu tenho berinjelas japonesas?

Ele dá um sorrisinho.

— Tem.

— Ah! — Examino a horta, tentando adivinhar qual é a berinjela. — Bem, e qual é a boa notícia?

— A gente vai precisar só de umas poucas horas de trabalho braçal para fazer tudo isso?

— Ah! Está mais para uma má notícia e outra má notícia.

Ele ergue os ombros em um gesto de desculpas.

— Gosto de ver o lado bom das coisas. Uma pequena falha de caráter.

Embora eu tenha dito a Oliver que não precisava de ajuda, fiquei grata quando ele insistiu, não só porque era um trabalho enorme, mas também porque eu tinha mais perguntas do que respostas e queria mais tempo. Depois de pegar no estúdio as poucas ferramentas de jardinagem deixadas pelo ex-proprietário, começamos a trabalhar em lados opostos da horta, torrando no sol quente, e ouvindo apenas a sinfonia das abelhas e o zumbido dos insetos pelo ar. Agora faço uma pausa, ofegante, e enxugo as gotas de suor da testa com o antebraço. Oliver está de joelhos, com as costas curvadas e círculos escuros manchando a camisa embaixo do braço. É mais esguio do que Harrison, mais fino, mas mesmo assim não posso deixar de notar seu tríceps flexionando e relaxando a cada grunhido de esforço ao arrancar as plantas pela raiz com a pá e a mão.

— Então, você vai me dizer o que faz quando não está viajando pelo mundo ou vou ter que adivinhar? — pergunto.

Oliver para em meio a um puxão, e seus olhos cor de ônix pousam nos meus.

— Sou escritor.

— Ah!

Combina com ele, este Oliver em carne e osso, a pessoa que sinto como se conhecesse. Já que ele não entra em detalhes, eu incito:

— Publicitário? Dramaturgo? Poeta?

— Fantasma.

Ele grunhe, e as raízes de uma planta voam pelo ar, espalhando um arco de sujeira.

— Ficção? — pergunto, e ganho outro sorrisinho.

— Não. Eu colaboro com outras pessoas, celebridades que querem contar a história da vida delas mas não têm tempo, habilidade, ou sei lá. Basicamente sou eu que escrevo a história.

— Alguém que eu conheça?

— Talvez. Conhece Carson Flanagan?

— O chef da Food Network? — pergunto, toda animada. — Quem não conhece? Quem mais?

— Agora estou trabalhando com Penn Carro.

Torço o nariz, me lembrando vagamente de assistir a um TED Talk que viralizou em que um cara ficava pulando pelo palco igual a uma superlebre, berrando para a multidão como um ativista da WWF.

— É o cara com rabo de cavalo e bíceps enormes que diz para as pessoas como ficar rico?

— Ele mesmo.

— Meu Deus, ele é desagradável pessoalmente também? — Depois me toco. — Foi mal.

Mas Oliver sorri, um sorrisão completo, que faz seus lábios desaparecerem e seu rosto se ilumina.

— Pessoalmente ele é pior.

Retribuo o sorriso, e ele sustenta meu olhar por um segundo antes de baixar os olhos.

— E você? — pergunta, atacando outra planta. — Faz o quê?

— Sou pintora.

— De casas?

Ele ergue uma sobrancelha, provocador.

— Não, mas acho que vou ter que considerar essa opção para poder ganhar dinheiro. Por enquanto, as galerias de arte de Hope Springs não têm sido receptivas ao meu trabalho. Apesar de que, para ser bem sincera, as da Filadélfia também não eram.

Sua cabeça se vira para mim rapidamente.

— Você morou na Filadélfia?

— Morei. — Tento entender a reação dele.

— Em que região?

— Perto da Universidade. Cedar Park. Por quê?

— Moro em Center City.

Congelo.

— Pensei que você morasse aqui.

— Não. Só estou dando uma força para Caroline. Por causa da cirurgia e tudo mais, da gravidez. Ela ficou muito chocada, então decidi ficar mais um pouco.

Eu o encaro, me perguntando se talvez esta seja a peça do quebra-cabeça que faltava. A Universidade e Center City ficam tão perto, a gente deve ter passado um pelo outro na rua. Num restaurante? Numa cafeteria? Um formigamento percorre minha espinha ao considerar a possibilidade. Mas então a realidade vem à tona, é uma explicação fraca, na melhor das hipóteses. A gente vê pessoas o tempo todo, mas não *sonha* com elas, ainda mais tantas vezes seguidas. Sem falar que, quando sonhei com Oliver pela primeira vez, estava no ensino médio. Em Silver Spring, Maryland.

— Sente falta de lá? — pergunta ele.

Volto à realidade, emergindo de meus pensamentos.

— Sinto — respondo, e não tinha percebido o quanto até ele me perguntar. — Eu amo a cidade. A energia, as pessoas... É tão cheia de vida! Ou acho que me sentia viva quando morava lá. Hope Springs é tão...

— Nada disso?

— É. Enfim, sinto falta dos restaurantes. Comida indiana, tailandesa, *delivery*... — digo, cavando a raiz da planta a minha frente. — E os museus, principalmente o de Rodin. Nossa, eu passei, tipo, metade da minha vida naquele lugar, pelo menos é o que parece.

— No Rodin? Acho que nunca fui lá.

— *Como assim?* — Minha voz soa alta e clara no ar do verão.

— Pois é — diz ele logo em seguida. — Eu também estrangulo coelhinhos até a morte enquanto eles dormem.

— Desculpe — digo, constrangida. — Pensei que todo mundo na Filadélfia tivesse ido lá pelo menos uma vez. É tipo... torcer para o Eagles ou comer cheesesteaks no Max's.

— Bem, *essas* coisas eu faço. Pode devolver minha carteirinha de morador da Filadélfia agora? — Ele me olha, e eu sorrio. — Sinceramente, não entendo tanto assim de arte. Só tenho... uma obra pendurada no meu apartamento.

— Ai, meu Deus, deixe eu adivinhar. Uma versão da torre Eiffel da IKEA.

— Não.

— Uma tela de cavalos correndo da IKEA.

— Não.

— Uma fotografia em preto e branco de uma ponte da IKEA.

— Você é péssima com adivinhações. É uma fotografia, mas não é uma ponte e não é produzida em massa, pra sua informação. É original.

— Hum — faço, mas estou rindo. Fico surpresa ao não conseguir lembrar quando foi a última vez que ri.

Continuamos trabalhando, e a conversa vai fluindo com mais naturalidade. À medida que aprendo mais sobre ele, vou somando os fatos, como se estivesse montando um dossiê:

Ele trabalhou numa loja de discos chamada *Play it Again* aos vinte e poucos anos.

Frequentou a Faculdade Comunitária de Fordham, mas nunca se formou.

Tem um cachorro agitado chamado Willy e o leva para correr com frequência. Sua rota favorita é pelo Rio Schuylkill.

Embora nenhum desses fatos explique por que ando sonhado com ele, percebo que estou pensando menos nisso e mais no Oliver que está aqui, neste momento. Ele é engraçado e, agora que está um pouco mais solto, uma pessoa fácil de conversar, e eu estou gostando de conhecê-lo. Ou talvez esteja aproveitando a folga da minha realidade: a procura infrutífera por emprego, os abortos sem fim, o jeito com que Harrison me olha como se eu fosse um vidro que pudesse se estilhaçar em milhares de pedacinhos a qualquer momento. O jeito com que sinto que sou um vidro que pode se estilhaçar em milhares de pedacinhos a qualquer momento.

Justo quando estou começando a relaxar com o cair da tarde, dou uma olhada rápida em Oliver. Alguma coisa no jeito com que mexe a cabeça ou com que cerra o maxilar, lutando com uma raiz teimosa, me deixa fraca. Sou dominada por um sentimento que não consigo nomear. Talvez seja só outro *déjà-vu* que ando tendo desde que o vi pela primeira vez.

Mesmo assim, cenas de sonhos recentes com Oliver se desencadeiam e inundam minha mente. Em algumas, estamos ombro a ombro, ou numa sala, com uma onda magnética me atraindo para mais perto. Em outras, ele me dá coisas esquisitas: uma ferradura velha e enferrujada;

uma pasta com diagramas de vários animais; algo em um saco de papel pardo que pensei que seria um sanduíche mas continha dentes, centenas de dentes, mais do que era possível caber numa sacola de papel. Embora os sonhos não tenham nenhum sentido, ainda me fazem acordar com o coração acelerado e em pânico. Suando frio.

Também há os outros sonhos. Os que não precisam de explicação e que acabam me acordando com uma pulsação familiar entre as pernas, confusão, lascívia, culpa, tudo revirando meu interior.

— Mia — diz ele, com a voz séria de repente.

— Oi. — A minha voz aumenta uma oitava por causa do nervosismo, do medo da possibilidade de ele saber exatamente o que eu estava pensando.

— Essa planta que você está atacando?

Olho para baixo.

— O que tem?

— É a berinjela japonesa.

— Ah!

Volto a olhar para ele a tempo de vê-lo cobrir um sorriso com o punho. Sacudo a cabeça, tentando organizar os pensamentos. Sonhos estúpidos.

Mais tarde, estamos doloridos, suados e sujos, admirando o fruto do nosso trabalho árduo. Cada centímetro de minha pele exposta está ardendo e percebo tarde demais que deveria ter me besuntado de protetor solar ou pelo menos usado um chapéu, como Harrison sempre adora me lembrar.

— O que foi? — pergunto.

Oliver dá um tapa num mosquito e coça a nuca.

— Bem, você pode jogar adubo para repor os nutrientes que o solo perdeu e depois plantar alguns legumes outonais nas áreas vazias, se quiser. Julho é perfeito para começar a plantar repolho crespo, alface, espinafre...

— Ok. — Assinto enquanto ele faz uma pausa para tomar um ar.

— E aí, *talvez* tirar as ervas daninhas uma vez por semana? Regar com regularidade? Sabe, o básico que uma horta precisa. — Está me provocando de novo.

— Em minha defesa, o sistema de irrigação deu defeito assim que a gente se mudou.

— Ah, você não falou. Acho que consigo consertar.

Ele começa a explorar o chão à procura da tubulação.

— Não, não. Você já fez muita coisa. Sério. Não sei como te agradecer — digo.

— Vamos dizer que estamos quites — afirma ele. — Mas, se você for para a Filadélfia, me avise. Você pode me levar ao Rodin. E me deixar pegar minha carteirinha de volta.

Dou risada.

— Combinado.

— Ok então — arremata, quando chegamos à entrada da casa. — Acho que a gente se vê por aí.

Mesmo sabendo que é só algo que as pessoas costumam dizer para se despedir, me pergunto se é verdade. Embora saiba que posso esbarrar com ele em algum momento, não temos nenhum motivo para nos vermos de propósito, e tento ignorar a pontada de decepção que me contrai o estômago.

— Obrigada de novo.

Ele fica parado por um instante, parece que vai dizer mais alguma coisa, mas então se vira. Eu me pergunto se a hesitação foi só coisa da minha cabeça.

Observo-o entrar no Prius, manobrar perfeitamente e acenar enquanto se dirige para a estrada. Levanto a mão, e em seguida o carro dele é engolido pelas árvores. Oliver se foi, como um sonho se desvanecendo à luz brilhante da manhã.

Há poucas coisas mais detestáveis que aqueles casais que ficam fazendo comentários clichês, relembrando o início do relacionamento: "Quando eu o conheci, sabia que era o cara certo." Ou: "Era como se a gente já se conhecesse."

Sempre solto um "nossa, que fofo", sorrindo e assentindo, enquanto por dentro estou pensando: *Pare, por favor, está parecendo aqueles romances melosos de Nicholas Sparks.*

Quando conheci Harrison, ele estava ao lado de uma fotografia em preto e branco de Prisha Khanna em seu tamanho original — a imagem mostrava duas mulheres nuas frouxamente entrelaçadas como uma echarpe infinita; um nó celta. Ele estava inacreditavelmente lindo com seus óculos quadrados pretos e sua camiseta dos Skid Row, segurando um martíni cor-de-rosa-algodão-doce numa mão e um paletó azul-marinho na outra. Quando sorriu em minha direção, uma parte de mim morreu um pouco e a outra ficou completamente viva.

Mas ele parecia uma novidade — um presente embrulhado, e eu era uma criança fazendo aniversário que não conseguia se segurar para ver o que tinha dentro.

Foi exatamente por isso que fiquei tão surpresa quando me dei conta, enquanto ainda estava parada em frente a minha casa, de que aquele sentimento que não consegui nomear antes — quando o perfil de Oliver disparou a torrente de sonhos em minha mente — não era só um sentimento passageiro de familiaridade. Nem um *déjà-vu*.

Era isso. Embora não soubesse quase nada sobre ele, senti como se *o conhecesse desde sempre.*

Sinto-me ridícula e boba ao mesmo tempo.

Dou uma sacudida na cabeça, lanço um último olhar para a horta, o desenho quadrado do solo quase todo marrom esperando pelo que virá a seguir, me viro e entro em casa.

Capítulo 8

MAIS TARDE, NAQUELA NOITE, HARRISON está deitado ao meu lado com a pele ainda úmida do banho e a cabeça recostada em três travesseiros. Ele lê um exemplar gasto de *O Hobbit*. Geralmente, está com a cara enfiada em uma de suas revistas de medicina, das quais deixa uma pilha ao lado da cama e outra atrás da privada, lendo-as de cabo a rabo todo mês como a maioria dos homens devora a ESPN ou a Esquire. Mas, de vez em quando, pega um livro de verdade (Stephen King, Michael Crichton ou J. R. R. Tolkien, um dos favoritos de sua juventude). A cada dois anos, relê *O Hobbit* e *O senhor dos anéis*, e sempre achei isso adorável, imaginá-lo criança, com seus braços, pernas e olhos grandes e redondos descobrindo a história pela primeira vez. Saber detalhes específicos da vida de Harrison antes de mim, tipo esse, sempre me fez sentir mais próxima dele de certa forma. Mas nesta noite o sinto distante, inalcançável, embora minha mão esteja a centímetros de distância da sua. E sei que é a minha culpa deitada entre nós.

Sei que não *fiz* nada de errado, tecnicamente. E sei que é normal se sentir atraída por outras pessoas, mesmo casada. Sou humana. Mas é normal ficar pensando na outra pessoa muito tempo depois de ela ter ido embora? Continuo tendo flashbacks toda vez que o tento tirar da cabeça. Oliver suando na horta. Oliver com sua risada grave ressoando no ar. Oliver quase lendo meus pensamentos com aqueles olhos iguais a piscinas de tinta. Não é que eu queira, é como aquele velho provérbio, quando alguém diz para você não pensar em um elefante, você só consegue pensar em um elefante.

Óbvio que contei para Harrison — não sobre o suor, o tríceps e os olhos intensos, mas sobre Oliver, sobre eu esbarrar com ele e ele vir ajudar com a horta.

— Sério? Nossa, as pessoas de cidade pequena são mais legais — disse, e estacou diante da visão de minhas bochechas e nariz vermelhos como pimentão. — Ui, parece estar sofrido aí. — Quando notou a tigela com umas trinta pimentas jalapeño na bancada, perguntou: — É seu jeito de dizer que quer um barril de quarenta litros de molho para o jantar?

Não mencionou minha confissão anterior sobre ter sonhado com Oliver, e me perguntei se ele sequer se lembrava. Talvez eu devesse ter explicado melhor, mas com que objetivo? *Lembra quando disse que sonho com ele? Pois é, ainda acontece.*

Agora Harrison vira a página, o que chama minha atenção, atraindo meu olhar para suas mãos. Tem mãos de cirurgião, com dedos longos e precisos, unhas bem cuidadas e asseadas. Eu as reconheceria em qualquer lugar. Se houvesse um desafio de televisão em que você teria de acertar quais são as mãos do seu marido dentre uma série de mãos, eu nunca perderia.

— Quer transar? — pergunto.

Seus olhos saltam do livro para mim, me estudando, com as sobrancelhas erguidas de surpresa por trás dos óculos quadrados. Não transamos desde que perdemos o bebê, o que é normal. Não sei quanto a Harrison, mas leva um tempo para eu ficar emocionalmente pronta, e nunca estou, mas algum dia eu simplesmente tenho de fazer isso para passar pela primeira vez. Odeio saber o que é normal para nós depois de um aborto.

— Quero. — Ele sorri e faz uma orelha na página que parou.

Embora tenha sido ideia minha, tenho dificuldade de entrar no clima. Harrison está fazendo todos os movimentos certos, tudo de que gosto, mas, quando tenta deslizar o dedo para dentro de mim, ainda estou seca.

Sei que é porque estou com medo de deixar fluir. Ele está sendo muito doce e atencioso, e tudo em que consigo pensar é que este é o amor que fluiu de nós para fazermos nosso bebê (todos os nossos três bebês), mas não foi o suficiente para mantê-los aqui. Estou segurando firme a dor dentro de mim, porque, se não o fizer, tenho medo de que nunca pare de jorrar.

Mas quero fazer sexo com meu marido, preciso fazer. Então fecho os olhos com força e tento clarear a mente enquanto Harrison passa a mão em meu cabelo e beija meu pescoço, descendo devagar até meus seios.

Não penso em bebês.

Não penso em Harrison.

Não penso em elefantes.

Penso em elefantes.

Penso em Oliver.

— Meu Deus — Harrison respira em meu ouvido, e de repente estamos transando loucamente, como nos primeiros dias de namoro, sem compromisso de fazer filhos, deixando todas as rotinas familiares de lado. Ele geme e depois, quando está deitado de costas, com as bochechas rosadas, suando e o relógio marcando 22h43, pergunta: — O que foi isso?

Dou de ombros, ofegante, com uma pontada de culpa apoderando-se de mim.

— Você não gostou?

— Gostei, gostei muito. Só quero saber o que foi que eu fiz para causar isso, para poder fazer acontecer de novo — responde, com um sorriso largo.

Encaro meu lindo marido, sua barba feita e seus olhos gentis, e, embora ele não tenha exatamente causado isso, todos os pensamentos sobre Oliver foram embora tão rápido quanto chegaram.

Penso em Harrison.

Penso em bebês.

E me sinto rasgada ao meio como a costura de um vestido justo demais. Debulho-me em lágrimas. Harrison me toma nos braços, e repouso o rosto em seu peito quente e úmido, com as lágrimas se misturando ao seu suor e criando um rio de amor e pesar. A primeira vez acabou, e sei que a próxima será mais fácil porque é isso que fazemos depois de perder um bebê.

Na manhã seguinte, estou terminando de comer uma banana na cozinha quando Harrison irrompe pela porta dos fundos com a respiração ofegante e a parte de cima da camisa encharcada.

— Está chovendo? — pergunto, olhando pela janela para ver.

— Está. Começou faz uns minutos — responde. Vai a passos largos até a geladeira, tirando um copo do armário à direita e enchendo-o de água do filtro da porta, depois bebe em um só gole e enche de novo. — Você madrugou.

É verdade. É raro eu acordar antes de Harrison sair para o trabalho, mas hoje de manhã meus olhos se abriram do nada às 5h50 e eu despertei, não só porque minha pele ardia por causa do sol de ontem à tarde, mas porque a cada movimento parecia que todos os meus músculos gritavam rebeldes. Aparentemente, jardinagem é um trabalho que exige um bom condicionamento físico. Mas, apesar de estar dolorida, ou talvez em parte por esse motivo, me senti revigorada. Renovada, de certa forma. Percebi, pela primeira vez em no mínimo quatro ou cinco noites, que não sonhei com Oliver. Não sonhei com nada.

— Tive uma boa noite de sono — comento.

— Que ótimo — diz ele, beijando a ponta do meu nariz ardido e roubando uma mordida da minha banana enquanto passa por mim.

— Mas você está em cima da hora — denuncio, vendo a hora no micro-ondas: 6h13. A essa hora, Harrison geralmente já está de banho tomado e na rua.

— Eu sei, corri mais do que pretendia.

— Sério?

Harrison é o tipo de cara certinho. Toda segunda, quarta e sexta-feira, corre cinco quilômetros, nem mais nem menos. Faz isso desde que o conheço; mesmo quando era residente, dava um jeito de encaixar a atividade na rotina. Não é a cara dele perder a noção do tempo.

— Vou tomar um banho — anuncia.

— Vou para o estúdio. Não esqueça que a nossa consulta é hoje às duas horas.

Ele me olha, sem entender.

— O especialista em fertilidade... — complemento.

— Certo.

— Você quer vir me buscar ou me encontra lá?

— É... Acho que te encontro lá. — Ele desfaz a distância entre nós e me beija. — Tenha um bom dia pintando.

— Tenha um bom dia salvando vidas — digo enquanto ele sai.

Termino de comer a banana e corro pela curta distância entre a casa e o estúdio, com a chuva me golpeando como pedrinhas.

Quando entro no estúdio, sou recebida por meu trabalho em andamento: um grande panorama de um parque de diversões à noite: um carrossel, um jogo de pescaria e uma sombra do lampejo das luzes elétricas à medida que os assentos mecânicos do *the whip* vão rodando e rodando, num frenesi. Apesar de todas as bizarrices das últimas semanas, o lado bom é que tenho desenhado e pintado muito: mais rápido e mais do que nunca. Estou recriando os detalhes a partir de meus sonhos, como fragmentos de um filme: primeiro o frango, depois uma macieira dando flor, patos em pleno voo... Desenhei até o saco de papel esquisito cheio de dentes. Achei que seria importante capturar essas imagens que parecem tão reais no meio da noite e se desvanecem com a luz do dia. Por algum motivo, me senti impelida a torná-las tangíveis, a dar-lhes permanência.

Talvez não tenha nada a ver com os sonhos e tudo a ver com os bebês que continuo perdendo. Talvez só queira me aferrar a *alguma coisa*. Provar que realmente posso.

Enquanto traço as narinas redondas de um cavalo de madeira do carrossel, volto a pensar no sonho, em como foi esquisito. Na verdade, estava mais para um pesadelo. Como se Oliver e eu estivéssemos em um filme de apocalipse zumbi. O parque de diversões estava abandonado, mas todos os brinquedos funcionavam, com as luzes brilhantes piscando e girando, quase nos cegando em contraste com o céu escuro. Uma de minhas mãos estava agarrada à dele, e a outra segurava uma nuvem de algodão-doce azul. Eu rasgava tufos do doce com a boca, rindo para o nada. Afastei-me de Oliver por um segundo, e, quando olhei para trás, de repente havia um aglomerado de pessoas por todo lado. Estávamos sendo empurrados pelo fluxo dos corpos ao redor. Então minha mão escorregou da dele, e ele se foi, engolido pela multidão. Mas ainda conseguia ouvi-lo, gritando e gritando meu nome até ficar rouco. Eu não entendia: ele estava ao meu lado, por que estava entrando em pânico? Mas era contagioso, do jeito que o pânico costuma ser, e eu acordei, toda assustada, com o coração acelerado e confusa.

Eu me afasto um pouco da grande tela e semicerro os olhos, abarcando a pintura inteira, depois começo a traçar o contorno da borda de um Tilt-a-Whirl, tentando obter o ângulo adequado no movimento de giro. Traço devagar, realmente concentrada no processo e imersa em meu trabalho de uma forma que não fazia desde a faculdade.

Estou tão absorta que nem vejo o tempo passar, até que uma olhada para o celular me informa que são 13h45. Merda, vou me atrasar para a consulta.

São 14h13 quando, com a camiseta toda respingada de tinta e as mãos ainda cobertas com as cores do parque de diversões, entro correndo na sala de espera do consultório do dr. Hobbes. Passo os olhos pelo cômodo, procurando freneticamente por Harrison com um pedido de desculpas já formulado na ponta da língua, pronto para escapar. Mas ele não está. Preencho a ficha na mesa da recepção e pergunto se meu marido entrou — talvez esteja no banheiro. Mas uma mulher de tranças e argolas douradas me diz que acha que não o viu. Eu me sento e espero, pensando que ele deve ter ficado preso no trabalho e vai entrar correndo pela porta a qualquer momento.

Mas não entra. E, no meio da consulta, enquanto estou com as pernas para cima nos estribos de apoio com a enfermeira disparando um milhão de perguntas sobre meu estilo de vida, histórico médico familiar e ciclos menstruais, percebo que ele não vem.

O lado negativo de ser a esposa de um cirurgião não é só as longas horas de trabalho, mas também o fato de as desgraças que acometem com estranhos podem te impactar bastante. É uma das coisas sobre as quais Vivian me alertou quando eu disse que Harrison e eu íamos nos casar — bem, logo depois de tirar sarro da minha cara porque passei muitos anos dizendo que nunca me casaria. "É uma vida difícil, Mia. Você tem de aceitar que vai vir sempre em segundo lugar." Não que ela não gostasse de Harrison, era só seu jeito pragmático de irmã mais velha de ter certeza de que eu tinha considerado todos os prós e contras.

— Óbvio que sei disso — retruquei, meio irritada. Afinal era eu quem já estava convivendo com o fato durante o primeiro ano de residência dele. O que eu não sabia era como o ressentimento se acumularia com o tempo, junto a uma surpreendente autorrepugnância emocional. Porque que tipo de pessoa horrível fica brava com o marido por perder uma festa de aniversário ou um jantar de aniversário de casamento, ou uma consulta no endocrinologista especialista em reprodução, quando ele está literalmente salvando a vida de alguém?

Estou dobrando a roupa recém-lavada quando Harrison chega em casa, jogando as chaves na caixa de papelão virada no hall de entrada e respirando fundo enquanto cruza a soleira da porta.

— Desculpe pela consulta — diz.

Li sua mensagem quando estava no carro a caminho de casa. Um caminhão Mack havia partido ao meio um ônibus da igreja cheio de crianças, trinta quilômetros ao norte de Fordham, e ele foi alocado na emergência para ajudar com o fluxo de pacientes. Sei que não podia fazer nada, é o trabalho dele, mas isso não me impediu de esmurrar o volante com a palma da mão e soltar grunhidos de frustração entre os dentes.

— Como foi lá? — pergunta ele.

— Foi bem — respondo, pegando uma cueca samba-canção dele e sacudindo com vigor para alisá-la. — Preenchi muitos formulários, respondi a um monte de perguntas. Colheram sangue. Os resultados devem sair logo. E o que aconteceu no acidente? Ficaram todos bem?

— Não — responde ele, passando a mão no rosto. — Três vítimas fatais. Mas todas morreram na hora, nenhuma no hospital. Até agora. — Bate o nó dos dedos de leve na parte detrás do sofá. — A coisa mais estranha é que aquelas irmãs gêmeas de treze anos estavam sentadas juntas bem no meio do ônibus, onde o caminhão bateu. A que estava mais próxima à janela teve um pulmão perfurado, ruptura do diafragma, uma possível lesão na coluna, sangue por todo lado. Mas a outra ficou perfeitamente bem, não sofreu nenhum arranhão. Eu mesmo a examinei.

Já vi Harrison fascinado com acontecimentos antes: a surpreendente aleatoriedade da vida. Da morte. Mas não tenho vontade de me aprofundar numa discussão existencial agora.

— Que loucura... — Sinto outra pontada de culpa por estar irritada com Harrison por ter faltado a uma consulta médica enquanto um paciente estava prestes a receber a pior notícia de sua vida. — A irmã vai ficar bem? A que sofreu os ferimentos?

— Acho que vai. Foi operada a tempo.

Ele dá a volta no sofá e pega a meia que estou segurando e a coloca na almofada. Então põe as mãos em meus ombros e espera até que eu olhe para ele.

— Oi — diz.

— Oi — respondo.

— Desculpe por ter faltado à consulta.

O jeito como ele está ali é como se estivesse me sustentando, e o perdão começa realmente a correr por minhas veias, derretendo a tensão em meus músculos.

— Eu sei. — Apoio meu corpo no dele, deitando a cabeça em seu peito. Depois de um minuto ouvindo as batidas do coração de meu marido, me sinto ainda melhor. — A boa notícia é que a enfermeira disse que você pode ir lá a qualquer hora nessa semana para colherem sua amostra. O dr. Hobbes disse que seus nadadores provavelmente vão bem, já que eu continuo engravidando, mas é o protocolo.

— Colher minha *amostra*? Não parece divertido... — comenta, monocórdico.

— Pode ser — digo, levantando a mão. — Eles podem até te dar uma revista nova se você pedir com jeitinho. Uuuh! Ou talvez uma foto da Whoopi Goldberg.

Depois de algumas vodcas tarde da noite, no início do namoro, Harrison confessou que no ensino médio tinha uma fantasia com ela por causa do filme *Mudança de hábito*.

Ele abaixa e levanta o queixo e dá um suspiro dramático e torturado.

— Pela milésima vez, foi o negócio da freira, não ela, especificamente. E nunca mais vou te contar nada. — Então, espalma meu rosto entre as mãos e beija a ponta do meu nariz, como já fez milhares de vezes, a maioria de manhã cedo quando tem de sair da cama e acha que estou dormindo. — Vamos lá — diz, me abraçando. — Vou arranjar alguma coisa pra gente comer.

Mais tarde, quando estou sentada no banquinho solitário e ele está de frente para mim retirando uma cenoura do frango frito com o garfo, ele diz:

— Duas coisas.

Encho a boca de brócolis e soja e observo seu semblante, esperando.

— Foster comentou que a aula de artes que a esposa dele frequenta no curso de educação continuada na faculdade comunitária está precisando de um professor para começar em agosto, se não me engano. O atual está se mudando, aposentando, ou sei lá.

Levanto as sobrancelhas.

— Eu sei, eu sei. Você acha que dar aula é a mesma coisa que desistir, mas mesmo assim pensei que devia passar a informação.

— Ok. Obrigada. Segunda coisa?

Ele pega um copo do armário e enche de água da pia. Toma um gole.

— Caroline foi lá no hospital hoje para a consulta de acompanhamento. Não me mexo.

— Foi? Como ela está?

— Bem. A incisão está cicatrizada. Está tudo bem.

— Ah, sim.

Estou me perguntando por que ele a trouxe à tona. Quase nunca fala dos pacientes a não ser que aconteça algo incomum.

— Enfim, eu estava contando para ela que Oliver te ajudou com a horta e tudo mais. Acho que uma coisa levou a outra, e ela convidou a gente para jantar com eles.

— Ah, que legal da parte dela — respondo, sabendo que Harrison disse não. O relacionamento entre médico e paciente é um risco profissional: às vezes, parece tão íntimo que alguns pacientes confundem com uma amizade real, convidando Harrison com frequência para *bar mitzvahs*, festas de aniversário e de quinze anos. Ele comparece às grandes celebrações, onde é só mais um na multidão, e evita as pequenas, mais intimistas: cafés, almoços e jantares. Acha que é passar um pouco do limite, criando uma conexão mais pessoal que poderia comprometer os serviços futuros.

— Você disse "não" com jeitinho? — pergunto.

Ele hesita.

— A gente vai lá no próximo sábado.

— *Quê?* — Não consigo esconder o choque. — Por quê?

Ele inspira longamente e toma outro gole de água.

— Amor, é só que... Estamos aqui faz o quê? Dois meses? E, para falar a verdade, você não... — Ele pausa. — Acho que faria bem a gente. Sair, fazer amigos. Nos sentirmos mais em casa.

Eu o encaro, tentando ler as entrelinhas do que está dizendo.

— A gente tem amigos.

— Na Filadélfia. É complicado pedir uma xícara de açúcar emprestada a alguém que está a uma hora e meia de distância.

— Para que preciso de açúcar? Não faço bolo.

Ele baixa o queixo e lança um olhar bem explícito para mim.

— Você entendeu o que eu quis dizer. Enfim, você já conhece Oliver, e acho que vai gostar de Caroline. Ela é engraçada.

Enquanto raspo as últimas garfadas de arroz integral do prato, mordo o interior das bochechas para não dizer ao meu marido que não é com ela que estou preocupada.

Capítulo 9

ÀS VEZES, TRABALHO INTENSAMENTE EM uma pintura, termino-a em dois dias, e pronto, nunca mais acrescento um traço sequer. Mas tem obras que levam semanas, até meses, e toda vez que as olho, penso em mais detalhes que posso acrescentar, ângulos e sombras a serem refinados, seções que precisam ser completamente cobertas de tinta e refeitas. A pintura do parque de diversões se encaixa na segunda categoria. Não tenho certeza se é porque continuo me lembrando de detalhes do sonho — um homem de pernas de pau com círculos vermelhos nas bochechas e calças listradas, a lua bamboleando no céu como uma amêndoa rachada — ou porque quero viver nela, como um ator que continua apegado ao set de um filme por muito tempo, mesmo depois do fim das gravações. Ou talvez eu queira me perder em outra coisa que não seja meus pensamentos.

Tipo no pensamento de que Harrison ainda não foi à clínica de fertilidade, mesmo tendo se passado uma semana desde que faltou à primeira consulta. O lugar só fica a dez minutos do hospital e não tem como eu estar assim tão ocupado. Lembrei-o na segunda à noite e perguntei outra vez na terça, e ele me respondeu, ríspido:

— Eu já disse que vou, Mia. Me dá uma trégua.

Ou no pensamento de que vou ver Oliver em dois dias, quando nem tinha certeza se o veria de novo na vida. Parece um pouco perigoso. Não um perigo mortal, tipo nadar com tubarões, mas um perigo mediano, tipo tocar a chama de uma vela em um desafio. Embora eu ache que, às vezes, basta uma pequena centelha para incendiar uma casa inteira.

No sábado à noite, Harrison estaciona na garagem de uma casa colonial revestida de tábuas azuis com acabamento branco no centro de Hope Springs. Estou agitada como se tivesse bebido três xícaras de café, uma atrás da outra, de estômago vazio, e engulo em seco tentando me acalmar. Considerei apelar. Se tivesse fingido que estava passando mal ou que estava exausta, Harrison teria cancelado. Mas, sinceramente, Oliver é só um homem. Não tem ideia de que sonho com ele nem do que fizemos nesses sonhos.

Graças a Deus.

Eu e Harrison seguimos pelo caminho pavimentado e subimos os quatro degraus de cimento do alpendre. Ele puxa a alça da porta de tela, abrindo-a para bater na porta de madeira logo atrás.

Três latidos graves ressoam de dentro da casa e, quando a porta se abre, um cachorro enorme de pelo preto nos recebe, quase me derrubando. Harrison segura meu braço para me estabilizar, e Caroline vem voando, desajeitada, para segurar a coleira.

— Willy! — exclama, ao mesmo tempo que se desculpa e o empurra para dentro. — Ele fica empolgado com visitas. — Ela chama, olhando para trás. — Oliver, venha pegar seu cachorro!

Então, ele surge a menos de dez metros de distância. Parado no vão da porta entre a sala e a cozinha, com o cabelo molhado do banho, as orelhas de abano dando-lhe uma aparência de menino e homem ao mesmo tempo e um pano de prato no ombro.

A imagem me desestabiliza por um instante, sinto aquela sensação extracorpórea já familiar me dominando e repito o mantra.

Ele é só um homem.

Ele é só um homem.

Ele é só um homem.

Oliver assovia.

— Vem cá, Willy!

De imediato, o cachorro para de resistir à Caroline e trota obediente até Oliver, se sentando aos pés dele. A língua está pendurada de um lado da boca, igual a um pedaço grande de mortadela.

Caroline se endireita, colocando para trás as mechas de cabelo castanho que se soltaram de seu coque.

— Desculpem — repete com o peito ainda meio ofegante por causa do esforço. — Entrem, por favor.

Harrison põe gentilmente a mão em minhas costas e me conduz para que eu entre primeiro.

— Fica — ordena Oliver, com a palma da mão próxima ao focinho do cachorro, depois se aproxima a passos largos. Tudo sobre ele é casual: dos pés descalços à camiseta branca lisa sob o pano de prato estampado e à garrafa de cerveja aberta em sua mão direita, que ele passa habilmente para a esquerda para cumprimentar Harrison.

Então, se vira para mim com os olhos amigáveis e calorosos.

— Oi, Mia.

— Oi — respondo, encaixando a mão na de Harrison e a apertando.

— Qual é a raça dele? — Harrison ainda está encarando a fera, e seu tom de voz está cheio de admiração.

— Willy é um terra-nova. Um gigante delicado — explica Oliver com o rosto quase radiante de orgulho enquanto volta os olhos para o cachorro. Em seguida, se vira de novo para nós. — Vamos entrar. O que vocês querem beber? Cerveja? Vinho?

— Vinho, por favor — respondo.

Ambos olhamos para Harrison, que ainda está encarando o cachorro.

— Fera total — murmura, espantado, e, notando o silêncio, ergue o olhar. — Ah, cerveja está ótimo. Obrigado.

Caroline nos conduz até o sofá e as cadeiras, e Oliver volta para a cozinha, com Willy seguindo-o obediente. Eu e Harrison nos sentamos em um sofá antigo marrom e laranja com uma estampa floral de frente para quatro patos silvestres empalhados, simulando voo, em um painel escuro na parede acima da cornija da lareira.

Harrison mergulha nas cortesias sociais, começando pelo clima ("Dá para acreditar nesse calor? Brutal"), pergunta a Caroline como está se sentindo, comentando os cheiros deliciosos que escapam da cozinha, enquanto murmuro em concordância, olhando para as mesas de canto antigas, o violão no canto da sala, os tapetes gastos e estampados e os patos mortos.

— Dão medo, né?

Oliver aparece ao meu lado segurando duas cervejas pelo gargalo numa mão e uma taça de vinho na outra. Sigo seu olhar para os patos que eu estava encarando como se fossem ganhar vida se me concentrasse o suficiente.

— Ah! Eu não... Eles são meio...

— Mórbidos — completa ele, olhando fixo para Caroline. Depois me entrega a taça de vinho e estende a mão da cerveja, passando em minha frente, para Harrison, que a pega, ainda envolvido na conversa com Caroline.

Ela para no meio da frase.

— Ouvi isso.

Oliver abre um sorriso e se abaixa para se sentar na poltrona ao meu lado.

— Bem, não sei por que você ainda não se livrou deles.

— Acho que eles meio que me conquistaram. — replica Caroline e se vira para nós. — Essa casa pertencia aos nossos tios-avós. Eles nos criaram quando a nossa mãe morreu. Doença nos rins.

— Ah, sinto muito.

Olho de Caroline para Oliver, que dispensa as condolências com um gesto de mão, mas há uma tristeza em seus olhos.

— Já faz muito tempo.

— Então, Mia me disse que vocês moram na Filadélfia — comenta Harrison com Oliver.

— É. Volto amanhã, na verdade.

Levanto a cabeça, e os olhos de Oliver encontram os meus por um instante, depois se afastam. Minhas bochechas coram, e volto a encarar os patos, tentando fingir que meu constrangimento se deve unicamente à minha reação à notícia, e não à forma como me senti quando seus olhos encontraram os meus.

Na sala de jantar, enquanto nos empanturramos com grandes travessas de espaguete à carbonara, Caroline suspira de prazer.

— Ah, está quase perfeito, Oliver — declara, mastigando com gosto.

— Quase? — pergunta ele.

— Bem, nenhum é tão bom quanto o do Sorelli's. Vocês já foram lá?

O nome soa familiar, mas não consigo me lembrar por quê; talvez tenha passado pelo restaurante quando estive no centro.

— A melhor comida italiana de todos os tempos — continua ela. — O que é uma pena já que não posso nem pisar lá de novo.

— Por que não? — pergunto, pegando o copo.

— Quando trabalhei lá, transei com o gerente.

Quase cuspo o vinho.

— Acontece que ele é casado.

— Você sabia que ele era casado quando dormiu com ele — retruca Oliver, monocórdico.

— Eu sei, mas a história fica mais interessante quando a gente diz "acontece que", não fica? Enfim... — Ela se dirige para nós. — Agora estou grávida dele! E não trabalho mais no Sorelli's.

— Sabe, você não precisa compartilhar *tudo*.

E é aí que me lembro de onde ouvi falar do Sorelli's.

— Ah, é! Uma mulher da Arara de Olhos Azuis estava me falando sobre a vaga de garçonete lá.

Oliver faz um gesto com a mão, com a palma para cima.

— E aí está uma das vantagens de morar em uma cidade pequena. Todo mundo sabe de tudo.

— Então, Caroline, você está procurando emprego?

Caroline nega com a cabeça enquanto engole o bocado que está mastigando e limpa o canto da boca com o guardanapo.

— Por sorte, eu encontrei um bem rápido. Sou assistente do gerente da Secretaria Municipal de Cultura e Lazer.

— Ah, que ótimo! O que você faz lá? — pergunto.

Oliver se inclina para a frente.

— É, o que exatamente você faz, Care? Você não chegou a dizer.

— Bem, eu pego café, atendo o telefone e coisas do tipo, mas também posso participar das reuniões e fazer sugestões. — Caroline abre um sorriso. — Por exemplo, lembra que, quando eu era criança, odiava que Hope Springs nunca tinha um desfile de Natal?

— Não — diz Oliver.

— Lembra, sim. Sempre que chegava novembro, eu escrevia cartas para o prefeito e recebia aquela resposta padrão irritante sobre como já havia celebrações maravilhosas, tipo o show de luzes de fim de ano em Shady Brook e aquele passeio estúpido de trem transformado em expresso do Polo Norte mesmo não indo a lugar nenhum. Mas que cidade pequena não tem desfile de Natal?

— Hope Springs — rebate Oliver, impassível, e estuda o rosto de Caroline, que de fato parece estar guardando uma grande novidade. — Deixe eu adivinhar... Agora tem.

— *Agora tem.* — Os lábios dela se curvam em um sorriso complacente. — Já marquei com as bandas marciais do ensino médio e fundamental da escola e um Papai Noel para andar num carro conversível e distribuir doces no final.

— Parece divertido — comento.

— Obrigada. E você, o que faz, Mia?

— Ah... — Ganho tempo pousando o garfo no bowl. — Eu meio que ando procurando emprego nos últimos tempos. Algo que seja meio período.

— Mia é artista, pintora — intervém Harrison.

O orgulho em sua voz aquece meu coração. Mas sei o que vem a seguir. As perguntas sutis para determinar se sou uma pintora *de verdade*, se é uma carreira mesmo ou um hobby fofo, e não estou com vontade de sondar meus fracassos mais uma vez, então mudo de assunto.

— Vi o violão na sala. Algum de vocês toca? — Assim que pergunto, percebo que estou esperando que não.

— Oliver — responde Caroline.

Um homem com um violão pode ser clichê, mas há uma razão para ser clichê: é sexy para caramba. Eu achava que um cara que tocasse *qualquer* instrumento seria sensual até ir à casa dos pais de Harrison, em Buffalo, para o nosso primeiro dia de Ação de Graças juntos, e descobrir que ele tocava trompete na banda marcial da escola.

— Ai, meu Deus! Você *tem* que tocar uma música para mim! — pedira eu mais tarde naquela noite, em seu quarto da época.

— O quê? Não. É muito alto! Vai acordar meus pais.

— Eles não dormiram ainda.

Depois de muita bajulação, ele cedeu. Franzindo os lábios no bocal, começou a soprar, com os dedos se movendo desajeitados e os olhos inchando por causa do esforço, enquanto eu fitava com grande assombro o novo lado de Harrison.

Então o pai dele bateu na parede, dando um susto na gente.

— Que barulho é esse? Estamos tentando dormir!

Aí comecei a rir tanto que não conseguia parar.

— Isso era uma música? — perguntei, aos trancos e barrancos.

— Era KC and the Sunshine Band! — respondeu ele, meio ofendido. — "Get Down Tonight."

O fato de não ter soado nem um pouquinho igual à música só me fez rir mais ainda.

— Nada. Eu tocava... — diz Oliver agora, contradizendo Caroline. — Faz um tempo que não toco.

A conversa continua enquanto terminamos outra garrafa de vinho, quatro pessoas se conhecendo durante o jantar. Fico realmente surpresa ao perceber que estou me divertindo. Quer dizer, há quem pense que seria muito constrangedor se sentar à mesa de jantar com seu marido e o homem com quem está tendo sonhos não platônicos. E foi, no começo. Mas a questão é: Oliver é tão normal! Quer dizer, sim, ele é sexy para caramba, com seu jeito *hipster* urbano — falando só da parte externa, óbvio. Mas também é cortês, modesto e engraçado. Na verdade, é estranha a forma como ele me lembra muito Harrison nesse sentido. Lanço um olhar furtivo para meu marido, enternecendo-me enquanto ele desfia uma de suas histórias sobre a emergência. É uma clássica, que já o ouvi contar algumas vezes, sobre sua primeira semana de revezamento como residente cirúrgico no Thomas Jefferson. Três amigos que saíram juntos para beber.

— Digamos que eles se chamem Moe, Curly e Larry. Eles ficam bêbados pra caramba. Larry decide voltar para casa dirigindo. Moe, percebendo que não é seguro, tenta deter o amigo, não o deixando entrar no carro. Larry, de saco cheio, saca a arma e, como se fosse a coisa mais normal do mundo, atira em Moe.

— Ai, não! — reage Caroline com uma voz estridente.

— Então, Moe saca a arma dele e atira também. Aí, aí! Escutem só! Curly também está armado! Saca a arma e atira em Larry para defender seu camarada. Um bando de baleados dá entrada na emergência de uma vez só. — Harrison ri e balança a cabeça. — Felizmente, chapados do jeito que estavam, ninguém estava bom de mira, só sofreram feridas superficiais, e todos saíram vivos.

Relaxada, pego um pedaço de pão da cesta. Um silêncio confortável paira sobre a mesa enquanto todos nós afastamos os pratos e o único som é o arfar pesado de Willy deitado num canto, de olho para ver se cai alguma migalha. Rasgo um pedaço do pão e como.

— Ai, meu Deus! — começa Caroline, batendo na mesa com as duas mãos. — Acabei de ter um *déjà-vu* muito esquisito, como se a gente já tivesse estado aqui.

— Sério? — Inclino a cabeça em sua direção.

— Sério. Ah, tanto faz, já passou.

— Que estranho... — comenta Harrison, devagar. Pensativo. — Mia teve isso também. Quando esbarramos com vocês na dra. Okafor.

Giro para olhá-lo e percebo. Seu semblante está relaxado, aberto, o que quer dizer que tomou uns copos de vinho a mais. Ai, meu Deus, não... Nãããããããããããããããoooooooooo! Isso não está acontecendo. Lanço olhares frenéticos para Harrison, tentando atrair sua atenção. Ele não olha para mim. Agarro o garfo, pronta para... Para o quê? Lançá-lo em meu marido? Apunhalá-lo direto no coração?

— Conte, meu bem — incita ele.

— Não... — Tento desconversar. — Não é nada.

— Não. É engraçado — insiste Harrison, e percebo que ele realmente acha engraçado. Não há malícia em seu tom. — Ela achou que conhecia Oliver de algum lugar. — Eu o encaro com os olhos arregalados e desesperados, e ele olha para mim. Realmente me enxerga, depois dá de ombros. — Provavelmente do Giant, ou sei lá de onde vocês se esbarraram.

Ai, graças a deus. Volto a afundar na cadeira.

— Ou dos sonhos dela.

— Harrison!

De repente, estou sóbria e paralisada, encarando meu marido, incrédula.

— Como assim? Você sonhou com Oliver? — pergunta Caroline.

— Não — respondo. Sinto os olhos de Oliver em mim e começo a rir para esconder a vergonha. — Devia ser só alguém parecido com ele. Sonhos são uma coisa tão estranha, né?

— Meu Deus, são mesmo. — concorda Caroline. — Eu costumo sonhar que voltei para o ensino médio, mas esqueci a combinação do armário, ou minhas aulas, ou que perdi uns quarenta e cinco dias de aula e não vão deixar eu me formar. Você já sonhou isso?

— Não sei. — Harrison franze a testa. — Acho que nem sonho.

— Todo mundo sonha — afirma Caroline, como se fosse superespecialista no assunto. — Só que algumas pessoas são melhores em se lembrar do que outras.

Já disse isso a Harrison e, em uma situação normal, eu vibraria, concordando com Caroline, mas agora estou ocupada demais tentando decidir se é melhor me esgueirar para baixo da mesa e ficar lá deitada até a hora de ir embora ou fingir um mal-estar repentino e correr para o carro.

Caroline se levanta, segurando o estômago.

— Ui, indigestão de grávida não é brincadeira. Enfim, espero que vocês não estejam cheios demais. Fiz pudim de pão para a sobremesa.

— Ah, estou satisfeita — respondo, um pouco enfática demais.

Harrison se levanta, e me sinto aliviada que ele tenha entendido a deixa — já que, claramente, deixou passar as outras. Faço uma bolinha com o guardanapo na mesa e empurro depressa a cadeira para trás, pronta para agradecer a Oliver e a Caroline pela refeição deliciosa e ir embora. Harrison alonga os braços sobre a cabeça e dá tapinhas em sua barriga estufada.

— Parece ótimo. Adoro pudim de pão. Você pode me mostrar onde é o banheiro?

Então, os dois saem, e fico sozinha. Com Oliver. Remexo no guardanapo ao lado do prato e tento fingir que está tudo completamente normal. Pelo canto do olho, vejo-o se inclinar para a frente, com os olhos quase perfurando a lateral de meu rosto. Ergo os olhos e ofereço o que espero ser um sorriso leve e normal, que ele não retribui.

— É verdade?

— O quê?

— Você sonhou comigo?

— Ah! — Tento forçar uma risadinha elegante, como quem diz "pois é, cada bobeira que a cabeça inventa, né?". Mas acaba soando maníaca. Tipo um "vou cortar sua garganta hoje à noite quando você estiver dormindo!".

Ele deixa pender a cabeça, com a expressão séria.

— Foi antes de a gente se conhecer?

Meu coração palpita, e minha boca fica seca. *O quê?* Tento dizer a palavra em voz alta, mas não sai. Engulo em seco, a garganta parecendo uma lixa.

— Como você... Por que você...?

Um som metálico vem da cozinha. Pelo visto, algo quebrou, mas nenhum de nós se mexe.

— Porque... — responde ele, seus olhos de mármore preto penetrando os meus. — Eu também sonho com você.

Minha boca permanece aberta. Suspiro, e um som parecido com um "ah..." escapa. Ou talvez não. Talvez eu nem esteja respirando. Talvez a Terra tenha entrado em colapso. Está caindo um meteoro. Meu corpo paira no céu, leve como um balão de gás hélio. Tudo é possível.

— Bem... — Caroline volta calmamente para o recinto. — Graças ao nosso gigante gentil... — Lança um olhar fulminante para Oliver. — O pudim de pão está espalhado no chão da cozinha. O que é bom, porque eu acho que não foi o melhor que eu já fiz mesmo... Mas a boa notícia é: achei pirulitos push-pops no freezer.

Ela ergue uma caixa de papelão e lança um olhar de suspeita para nós, ou sentindo a tensão no ar ou só notando o jeito com que eu e Oliver estamos olhando para tudo, menos um para o outro.

— O que foi? O que eu perdi? — pergunta ela.

— Sinto muito, amor — diz Harrison enquanto manobro seu Infiniti em nossa garagem.

— Oi?

Olho para ele no banco do carona, como se de repente me desse conta de que ele está lá. Passei o caminho inteiro oscilando entre o bom e velho choque e decidir como exatamente contar a Harrison o que Oliver disse — porque é óbvio que vou contar —, mas o melhor que pensei foi: "Acabou de acontecer uma coisa muito estranha."

Mas não consegui verbalizar as palavras. Felizmente, graças à cerveja, Harrison está falante, analisando a noite do jeito que os casais fazem. *Era o maior cachorro que já vi... Sabia que você iria gostar dela... Tinha muito ovo na carbonara...* Normalmente sou uma participante ativa, mas hoje resmungo afirmativas e fico olhando pelo para-brisa a longa estrada que se estende à frente.

— Você está tão quieta... Fiquei mal. Eu nem pensei em Caroline estar grávida, em como isso poderia te afetar.

Ele me olha com tanta preocupação. Tanto amor.

— Ah, não, Harrison. Quer dizer, é, é difícil, mas... — Engulo em seco. — Você estava certo, gostei mesmo dela.

— Mesmo assim. Foi estúpido da minha parte. Insensível.

Quero explicar. Dizer que não é isso.

Acabou de acontecer uma coisa muito estranha. Tenho vontade de dizer em voz alta.

Mas as palavras não saem.

Não saem quando entramos na luz brilhante do hall de entrada.

Não saem quando nos livramos das camisas e calças.

Não saem quando Harrison está metodicamente passando fio dental em cada dente.

Na cama, ele beija minha têmpora e diz:

— Esqueci de te falar, mas fui ao especialista em fertilidade hoje.

Em vez do júbilo que eu deveria sentir, a culpa corrói meu interior. Meu doce Harrison. Ignorando o segredo que está deitado entre nós. Quero contar, mas simplesmente não posso. Porque acabou de acontecer uma coisa *muito estranha* e, sério, quem no mundo acreditaria nisso?

Além de Oliver.

Capítulo 10

QUANDO ACORDO DOMINGO DE MANHÃ, o lado de Harrison da cama está vazio e, pelo silêncio na casa, sei que ele deve ter saído para correr. Embora vá contra sua agenda. Talvez meu marido esteja se tornando imprevisível. Rolo para encarar o relógio digital na mesa de cabeceira dele — são 9h36 — e me sento ereta, cada nervo do meu corpo desperto e alerta.

Eu também sonho com você.

Jogo as cobertas para o lado e, ainda vestida com a regata com que dormi, enfio uma cueca samba-canção velha de Harrison. Vou para a cozinha fazer um café e viro a primeira xícara pelando como se fosse vodca. O líquido quente escalda minha garganta. A segunda, tomo na sala.

Afundo no sofá com a caneca na mão e, enquanto estou sentada ali em silêncio, tudo ao meu redor entra bruscamente em foco. Noto a fina camada de poeira em nossa televisão e o canto dos pássaros adejando do lado de fora da janela.

Eu também sonho com você.

Foi isso mesmo que ele disse? Aconteceu tão rápido, talvez eu não tenha ouvido direito. Talvez tenha tomado muito vinho ou a acústica estivesse ruim. Ou sofri um miniataque que causou uma alucinação, uma vez li numa revista de medicina de Harrison que isso pode acontecer.

Talvez Oliver tenha dito "eu também penso em você". Ou talvez não tenha dito nada.

Talvez eu esteja ficando completamente louca.

— Mia?

Tomo um susto e viro para ver Harrison parado no vão da porta entre a cozinha e o escritório, suado e com o rosto vermelho.

— Foi mal. Pensei que tinha me ouvido entrar.

— Não, estava viajando aqui.

Ele levanta a barra da camiseta para enxugar o suor do queixo, revelando a pele da barriga mais escura e alguns pelos pretos ondulados emoldurando o umbigo.

— Ei, quer fazer stand up paddle comigo hoje? Foster estava me contando que tem um lugar depois de Delaware. Fica só a uns cinquenta quilômetros daqui.

Só consigo ficar olhando para ele. Meu marido. Que quer fazer stand up paddle comigo. E está na minha frente, concreto e real. Depois penso em Oliver, e nos sonhos, e na forma quase extracorpórea como me senti nas horas em que estive ao seu lado. Não sei o que está acontecendo comigo, mas de repente sinto frio e meus membros estão quase convulsionando por causa da sensação. Puxo uma manta de trás do sofá e me enrolo nela.

— Acho que não estou muito a fim hoje. Tenho umas coisas para fazer.

Harrison dá de ombros.

— Ok. Devo ficar no escritório então, depois do banho. Tenho uma ressecção abdominoperineal amanhã e quero dar uma estudada na técnica.

Assinto. Já vi Harrison fazer isso umas cem vezes quando era residente, antes de grandes procedimentos: vai passar horas estudando pelo menos quatro livros de medicina diferentes, recordando toda a anatomia e as técnicas, e examinando cada toca de coelho no cérebro para ver o que poderia dar errado e como prevenir.

Quando ouço o chiado do encanamento e o fluxo da água indo para o chuveiro, pego a xícara de café e tomo outro gole. Mas agora está morno e amargo.

Enquanto estou sentada, tomando assim mesmo, um milhão de perguntas se embaralham em meu cérebro, e percebo que só há uma pessoa que pode respondê-las.

Assim que bato na porta de madeira com o nó dos dedos, os latidos graves de Willy respondem do lado de dentro e a cena parece uma reprise da noite anterior, porém desta vez Harrison não está ao meu lado. A rua está silenciosa, e o sol já está queimando o asfalto.

Depois de alguns minutos, estou prestes a bater de novo quando a porta se abre para revelar Caroline enxotando Willy, mas o cachorro corre para o alpendre mesmo assim. Os olhos dela parecem os de um guaxinim por causa das manchas de rímel. Seu rosto está emoldurado por mechas de cabelo solto. Ela semicerra os olhos na luz do dia.

— Mia, oi! — cumprimenta, surpresa.

— Oi.

O focinho gelado de Willy se mistura à sua respiração quente em minha mão. Afago sua cabeça sem me inclinar.

— Desculpe aparecer assim, sem avisar, mas não tenho... Não sabia...

— Olho para a casa pouco iluminada às suas costas. — Oliver está aí?

Ela reprime um bocejo.

— Ah, está. Acho que sim. — Carolina me olha, curiosa. Sei que devia dizer alguma coisa, dar uma desculpa sobre por que estou aqui, mas, já que não tenho uma, fico em silêncio. — Quer entrar?

— Não, obrigada. Não quero incomodar.

— Ok. Bem, vou chamá-lo.

Ela entra, deixando-me ali com Willy. Com o coração acelerado, me agacho até ficar cara a cara com o cachorro e poder acariciar atrás de suas orelhas. Mas, assim que fico na sua altura, sua enorme língua de lixa envolve minha bochecha.

— Willy! — grito, limpando a saliva gosmenta do rosto com as costas da mão e depois passando no short.

— Eu devia ter avisado. Ele é beijoqueiro.

Oliver. Ergo os olhos em direção aos dele e, assim que vejo que ele está me correspondendo, confirmo. Não ouvi errado. A intensidade com que está me olhando, a forma com que me olhou várias vezes desde a primeira vez que nos encontramos, de repente faz todo o sentido. Porque é a mesma forma com que tenho olhado para ele. Como se ele não fosse real, ou eu não conseguisse acreditar que fosse. Como se ele pudesse desaparecer a qualquer momento. Levanto-me devagar, com as pernas um pouco bambas.

— Oi — cumprimento.

— Oi.

Ele está com uma calça de pijama quadriculada e uma camiseta amarrotada com a estampa de uma marca de licor. Segura a coleira de Willy, guiando-o delicadamente para dentro. Bate a porta, e ficamos a sós.

— Quer se sentar? — Ele indica o balanço do alpendre.

— Quero.

Embora as poucas palavras que dissemos sejam convencionais, costumes sociais, as palavras que não estamos dizendo adensam o ar entre nós, deixando o clima tenso, arriscado.

Quando nos sentamos um em cada extremidade do balanço de ripas de madeira, olhando para a rua em vez de um para o outro, respiro fundo.

— O que você...? — começo, ao mesmo tempo em que ele diz:

— Sobre ontem...

Ambos pausamos. Dou uma risadinha nervosa.

— Você primeiro — diz ele.

Engulo em seco.

— Ontem, o que você quis dizer quando perguntou, você sabe, se eu tinha sonhado com você antes de a gente se conhecer?

— Quis dizer... — responde ele, devagar, como se minha língua materna não fosse a mesma que a dele. — Você sonhou comigo antes de a gente se conhecer?

Fico vermelha.

— É, eu sei. Mas por que você perguntou? A não ser que você...

Ele estuda meu rosto e depois assente devagar. Uma única vez.

Embora seja o que eu esperava, fico sem palavras. Abro a boca para falar e a fecho porque não tenho ideia do que dizer.

Uma picape vem descendo a rua, atraindo minha atenção de volta para a terra. Para Oliver.

— Está ouvindo?

— O quê? — pergunto, colocando a cabeça para a frente. O carro já se foi, e o silêncio voltou.

— A música de *The Twilight Zone*.

Encaro-o, sem reação.

— Desculpe. Eu faço piadas sem graça quando estou constrangido — diz.

Ergo uma sobrancelha.

— Uma pequena falha de caráter.

— Algo do tipo.

O balanço range sob nós, inclinando um pouco.

— Então, o que você sonha? Sabe, quando estou... lá — pergunto.

Oliver faz uma pausa.

— Várias coisas.

— Tipo o quê? — pressiono.

Ele desloca o peso no balanço, empurrando as correntes, mas não encontra meu olhar. E eu sei. É como se todo contato sexual que tivemos em meus sonhos estivesse se desenrolando como um filme entre nós, e minhas bochechas ficam quentes com o aumento da tensão. Por que fui perguntar?

— Eu não sei — diz ele, finalmente, depois pigarreia. — Em um deles, a gente estava num barco...

— Uma balsa?

— Não, uma canoa. Estava chovendo... — Sua voz vai sumindo, e eu entendo a sensação. — Esse é o problema dos sonhos, né? É impossível explicar para outra pessoa. Parecem tão ridículos, sem sentido em plena luz do dia... — E você? O que você sonha?

Dou de ombros enquanto procuro freneticamente em minha cabeça por um sonho mais inocente.

— Uma vez você me deu um saco de papel pardo cheio de dentes.

— Quê? — Oliver joga a cabeça para trás. — Os dentes eram de quem?

— Como eu vou saber?

— Vamos ver... A gente estava em um elevador, mas, quando chegamos ao topo do prédio, ele continuou subindo e a gente ficou pairando no céu. Eu estava surtando, mas você nem ligava. Como se você pegasse elevadores de microgravidade o tempo todo.

Dou uma risadinha.

— Você tentou me matar num bimotor uma vez.

— Você me empurrou num toboágua mesmo eu estando todo vestido e segurando um sanduíche de peru. O pão ficou encharcado.

Vou ficando cada vez mais envolvida na conversa, e agora estamos rindo, mais por efeito colateral da ansiedade do que por ser realmente engraçado. Mas, depois que começamos, o alívio nos faz sentir bem, e é difícil parar.

Quando finalmente conseguimos, o silêncio se prolonga, crescendo de forma incontrolável junto ao constrangimento.

— O que você acha que significa? — pergunto baixinho.

Sua cabeça se inclina levemente de um lado para outro, como se estivesse alongando o pescoço.

— Não sei. — Ele pausa. — Só consigo pensar na Navalha de Ockham.

Reviro a memória tentando lembrar o significado da expressão familiar.

— A melhor explicação é geralmente a mais simples. Então, qual é a explicação mais simples?

Oliver dá de ombros, e, embora eu esteja desesperada por respostas, meio que ajuda saber que ele está tão intrigado com a situação quanto eu.

— Que a gente se conhece de algum lugar? Que a gente já se viu antes?

— Sim! Também pensei isso. — Inclino-me um pouco para a frente. — A gente *tem* que ter se conhecido, certo? Quer dizer, eu sinto que conheço você. Isso é esquisito?

Ele nega com a cabeça.

— Não. Eu sei o que você quer dizer.

Tento ignorar o arrepio que sobe por minha espinha.

— Ok. Bem, talvez quando a gente era criança? Onde você cresceu?

— Nova Jersey. Freehold. Eu me mudei pra cá quando tinha catorze anos. E você?

— Silver Spring, Maryland. Filadélfia na época da faculdade.

— Certo. Filadélfia — concorda.

— Você disse que mora em Center City, né? Eu costumava frequentar muito aquela região. — Decido contar minha teoria capenga. — Talvez a gente tenha se visto... num bar? Numa cafeteria?

— Talvez — responde ele, pensativo, depois fica em silêncio por um instante. — E viagens? Sabe, e se sua família tiver ido passar as férias em Nova Jersey e aconteceu de estarmos no mesmo McDonald's ou no mesmo saguão de hotel ou algo assim?

— Cara... Quem passa férias em *Nova Jersey*?

Ele levanta uma sobrancelha.

— Beleza. Digamos que a gente tenha se visto em algum lugar. É óbvio que nenhum de nós se lembra. E sinto que teria que ser significativo de alguma forma... teria que ter acontecido algum tipo de conexão que explicaria os sonhos — digo.

Ele assente. O balanço range de novo.

— Eu procurei no Google, logo depois que vi você na sala de espera — confesso.

Ele abre um sorriso largo.

— Eu também, para falar a verdade. Ontem à noite também, fiquei até bem tarde.

— Pesquisando no Google?

— É.

— O que você achou?

— Nada demais. Exceto que, se você acredita na internet, não somos os únicos. Muitas pessoas dizem que isso já aconteceu com elas. Sonhar com alguém e depois encontrar essa pessoa.

— É, só não dizem o que isso significa.

— Pois é.

Ficamos em silêncio por mais alguns minutos.

— Eu sei lá. Talvez não tenha resposta, não tenha uma explicação.

— Talvez — concorda ele, e um segundo depois, murmura: — Mas acho que precisa ter.

Embora tenha falado mais para si mesmo do que para mim, me sinto mais animada. Em suas palavras, ouço a pontada de desespero, o desconserto que vem me infernizando em diferentes níveis desde a primeira vez que o vi. É a validação de que não estou louca, ou que pelo menos não estou louca sozinha.

Oliver abre a boca para dizer algo, mas hesita.

— O quê?

— Eu achei uma coisa. Tem uma professora. Na universidade de Columbia.

Ele tira o celular do bolso e dá uns toques na tela, em seguida me entrega. É a foto de uma mulher de aparência austera, com os braços cruzados e um blazer. Passo os olhos pelas palavras ao lado.

Carolyn Saltz, Ph.D., professora de psicologia clínica e diretora do laboratório do sono na Universidade de Columbia. É coautora de mais de doze estudos sobre o sono e os sonhos. Mora em Nova York com a esposa, quatro pássaros e um shih-tzu chamado Freud.

Volto a olhar para Oliver.

— Dei uma lida em algumas pesquisas dela. Tem muita coisa básica sobre os sonhos, teorias sobre por que sonhamos, o que as imagens significam, mas tem um estudo em que ela se aprofundou na ideia de algo chamado "sonho mútuo", em que duas pessoas compartilham o mesmo mundo onírico.

Balanço a cabeça.

— Tipo em *A origem*?

— É, tipo isso. Tirando a tecnologia e o negócio do roubo de segredos corporativos. A teoria diz que geralmente acontece entre pessoas que se conhecem muito bem: irmãos, melhores amigos, marido e mulher... — Ele pigarreia.

— E é o mesmo sonho. Pelo que eu entendi, nossos sonhos são diferentes, certo?

— É — concorda ele, depois ajeita o cabelo outra vez. É então que noto um detalhe que nunca percebi, nem nos sonhos nem na vida real. Uma cicatriz, um entalhe fino poucos centímetros acima da orelha esquerda, bem na raiz do cabelo. — Bom, eu só queria poder chegar em alguém e falar: "É isso que acontece com a gente... O que significa?"

Dou outra olhada na tela.

— Bem, por que não fazemos isso?

— Como assim?

— Por que não entramos em contato com ela?

Oliver inclina a cabeça, considerando. Pressiono, como um cão de olho em um osso.

— O que temos a perder?

Rolo a página e clico no link de contato.

> Devido ao volume de requisições, a dra. Saltz não está disponível para responder e-mails individuais. Para entrevistas ou contatos da imprensa, favor enviar e-mail para: jleibowitz@ hunterpr.com.

Viro a tela para Oliver.

— Esquece. Ela deve receber centenas de e-mails por mês com um monte de gente perguntando o que seus sonhos significam. Acho que foi uma ideia burra. — Suspiro e devolvo o celular.

— E se...? — Oliver para.

— O quê?

— Bem, e se pedirmos uma entrevista?

— Mas não somos da imprensa.

— Poderíamos ser — afirma, devagar. — Eu era jornalista.

— Era?

— É, ainda tenho uns contatos em algumas revistas. Posso lançar uma ideia sobre sonhos e ver se alguém topa.

Eu o encaro, considerando não só o plano, mas essa nova migalha de informação sobre ele. *Jornalista.* Não que seja surpreendente, dada sua carreira atual, mas percebo que, sempre que descubro algo sobre ele, fico com vontade de saber mais.

— Não é uma má ideia — digo.

Ele dá de ombros.

— O que temos a perder?

Capítulo 11

— Meu pai provavelmente vai precisar fazer uma cirurgia em algum momento nos próximos dois meses — diz Harrison na segunda-feira de manhã, quando estamos sentados lado a lado em cadeiras de madeira idênticas esperando o dr. Hobbes nos agraciar com sua presença. É a primeira vez que o vejo desde ontem de manhã, e não tive chance de contar que fui ver Oliver.

Bem, acho que poderia ter mandado uma mensagem. Tê-lo encontrado para jantar. Não ter fingido estar dormindo quando ele chegou em casa ontem à noite. A verdade é que não sei explicar o que está acontecendo nem mesmo para mim mesma, que dirá para outra pessoa.

— Peraí. O que aconteceu com aquele papo de só precisar de fisioterapia?

Alguns meses atrás, o pai de Harrison pisou em falso subindo os degraus da entrada da casa. Um tijolo estava solto, e ele caiu de mau jeito em cima do joelho. Ficou cinco dias sem ir ao médico, até que minha sogra ligou descrevendo um inchaço do tamanho de uma toranja, e Harrison conversou com ele para que fosse.

— Acontece que você tem que fazer tudo o que o fisioterapeuta diz. Meu pai está... tendo dificuldade com essa parte.

— Entendi.

O sr. Graydon não é conhecido por sua habilidade de receber ordens dos outros.

— Se ele fizer mesmo a cirurgia, acho que vou para lá ajudar minha mãe. Só por alguns dias. Ela não tem força para levantá-lo sozinha.

— É, com certeza — afirmo, fitando os arquivos na mesa de Hobbes, como se pudesse absorver as informações por telepatia. Nem sei se são nossos resultados ou os de outra pessoa. Dou uma olhada no meu vestido amarelo da sorte e tiro um fiapo imaginário do ombro. — Quer que eu vá com você?

Harrison vira a cabeça rapidamente para mim.

— Você quer ir? — Ele ergue uma sobrancelha. — Dormir naquele colchão velho e ouvir minha mãe e meu pai discutindo sobre a televisão estar ou não alta demais o tempo inteiro?

Reflito. Essa parte é bem terrível.

— A gente também tem a oportunidade de comer a comida da sua mãe, então não é tão ruim assim.

O *picadillo* da mãe de Harrison provoca lágrimas de felicidade em todo mundo. Mas também provocou lágrimas de frustração na única vez em que ela tentou me ensinar a fazer e, depois que coloquei o dobro da quantidade necessária de cominho (ou de canela, ou de algum tempero que começa com "c"), ela me chutou para fora da cozinha com uma série de xingamentos cubanos.

Dou uma olhada no relógio da parede, e Harrison nota.

— Tenho certeza de que ele já está chegando — diz.

Esfrego a palma das mãos suadas nas bordas duras dos braços de madeira da cadeira e tento relaxar.

— Então, tem uma coisa que ando querendo te contar.

Harrison me olha, sem dúvida notando o tom grave na minha voz.

— Ok — concorda.

Abro a boca, embora ainda não tenha ideia de por onde começar, mas a porta se abre e o dr. Keenan Hobbes entra na sala, cumprimentando-nos sem dar nenhuma desculpa pela demora. Linhas profundas vincam seu rosto, fazendo-o parecer mais sério do que o necessário. Ou talvez eu só esteja esperando que ele pareça mais sério do que o necessário.

Quando o dr. Hobbes finalmente se instala em sua mesa, se inclina para a frente, com o topo brilhoso de sua cabeça, com os poucos cabelos brancos penteados, refletindo a luz. Ele entrelaça os próprios dedos e olha para mim.

— Bem, a boa notícia é que seus óvulos estão bem. Saudáveis, e você ainda tem vários. Gostamos disso.

Tento expirar, mas o aperto em meus pulmões continua. Olho-o com cautela.

— E a má notícia?

Ele espera um segundo, dá uma olhada nas anotações sob suas mãos como se precisasse confirmar as notícias que está prestes a comunicar.

— O teste genético encontrou um problema com o esperma. — Ele olha para Harrison.

— Sério? — pergunta Harrison, genuinamente surpreso.

Também estou, considerando que, em minha primeira visita, o dr. Hobbes parecia ter bastante certeza de que os "nadadores" de Harrison não eram o problema.

— Você tem o que chamamos de "translocação equilibrada".

De olhos arregalados, recuo na cadeira. Nunca tinha ouvido o termo antes. Viro-me para Harrison, como faço toda vez que preciso que alguma coisa médica seja explicada, mas ele parece tão aturdido quanto eu.

Dr. Hobbes se ajeita na cadeira, fazendo o couro ranger com um som desagradável.

— Não sei se vocês se lembram, mas nas aulas de ciências da escola aprendemos que todos nós temos vinte e três pares de cromossomos. Quando Harrison foi concebido, um par de cromossomos ficou misturado, conectado nos lugares errados. Isso acontece com cerca de uma em cada quinhentas pessoas, e a maioria nem sabe. Ele tem todo o material genético requerido, então se desenvolveu normalmente. O problema ocorre quando a pessoa com translocação equilibrada vai se reproduzir.

— Espere... Você está dizendo que tenho um distúrbio cromossômico? — questiona Harrison, interrompendo-o.

— Isso — confirma o dr. Hobbes. — Basicamente.

— Hum.

Olho para o dr. Hobbes e para Harrison, e volto para o dr. Hobbes.

— O que isso quer dizer?

— Em termos mais básicos, vocês estão experimentando um desencontro. O esperma carrega a metade paterna do DNA para o bebê, certo? Mas se esse esperma, que chega até o óvulo, tiver a mistura, o DNA não se alinha corretamente com os cromossomos do óvulo, provocando ou um material genético extra ou insuficiente, o que frequentemente resulta em um aborto ou, se levado a termo, a defeitos congênitos bastante severos.

Faço uma pausa tentando abarcar todas as informações, mas estou presa na primeira frase.

— Harrison e eu somos um... desencontro?

— Bem, o óvulo e o esperma de vocês, de certa forma, são — explica o dr. Hobbes.

Engulo em seco e fico quieta.

— Então é isso? Não podemos ter um bebê?

— Não, não é isso que estou dizendo. Muitos casais portadores de translocação equilibrada concebem e têm bebês perfeitamente saudáveis, no tempo certo. Mas sua chance de ter um aborto é maior que o normal, como já aconteceu, o que obviamente pode cobrar um preço emocional.

— Hum — faço, olhando para Harrison. Trata-se de uma declaração não dita. Ouço um celular vibrar, e ele o saca do bolso.

— Alguns casais optam pela fertilização in vitro, FIV, combinada com diagnóstico genético pré-implantacional, DGP, que pode apontar uma anomalia no embrião antes que ele seja implantado. Dessa forma, só são implantados embriões saudáveis.

— Então... temos opções — digo, as garras que prendem meu peito finalmente vão se afrouxando.

— Vocês têm opções — concorda o dr. Hobbes.

Pego a mão de Harrison e aperto, mas ele não retribui. Está olhando para o celular.

— Desculpem. Preciso ir — diz ele, soltando minha mão e se levantando. — Estou de sobreaviso hoje.

— Sem problemas — responde o dr. Hobbes, depois se vira para mim. — Mia, por que não tiramos as dúvidas que possam surgir, e então você e Harrison conversam depois e traçam um plano para o que vão querer fazer?

— Ok.

Mas, quando olho para Harrison buscando confirmação, seus olhos não encontram os meus. Ele está virado para a porta, já com os pensamentos em qualquer que seja a emergência que o está chamando para o hospital. Põe a mão em meu ombro, mas, antes que eu possa sequer cobri-la com a minha, ela já se foi. Junto ao meu marido.

Naquela noite, Harrison vem em casa para comer e se trocar antes de voltar ao hospital. Está de sobreaviso durante a madrugada, e às vezes é mais fácil para ele ficar no trabalho do que dirigir para lá e para cá toda vez que é demandado.

Passei a tarde pesquisando todos os termos e opções sobre os quais o dr. Hobbes e eu conversamos brevemente naquele dia e agora estou prestes a explodir com todos os pensamentos sobre a situação. Enquanto Harrison está esquentando o que sobrou do chili e comendo em seguida, começo a soltar todos os prós e contras da inseminação artificial e da testagem genética.

— Sei que é caro — digo, seguindo-o até o banheiro, onde ele escova os dentes na pia. — Mas consegui uma entrevista hoje! Para aquele trabalho que você comentou, da faculdade comunitária. Se eu conseguir, talvez possa ajudar a bancar os custos.

Na verdade, não acho que vou conseguir. Estava bastante descrente até obter uma resposta, considerando que não tenho experiência em licenciatura, mas acho que não é uma boa hora para mencionar essa parte.

Harrison cospe e pendura a escova de dentes no suporte da parede. Em seguida, põe as duas mãos na bancada e encara o espelho.

— O que você está pensando? Você não falou muito — digo.

— É muita coisa para processar — responde ele, deixando correr água numa mão. Lava a boca e cospe outra vez.

— Eu sei, realmente é muito dinheiro.

Ele sacode a mão.

— Não estou preocupado com o dinheiro.

De repente, me sinto uma idiota.

— Meu Deus, você está triste por causa do distúrbio cromossômico? Quer dizer, óbvio que está. Foi um choque para mim, nem posso imaginar como você está se sentindo.

— É, foi... inesperado. E me sinto mesmo mal, péssimo, na verdade, que seja minha culpa que os abortos continuem acontecendo.

— Mas não é culpa sua. Como a gente ia saber? Mas agora que sabemos...

Ele balança a cabeça, depois se espreme para passar por mim e pelo vão da porta. Começa a desabotoar a camisa. Vou me sentar na cama, puxando os joelhos para o peito. Examino-o. Às vezes, conversar com Harrison é como participar de um grande jogo de adivinhação em que você precisa analisar cada movimento de cabeça e cada resmungo, e depois fazer várias perguntas até chegar ao que o está incomodando de verdade. Este é um desses momentos.

— Harrison, fale comigo.

Ele descarta a camisa social no cesto de roupas e puxa a camiseta pela cabeça.

— Só não tenho certeza se consigo passar por isso tudo de novo.

— Outro aborto? Concordo, por isso a FIV é a melhor opção. Só vão escolher os embriões saudáveis.

— Não é garantido. Não funciona sempre.

— Bem, não, mas o dr. Hobbes disse que vai aumentar significativamente nossas chances. E eu sei que vai funcionar com a gente.

— Mia...

— É o único jeito.

— Não é — retruca ele, com as costas nuas viradas para mim. Está em frente à cômoda, mas não se moveu para tirar outra camisa da gaveta.

— O que você quer dizer? — Espero por uma resposta que não vem. — Você quer adotar?

É uma opção sobre a qual nunca conversamos.

— Não — responde. Ele abre a primeira gaveta da cômoda e pega uma camisa.

— O que então? Não estou entendendo.

Seu celular apita, e ele olha para a tela presa ao cinto. É uma das coisas mais irritantes de ser esposa de cirurgião: não importa o que vocês estejam fazendo, ou quão importante seja, o hospital sempre vai ser a prioridade. Tem de ser.

— Trabalho? — pergunto, embora já saiba.

Ele assente. Põe a camisa e olha para mim.

— Só não tenho certeza se... — Ele para. Reorganiza os pensamentos.

— O que estou tentando dizer é que ter um filho é uma responsabilidade muito grande e talvez eu não esteja pronto para isso.

Rio um pouco, aliviada por ser simplesmente um frio na barriga.

— Ninguém está *pronto*, Harrison. As pessoas simplesmente têm.

— Mas é o que estou dizendo. A gente não *tem* que ter.

É então que o olho nos olhos e o mundo para. Não é um nervosismo de um pai de primeira viagem, é dor. Como se estivesse segurando um mundo de sofrimento dentro de si e estivesse começando a transbordar. Isso faz meu coração acelerar um pouco.

— É óbvio que não temos que ter — declaro, devagar. — Mas queremos, não queremos?

Seu olhar se volta para o chão.

— Harrison? — Não consigo controlar o tremor em minha voz.

— Você não quer?

Seus olhos encontram os meus outra vez, e sei a resposta antes que ele diga uma palavra sequer. Estava lá, logo abaixo da superfície de cada conversa que tivemos desde o aborto, mas eu não quis enxergar. Parte de mim quer correr, bater palmas sobre a cabeça, choramingar igual a uma criança e voltar no tempo para descobrir quando essa conversa (quando Harrison) saiu tanto do curso que traçamos. Mas, em vez disso, me sento, esperando pelas palavras que sinto que vão me destruir.

— Eu não sei, não sei mais — diz ele.

Viro a cabeça devagar para longe dele, com o olhar pairando sobre a cômoda. Nossa foto na Costa Rica. Um sutiã pendurado para fora da gaveta. Azul. Um dinheiro trocado. Volto a olhar para ele.

— Não entendo.

Ele abre a boca. Fecha. Como um peixe buscando ar.

— Não sei explicar. Só tem sido tudo tão... difícil. E eu não sei se é para ser tão difícil assim ter um filho. Talvez ... não seja para ser.

Meus olhos se arregalam, lembrando da noite no chão de cimento do estúdio, quando ele disse algo parecido, e meu choque se transforma em raiva.

— Que história é essa de destino agora? Você nunca acreditou em nada disso! As coisas não acontecem por um motivo, apenas *acontecem*.

Estou repetindo uma de suas frases favoritas. Harrison não atribui à vida nenhum desígnio grandioso. Tudo é aleatório, sem lógica.

Harrison dá de ombros.

— As pessoas mudam, Mia — replica ele, com a voz baixa e resoluta.

Harrison faz esse negócio irritante sempre que estou alterada. Fica calmo em proporção inversa à minha raiva. Tenho certeza de que é sua maneira subconsciente de tentar me trazer de volta ao normal, mas só me enfurece ainda mais.

— Não tanto assim!

Lembro-me da primeira vez que descobrimos que eu estava grávida.

— Você estava tão empolgado. Trouxe até aquela touquinha para casa, caramba! Como alguém vai disso a não querer mais um filho? Eu só não... Não consigo... entender.

Ele olha para mim, incrédulo.

— Não deveria ser tão difícil — retruca devagar. — Antes, você nem *queria* ter filho.

Minha boca se abre. Ficaria menos atônita se ele tivesse me dado um soco no estômago. Na verdade, a sensação é como se ele tivesse feito exatamente isso. E me pergunto como é possível que neste instante eu consiga odiá-lo com a mesma intensidade que o amei momentos antes.

Ele se levanta.

— Olha, não posso fazer isso agora. Preciso ir — afirma.

Estou aturdida demais para dizer alguma coisa, até para olhar para ele. Harrison pega a carteira e a enfia no bolso de trás. O celular. Para.

— Mia, me desculpe — diz.

Então, pela segunda vez no dia, ele vai embora.

Capítulo 12

— Você tem alguma experiência com docência?

Estou sentada de frente para um homem usando um paletó de tweed com cotoveleiras que mal lhe cabe e o rosto sarapintado, liso, sem barba, com marcas de acne. Falta entonação em sua voz, e fico imaginando se está tão entediado quanto parece ou se é só o jeito que sempre fala: uma péssima característica. Ele se apresentou como "Ross, igual o cara de Friends", como se Ross fosse um nome completamente incomum que precisasse de uma referência.

— Hum, não — respondo, tentando demonstrar algum entusiasmo.

Sei que devia acrescentar algum adendo do tipo: "Mas eu dava monitoria aos colegas de turma em cálculo no ensino médio para ganhar um dinheiro extra." Ou: "Sempre quis mudar para essa área." Mas não consigo fingir entusiasmo ultimamente.

Durante a última semana e meia, eu e Harrison temos pisado em ovos um com o outro.

— Talvez eu só precise de um tempo — dissera quando o pressionei de novo sobre ter um filho, e não sei se ele queria mesmo dizer isso ou se era só para me apaziguar. De qualquer forma, não era essa a frase que se repetia infinitas vezes em minha cabeça.

Você nem queria ter filho.

Harrison havia se desculpado imediatamente e de novo por mensagem mais tarde naquela noite, e, embora o tenha perdoado, não consegui esquecer, mas era só porque estava morrendo de medo de que ele estivesse certo. Nem sempre quis ter filhos. E há mulheres, outras mulheres, que passaram a vida inteira sabendo que queriam ser mães. Eu me sinto inferior, sinto que não mereço. Talvez não consiga ter um bebê porque não ansiei por um o suficiente. Talvez seja minha penitência.

Os olhos de Ross estão fixos na tela do computador, que está virada num ângulo que não me deixa vê-la por completo, e ele clica no mouse sem parar. Fico me perguntando se está pesquisando meu nome na internet enquanto estou sentada aqui. Olhando meu site. Tentando desenterrar algum segredo escandaloso no Facebook.

Ele soca as teclas do teclado com a lateral do punho e resmunga, cerrando os dentes. É sua reação mais entusiasmada que presenciei nos últimos dez minutos e olha que nem é direcionada a mim. Franzo o cenho e me inclino para a frente aos pouquinhos para poder espiar o monitor. Formas geométricas brilhantes e coloridas preenchem a tela e explodem quando ele clica no mouse. Está jogando Candy Crush.

— Hum... Ross?

Seus olhos saltam de volta para mim e se arregalam como se estivesse surpreso de ainda me ver sentada à sua frente.

— Certo. — Ele dá uma olhada em meu currículo impresso. — Ok, a vaga é sua se quiser.

— *Quê?* Está falando sério?

— Estou. — Ele dá de ombros. — Para ser sincero, só três pessoas se candidataram, e você é a única com mestrado em artes. Os cursos duram oito semanas. A primeira começa dia dezesseis de agosto. O curso de verão foi sobre pintura acrílica para iniciantes. Então, o próximo vai ser um nível intermediário. É alternado.

— Tudo bem, ok. Ótimo. Obrigada. Estarei aqui.

Ele me entrega um pedaço de papel, que eu seguro.

— Entre nesse site e preencha os formulários para receber o pagamento.

Em seguida, se volta para o monitor, e eu me levanto e me esgueiro para fora da sala antes que ele tenha a chance de mudar de ideia.

No estacionamento, meu celular toca enquanto me sento no banco do motorista. Confiro a tela e respiro fundo antes de atender.

— Tudo bem? — pergunta Vivian com uma pontada de preocupação na voz.

Faz alguns dias que a gente se falou por mensagem, mas fui bem-sucedida em evitar suas ligações desde que lhe contei sobre os resultados dos testes de fertilidade e a mudança de ideia de Harrison justamente por esse motivo. Não é que não queira ou não esteja grata por sua empatia. Estou, de verdade. Mas isso só me lembra do quão triste eu sou por ter me esforçado tanto para não pensar nisso.

— Na verdade, estou bem. Arranjei um emprego. Na faculdade comunitária.

— Você vai dar aula? De artes?

— Não, salto de paraquedas 101. É, de artes.

— Entendi.

— O que foi, Viv? — pergunto, monocórdica.

— Nada.

Espero.

— É só que, quando abriu aquela vaga aqui, você se esquivou quando sugeri que se candidatasse.

— Não queria voltar para casa depois da faculdade. Além do mais, não sou formada em licenciatura. Não teriam nem me entrevistado.

Ambas as desculpas eram verdade, mas não era só por isso. Raya e eu sempre brincamos que você ou se dá bem em artes ou ensina artes. Eu queria me dar bem. Viv sabe que tem mais motivos por trás, mas não insiste.

— Bem, estou muito feliz por você. Parabéns!

Recolho meus espinhos, porque sei que ela está sendo sincera. Minha irmã pode ser azucrinante e julgar às vezes, — e literalmente nunca esquece nada, mesmo as coisas que eu queria que ela esquecesse —, mas quer mesmo que eu seja feliz.

— E as outras novidades? — continua.

Ouço um *clique* na linha e percebo que ela está no trabalho, por isso nossa conversa não foi interrompida pelos gritos com Finley e Griffin. Provavelmente está fazendo anotações nos arquivos dos estudantes, uma carta de recomendação ou um e-mail para um pai.

Penso em contar sobre Oliver, mas já faz quase duas semanas desde aquela manhã no alpendre de Caroline. Ele ficou com meu número e prometeu ligar com notícias, mas não deu sinal de vida. Imagino que tenha ficado ocupado com o trabalho, com a vida, e encaro a situação toda como uma coisa esquisita. Nesse meio-tempo, sonhei com ele naquele parque duas vezes na semana passada. E não posso deixar de me perguntar, quando acordo de manhã, se ele também sonhou comigo.

— Nada — respondo.

— Harrison?

— A mesma coisa.

— Aguente firme. Vocês já passaram por muita coisa juntos. Tenho certeza de que ele só precisa de um tempo.

São quase as mesmas palavras de Harrison e não soam nem um pouco melhor vindas de minha irmã. Quando desligo, largo o celular no porta-copos e me escoro no apoio de cabeça, focando no vento frio da saída de ar que bate em meu rosto.

Não suporto pensar na possibilidade de não ter um filho com Harrison depois de querer isso por tanto tempo. Depois de tudo pelo que passamos. Depois de chegar tão perto, só para tudo cair por terra outra vez. Qual seria o motivo de tanta dor se não houvesse algo bonito no fim? Tanta dor em troca de nada não faz sentido para mim.

Pego o telefone de novo e mando uma mensagem para ele sobre o emprego. Harrison responde em segundos.

Que ótimo, amor. Vamos sair para comemorar.

É tão normal, tão Harrison, que sinto um aperto no coração. Vivian está certa — Vivian está sempre certa. Harrison vai voltar ao normal. Tem de voltar.

A caminho do jantar, prometi a mim mesma que não vou falar sobre próximos passos. Harrison pediu um tempo, e vou lhe dar. Mas, depois que pergunto como foi seu dia e ele responde que foi "bom", não consigo pensar em mais nada para dizer, então fico sentada com as mãos entrelaçadas em meu colo, olhando pela janela para o verde que passa por nós. Enquanto tento sair disso, penso que quero tanto um filho, que, se querer fosse uma gota de água, eu seria a droga de um oceano.

Mordo o lábio tão forte que fico surpresa de não começar a sangrar e, quando paramos em frente ao restaurante, fico aliviada por finalmente ter algo a dizer.

— Vamos fazer uma aposta: com bigode ou sem?

Harrison olha do letreiro iluminado escrito Sorelli's em frente à fachada de tijolos para mim. Quando ele chegou em casa, confessei que queria vir aqui não por causa da comida, mas porque estava morrendo de curiosidade de ver o cara com quem Caroline tivera um caso.

— Tem alguma coisa muito errada com você — disse ele. E a expressão em seu rosto me diz que sua opinião não mudou.

Mas só depois que estamos sentados a uma mesa no canto é que noto algo mais em seu rosto: os círculos escuros em volta dos olhos. A pele pálida. Ele encara o guardanapo na mesa. Está convidativamente dobrado para cima, de um jeito que aparenta ser uma bola de chantilly, e, por um instante, acho que Harrison vai simplesmente deitar em cima dele.

— Harrison? Você está bem?

— Estou.

Abro a boca para insistir, mas uma voz de mulher me interrompe.

— Dr. Graydon?

Ambos olhamos para cima e nos deparamos com uma loira de pele de pêssego se aproximando de nossa mesa com os olhos grudados no meu marido.

— Whitney Crossland — diz ele com um sorriso radiante, o vinco profundo que marcava sua testa há um segundo completamente ausente. — Quanto tempo!

Quando ela chega, ele se levanta e lhe dá um abraço desajeitado.

— Whitney, essa é minha esposa, Mia. Mia, essa é uma paciente minha, Whitney. Acabou de ter alta. Faz o que... — Vira-se para ela. — Dois dias?

— Isso. E estou me sentindo ótima, graças a você.

— Como está Gabriel? — pergunta Harrison.

— Muito bem. Acabou de descobrir que a banda dele vai tocar no desfile de Natal. O primeiro de Hope Springs.

Harrison olha de rabo de olho para mim, e sorrio, pensando em Caroline.

— Pequeno baterista — graceja Harrison, voltando a atenção para Whitney.

— Tenho certeza de que ele ia adorar se você fosse ver.

— Diga a ele que mal posso esperar.

Fico sentada, observando a conversa fluir, novamente arrasada por saber tão pouco sobre a vida profissional de Harrison. Ele compartilha algumas coisinhas, óbvio, histórias malucas ou engraçadas que acontecem na emergência quando está de sobreaviso, ou casos realmente estranhos ou difíceis que aparecem, mas atende mais de quinze pacientes por dia — contando só os que vão à clínica —, então não dá para eu saber minuciosamente de todos.

Uma garçonete serve uma cesta de pães e pergunta o que vamos beber, induzindo Whitney a se despedir.

— Tenho que voltar para o bar, estou esperando uma pessoa.

— Só duas taças de vinho — diz Harrison a Whitney, com um olhar paternal. — E uma água no meio.

— Tudo bem, doutor. Prazer em conhecê-la, Mia — diz ela.

— Igualmente.

Peço uma garrafa de Chianti à garçonete, e então eu e Harrison estamos novamente a sós na mesa. Sua expressão se fechou, e sei que a energia que pulsava em seu interior enquanto falava com Whitney era uma máscara, uma fachada para fazê-la se sentir à vontade. Olho para ele, esperando.

— Diverticulite perfurada — comenta baixinho, apontando na direção de Whitney com a cabeça.

— O quê?

— Eu te contei dela há algumas semanas. Muito mal, tive de mandá-la para a UTI sem conseguir terminar a cirurgia.

Soa vagamente familiar.

— Ela se recuperou rápido.

— É, mas está com uma bolsa de colostomia.

— Sério? — Olho sorrateiramente para o bar, onde Whitney está sentada. Procuro pela protuberância reveladora em sua barriga, mas a blusa é folgada e eu não saberia se Harrison não tivesse me dito. — Gabriel é o filho dela?

Ele assente.

— Está no ensino fundamental II. Uma gracinha.

A garçonete volta com a garrafa de vinho e a abre, servindo um pouco na taça de Harrison. Ele gira o líquido vermelho e assente, e ela enche ambas as taças. Pergunta se vamos pedir. Peço o *bucatini* e fecho o cardápio.

— *Spaghetti alle vongole* — diz Harrison.

Inclino a cabeça para ele.

— São mariscos.

— Eu sei. — Ele entrega o cardápio à garçonete, e ela se retira.

— Não acredito que você vai pedir mariscos depois do que aconteceu comigo no Maine.

Ele abre um sorriso, enrugando a pele ao redor dos olhos.

— Mia...

— O quê?

— Pela milésima vez, não foi infecção alimentar — afirma, paciente.

— Foi, sim! Eu devo ter comido uns cinquenta daqueles mariscos. — Faço uma careta, ainda incapaz de sequer pensar nisso sem me sentir um pouco enjoada. Estávamos em um casamento chique no Maine, da filha de um paciente, um advogado figurão da Filadélfia cuja vida Harrison salvou com um triplo bypass quando era residente-chefe. O evento era enorme, com mais de quatrocentos convidados, e o mais ostensivo em que já estive, com Dom Pérignon para o brinde e uns oito garfos para cada pessoa. — E aí, no dia seguinte...

Não preciso terminar a frase porque ambos sabemos o que aconteceu: no dia seguinte, Harrison teve de parar o carro no mínimo umas sete vezes durante a viagem de oito horas de volta para casa.

— Você também tomou umas boas quinze taças de champanhe.

Lanço um sorrisinho para ele.

— *Quinze*, não.

— Bem, o suficiente para puxar uma fila de conga com os garçons.

— Não era fila de conga, era a Macarena!

— Era uma fila de conga.

Franzo o cenho tentando lembrar. Poderia jurar que era a Macarena. Ele ergue uma sobrancelha com severidade, mas está sorrindo.

— Como eles se chamavam? Bert e Annie? — pergunto.

— Beau e Annie. Bert e Annie são personagens da *Vila Sésamo*.

— *Ernie.*

— Foi o que eu disse.

Abro um sorriso e estudo o rosto de meu marido, refletindo sobre a curiosidade e falibilidade da memória, não só as confusões induzidas pelo álcool. Como a maioria dos casais, eu e Harrison já discordamos mais de uma vez sobre a forma com que alguma coisa aconteceu, ou não, no passado, nossas lembranças colidem mais do que coincidem. Mas agora penso que talvez não seja necessariamente uma fraqueza, e sim uma força: o fato de cada um de nós carregar pedacinhos diferentes da mesma lembrança, como peças de um quebra-cabeça que, quando juntamos, está completo.

Mais tarde, quando pego o potinho com queijo parmesão, noto que Harrison está observando, com os olhos semicerrados, algo às minhas costas. Viro-me a tempo de ver um homem com camisa de botão lilás de mangas curtas, calça cargo e óculos com aros prateados.

— Quem é? — pergunto, num sussurro dramático.

— Não sei — responde Harrison, devagar — Quando a gente estava examinando Whitney na emergência, ela ficou gritando que não devíamos chamar o ex-marido para ficar com Gabriel. Será que é ele?

— Você é inacreditável — diz o homem, com a voz ecoando pelo salão. — Você está na porra de um encontro?

— Minha vida pessoal não é da sua conta — sibila Whitney.

— Bem, deve ser da conta do juiz. Eles não costumam conceder a guarda a *putas.*

— Nossa! — diz Harrison, tirando a palavra da minha boca, e logo está em pé, acabando com a distância de uns cinco metros entre nós e o bar.

— Tudo bem por aqui? — pergunta ao alcançar Whitney.

O sujeito olha para Harrison com as narinas dilatadas e a raiva pulsando nos olhos.

— O encontro é com você?

Whitney ergue a mão para impedir Harrison de contestar.

— Ele é o meu médico, e você está fazendo papel de idiota. Por favor, vá embora — pede.

— Senão o quê?

— Senão vou chamar a polícia.

O homem bufa, mas olha ao redor, e é quando ele e eu percebemos que o bartender e alguns outros fregueses pararam para assistir à discussão. As bochechas dele ficam vermelhas, e, se não estiver se sentindo propriamente humilhado, pelo menos é óbvio que está constrangido.

— Pare com isso, cara — pede Harrison, estendendo o braço para conduzi-lo à porta.

Harrison move os lábios para dizer algo ao bartender, e, para minha surpresa, o homem se deixa ser escoltado para fora. Harrison só confere se está tudo bem com Whitney antes de retornar para a mesa.

— Que merda foi essa? — pergunto, com os olhos arregalados.

— É o que acontece quando se mistura um divórcio feio com álcool. O cara estava fedendo a Jim Beam. O bartender chamou um táxi para ele.

— Meu Deus. Espero que a gente nunca passe por isso — respondo.

Ele entrelaça o olhar no meu, e, embora esteja esgotado, tenha tido um dia de merda e acabado de resgatar uma paciente do ex-marido bêbado, seu foco está inteiramente voltado para mim.

— Nunca — concorda ele.

Neste momento, olhando no fundo dos olhos dele, enxergo meu marido e me dou conta na mesma hora do quanto eu o amo. Como pude me esquecer, mesmo que por um segundo?

Meu celular apita na mesa, próximo ao prato, e o pego. É um número desconhecido.

> Pronta para um dia em Nova York? Conseguimos uma "entre-vista" na sexta-feira.

Encaro a montanha de *bucatini* nadando em bolonhesa à minha frente.

— Quem era? — pergunta Harrison.

Olho dentro de seus olhos cansados.

— Oliver.

Ele coloca uma garfada de molho na boca, mastiga e pergunta:

— Mais dicas de jardinagem?

— Não exatamente.

Minha garganta seca de repente. Tomo um gole de água. Engulo.

— Tem uma coisa que preciso te contar.

— *Quê?*

Quando termino de falar, Harrison está com a testa franzida e confuso, o olhar aguçado, focado.

— Você ouviu o que acabou de dizer? As palavras que saíram de sua boca?

— Ouvi.

— Mia, fala sério. Eu não ia dizer nada, mas vi o jeito que ele ficou olhando para você durante o jantar. É *óbvio* que ele falou que também sonhava com você. Aquele filho da puta! E você... Você *acredita* nele?

— Bem, é. Acredito. Eu sei. Eu sei, Harrison, *sei* que parece maluquice, mas ele está dizendo a verdade. Está!

— Como? Como você sabe?

— Eu só sei.

Ele suspira e abre a boca para falar mais alguma coisa, mas a garçonete escolhe este exato momento para aparecer com a conta. Harrison paga, saímos e ele fica em silêncio até chegarmos a nossa garagem, com a lua prateada pairando no céu noturno.

— Ok, e agora? — Ele se vira para mim. As duas mãos segurando o volante, sem forças para contestar mais nada. — Por que está me contando isso?

Respiro fundo.

— Vamos para Nova York. Na sexta-feira.

Fico tensa, com a certeza de que a notícia vai tirá-lo do sério de novo, mas ele apenas solta o ar.

— Você e Oliver.

— Isso.

— Juntos.

— É.

Ele cerra a mandíbula. Relaxa. Solta o ar.

— O que tem em Nova York?

— Uma professora. Ela pesquisou bastante sobre sonhos, e achamos que talvez possa nos ajudar.

— Nos? — repete, bem baixo. Batuca no volante com o polegar. — Ajudar vocês com o quê?

— Não sei. A descobrir o que significa, talvez?

Ele olha pela janela, não mais para mim, e coça a barba. O som áspero dos pelos sob suas unhas enche o carro.

— Mia... — Sua voz é baixa e suave. — Lembra depois do primeiro... Do primeiro bebê, quando você começou a trazer todas aquelas coisas para casa? Teve aquela luva, a calota, e o que mais? O tênis, da Converse, eu acho.

Enrijeço.

— Não foi... Não teve nada a ver com perder o bebê.

— Mia — continua ele, delicadamente.

— Não teve.

— Só estou dizendo que... Sei que você está no processo de luto. E essa dor pode fazer coisas. Com a nossa mente.

— Isso é real, Harrison. — As palavras saem trêmulas. — Sei o que parece, sei mesmo. Mas preciso que acredite em mim.

Não percebo o quanto isso é verdade até dizer em voz alta.

Ele estuda meu rosto. Prendo a respiração.

— Ok — diz, finalmente. — Ok.

— Acredita em mim?

— Não sei, mas, se você precisa ir a Nova York, deve ir a Nova York.

Solto o ar.

— Obrigada.

Ele puxa a trava para abrir a porta e sai para a noite, então o sigo. Ando em direção à entrada, com suas passadas estalando o cascalho atrás de mim. Então, de repente, seus braços envolvem minha cintura, e ele está me puxando para si. Eu me viro, apoiando-me em seu peito e aninhando a cabeça sob seu queixo.

— *Dios Mia...* — sussurra ele em meu cabelo.

Sua mão se abaixa e encontra a minha, e seus dedos brincam com minha aliança, girando-a.

— Eu confio em você, Mia, confio mesmo. Mas não confio *nele*. Se esse cara tentar alguma coisa...

Viro a cabeça para olhar para ele, com um sorrisinho no rosto.

— Você vai fazer o quê? Bater nele? Defender minha honra?

Harrison não é um cara ciumento, e é menos ainda violento.

— Não — admite, com a cabeça baixa e os olhos ainda em meu dedo anelar. — Eu provavelmente só ia olhar para ele muito, muito feio.

Sorrio em seu peito. E ficamos assim, sob a lua, até que um pássaro pia em algum lugar ao longe.

— Merda — digo, levantando a cabeça.

— O quê?

— Esqueci completamente de procurar o gerente! Agora nunca vamos saber se ele tem bigode ou não.

Ele baixa o olhar para mim com a sobrancelha erguida e balança a cabeça.

— *Dios Mia.*

Capítulo 13

Whitney

WHITNEY OBSERVA DE CANTO DE olho enquanto o dr. Graydon sai do restaurante, segurando a porta para a esposa naturalmente linda, porque é óbvio que a esposa dele é naturalmente linda e é óbvio que ele seguraria a porta para ela. Não quer ser amarga: dr. Graydon foi muito gentil e salvou sua vida, mas, para ser sincera, se não fosse por Gabriel, preferiria ter morrido. É óbvio que arranjariam um doutor gostosão nível Grey's Anatomy quando seu intestino fosse perfurado. Onde estava o coroa careca que consertou seu braço quebrado dois anos atrás? Por que não foi ele que resolveu o problema em seu "reto" e o gostosão, o braço? Ela sabia por quê. Porque a vida era indescritivelmente injusta.

— Mais uma? — oferece o bartender, apontando para a taça de vinho vazia.

Não deveria. Dr. Graydon disse duas, no máximo. Mas Holly estava tomando conta de Gabriel, e Eli a tinha constrangido no meio de um restaurante lotado. Para que ela não se esquecesse de como sua vida tinha se tornado tão patética, o cara do Bumble não apareceu para o encontro. A pior parte é que ela nem queria sair, mas se sentiu mal pelo fato de que a primeira tentativa de se encontrarem tivesse sido frustrada por seu passeio na emergência e estava tentando recompensá-lo. Pensando melhor agora, não deveria ter mencionado a bolsa de colostomia na troca de mensagens naquela tarde, mas não achou que fosse algo que surpreendesse alguém.

— Por favor — pede, empurrando a taça para o bartender.

Estresse emocional. Depois da cirurgia, foi o que o dr. Graydon listou como um dos possíveis agentes causadores de sua condição. Esteve a ponto de arrancar a língua com uma mordida para evitar rir igual a uma maníaca quando ele perguntou se ela andava estressada ultimamente. Mesma coisa que perguntar se o macaco quer banana.

Quando o bartender serve o vinho, ela abre o Instagram, só para caso seu parceiro furão do Bumble esteja dando uma olhada, e tira uma selfie com a taça cheia. Fica horrível, então tira outra, depois outra. Finalmente consegue uma aceitável e marca: #roseodiatodo #vinhoévida #noitedamamãe. Vira a taça de vinho, paga a conta com o American Express (o único cartão de crédito que não está estourado) e sai na noite quente e idílica de Hope Springs. Mas, quando a porta do restaurante se fecha às suas costas, Whitney congela. O estacionamento, embora cheio de carros aqui e ali, está deserto. Quieto. Quieto demais. Um medo familiar provoca um arrepio em sua espinha, levantando os bonitos cabelos loiros em sua nuca. Quase volta para o restaurante e pede ao bartender para acompanhá-la até o carro, mas faz um gesto de determinação com a cabeça.

É só o vinho, é só sua imaginação fértil. Eli entrou em um táxi. Foi embora. Não vai voltar. Podia ser um cara temperamental — até violento às vezes, quando a raiva o dominava —, mas não era *louco*.

Mesmo assim, Whitney corre para a picape da irmã (mais uma coisa que deve a ela, já que Eli ficou com o único carro que tinham, e Whitney não pode bancar um novo agora) e a destranca o mais rápido possível, deslizando para dentro e dando partida no motor com um movimento fluido. Quando já está na estrada, pensa que talvez não devesse estar dirigindo, já que tomou três taças de vinho com o estômago vazio. E, de novo, pensa que tem muita coisa que não deveria ter feito em sua vida, começando por se casar com o ex-marido. Mas como ia adivinhar?

Como você conhece uma pessoa de verdade antes de se casar? E, além disso, como faz dar certo? Para Whitney, parece uma questão de pura sorte... ou azar, no caso dela. É óbvio que não dá para dizer que prestou atenção aos sinais. Como no quarto encontro, quando ele a acusou de flertar com o operador de trator numa plantação de abóbora e não falou nada durante todo o caminho de volta. Depois, jogou sua caneca de café de cerâmica favorita tão forte na parede que a alça quebrou. Mas, no dia seguinte, envergonhado, colou e pediu uma desculpa atrás da outra, dizendo que a amava tanto que ficava assustado. Também assustava Whitney, mas também fazia com que ela se sentisse mais... desejada, adorada e valorizada, como ela sempre quis se sentir, mas nunca tinha acontecido.

Além disso, ir à plantação de abóbora tinha sido ideia dele, e que tipo de cara sugere uma plantação de abóbora para um encontro? Um cara gentil e sensível, ela pensava. O tipo de homem que Whitney procurava.

E ele era, na maior parte do tempo. Exceto quando não era.

Whitney para o carro no meio-fio em frente ao duplex da irmã e fica sentada olhando para a luz azul na janela da sala. Pergunta-se pela centésima vez se está fazendo a coisa certa. Arrancar Gabriel do único lar que conheceu, de seu pai — porque, apesar de tudo, Eli era um bom pai.

Suspirando, abre a porta e desce da picape, colocando a mão na bolsa de colostomia. Está bem presa a seu estômago, mas ela ainda não se acostumou e vive com uma ansiedade generalizada de que a bolsa caia a qualquer momento. Uma bolsa de colostomia! Suspira novamente e pensa como sua vida tinha chegado àquele ponto.

No piloto automático, entra na casa com a chave que Holly fez para ela e tranca a porta. A irmã caiu no sono no sofá — *óbvio*, Whitney pensa ao perceber que está passando *Antiques Roadshow* na televisão.

Esgotada, atravessa o curto corredor para o quarto que divide com Gabriel. Senta-se com cuidado na cama de casal, ao lado da pequena figura adormecida e põe a mão em sua bochecha, sentindo as batidas do próprio coração ficarem mais lentas e seu corpo todo se acalmar por estar perto do filho. Antes de se tornar mãe, não sabia que era possível amar algo do jeito que ama o filho. Embora adore seu sorriso banguela, o superentusiasmo com que conta as piadas de "toc-toc" mal elaboradas e até o barulho enlouquecedor e repetitivo que faz quando está praticando bateria, há algo em seu filho adormecido que mexe particularmente com seu coração.

Neste instante, Whitney se dá conta de que, embora seja certo se separar de Eli, também foi certo se casar com ele. Porque como ela poderia se arrepender da decisão que resultou no menino mais perfeito do mundo? Ela não merece Gabriel, sabe disso. Mas faria qualquer coisa para ficar com ele.

Com cuidado, tira a blusa de seda e a calça jeans, um look desperdiçado em seu encontro cancelado, e vai para o banheiro esvaziar a bolsa, escovar os dentes e lavar o rosto. Em seguida, enfia uma camiseta larga e a calça do pijama, e volta para a sala para desligar a televisão e acordar a irmã.

Whitney sacode seu ombro com delicadeza, e Holly boceja e se senta.

— Como foi o encontro?

— Inexistente. Levei um bolo.

— Ah, sinto muito — responde Holly, pegando um Doritos no pacote aberto na mesinha de centro.

Então, Whitney pensa em uma coisa e fica chocada por ser a primeira vez.

— Ei, Eli te ligou hoje? Você disse para ele onde eu estava?

— O quê? Óbvio que não!

Holly come o Doritos e lambe os farelos de queijo dos dedos.

Então, o medo que sentiu no estacionamento a domina totalmente; o mesmo medo que sentiu em lampejos ao longo dos anos, quando o sangue de Eli ferve. Quando ele faz coisas que Whitney nunca pensou que teria coragem e provou mais uma vez que ela estava errada.

E agora provou outra coisa: que sabe como achá-la, mesmo que ela não queira ser encontrada.

Capítulo 14

O Centro de Ciências Jerome L. Greene parece uma invenção gigante de Lloyd Wright: o edifício é todo espelhado, de metal e ângulos retos. Oliver veio ontem para um jantar com Penn Carro, então dirigi até a Filadélfia ao raiar do dia e peguei o trem para Manhattan para encontrá-lo e irmos para nosso compromisso às dez da manhã. Estou quinze minutos adiantada. Jogo-me em um banco e observo os universitários curvados carregando mochilas com livros, olhando para o celular e se encaminhando para as salas de aula. Embora no centro de Nova York o campus pareça um mundo completamente diferente, com caminhos amplos e iluminados e espaços verdes vibrantes separando os edifícios góticos e imponentes, me deleito com o alvoroço e a energia eletrizante ausente em cidades tediosas como Hope Springs. Percebo como sinto falta disso, como tenho me sentido isolada.

Às dez em ponto, Oliver chega correndo.

— Vamos! Vamos nos atrasar — diz.

Sigo-o pela porta de vidro, e nos espremememos dentro do elevador atrás de duas garotas, uma de batom preto e a outra de calça de pijama quadriculada. Quando descem, no terceiro andar, eu e Oliver continuamos subindo em um silêncio constrangedor.

As portas se abrem, e eu o sigo até a sala 427. Enquanto ele bate à porta, finalmente penso em algo para dizer.

— Não acredito que a revista gostou da sua ideia.

— Hum — faz ele. Ouvimos um "pode entrar" do outro lado. — Não gostou.

— O quê? — cochicho.

Mas ele está girando a maçaneta, e logo estamos na sala, cara a cara com a mulher da foto — só que em cores — usando uma túnica rosa--clara e com um sorriso que estica seus lábios até eles desaparecerem.

— Oliver, não é? — pergunta, estendendo o braço por cima da mesa.

— Isso. — Ele aperta sua mão. — Muito obrigado por disponibilizar seu tempo para falar com a gente.

— É um prazer — responde ela, virando-se para mim.

— Essa é Mia.

— Oi — cumprimenta a dra. Saltz, olhando de mim para Oliver como se estivesse esperando uma explicação sobre o porquê eu ter vindo junto.

Oliver não explica. Aceno um "olá" com a mão enquanto ela se senta em sua cadeira. Com um gesto generoso, gesticula para que façamos o mesmo.

— Bem, como eu disse a vocês — começa quando estamos sentados à sua frente —, tenho esse intervalo de vinte e cinco minutos entre uma aula e outra, então mãos à obra!

— Certo — responde Oliver, depois esfrega a palma das mãos em seu macacão jeans, na altura das coxas.

— De qual revista você disse que era mesmo?

— Hum... Não somos de nenhuma revista.

Com os olhos arregalados, viro a cabeça bruscamente para Oliver e, em seguida, para a dra. Saltz.

Ela alça a cabeça como um pássaro questionador, com os olhos semicerrados, depois olha para o teto, como se buscasse ajuda.

— Falei para Janine avaliar os pedidos de entrevista, mas ela me ouve? Não. Não, não ouve — murmura, mais para si mesma que para nós. Volta a nos olhar. — Deixem eu adivinhar — prossegue, em um tom firme com uma pitada de raiva nada sutil. — Estão tendo sonhos estranhos e querem saber o que significam.

— É... isso.

Ela revira os olhos e começa a mexer nos papéis em sua mesa.

— Muito obrigada por desperdiçarem meu tempo e o de vocês. Mas tem consultórios de terapia por toda a cidade de Nova York, e tenho certeza de que um deles pode ajudar vocês a decifrar o que ser caçado por um tiranossauro rex ou aparecer nu em um evento de família significa.

Ela se levanta com tanto ímpeto que a cadeira de couro desliza para trás, colidindo com a parede de concreto.

Oliver também se levanta um pouco, erguendo a mão com a palma voltada para cima. *Viemos em paz.*

— Não, espere, por favor! A gente não se conhece... — Ele me indica com um gesto. — Só nos encontramos há algumas semanas, mas sonhávamos um com o outro. Por meses.

— Anos — complemento.

— Anos — repete ele, depois vira a cabeça. — *Anos?*

Assinto e sustento seu olhar. Os dele só aconteceram nos últimos meses?

— Parabéns — diz entre os dentes, mas não se move para sair. — Então vocês obviamente são almas gêmeas destinadas a ficarem juntas. Pronto. Era isso que queriam ouvir? Tenho mais o que fazer agora.

— O quê? Não... *não!* Eu sou casada!

Ela fixa os olhos em mim, com uma sobrancelha erguida. Sinto toda vergonha que está direcionando para mim. Julgamento e culpa desferidos em um sopro forte: *Você é casada e mesmo assim está aqui? Com outro homem?* Olho para baixo.

— Deixa pra lá. É melhor a gente ir embora — digo para Oliver.

— ELA MORRE! — reage Oliver, o fervor em seus olhos me obriga a erguer a cabeça. — Ela morre nos meus sonhos... *pesadelos.* E não posso continuar assim, sem saber o que significa. Ou como fazer isso parar.

Pisco devagar. De novo.

O aparelho de ar-condicionado guincha e ganha vida num estertor abaixo da janela antes de aumentar para um ruído constante. Então sou transportada à conversa no alpendre: me lembro do momento que perguntei com o que ele sonhava, e ele ficou desconfortável. Mas e aquele sonho do elevador? Eu não morro em todos eles, morro?

— Na maioria — murmura ele para mim, e imagino se fiz a pergunta em voz alta ou só com minha expressão. Harrison diz que sou transparente. Que não importa o que digo, porque o que penso está sempre estampado na minha cara. — O sonho do elevador, do toboágua. Terminam igual.

De repente, me sinto uma idiota. Estou bancando a crush adolescente borderline para este homem com quem tenho sonhado, enquanto, na verdade, *literalmente*, sou seu pior pesadelo. Harrison vai ficar tão aliviado em saber que o motivo pelo qual Oliver me olha com tanta atenção é porque está esperando que eu me sufoque com um macarrão ou uma ervilha, ou que eu caia dura com um ataque cardíaco súbito.

Saio do transe e lembro que a dra. Saltz ainda está esperando de pé à sua mesa. Seus olhos intercalam entre mim e Oliver. Percebendo que não temos nenhuma intenção de ir embora — não sei se conseguiria me levantar nem se quisesse —, ela respira fundo, depois expira devagar. Pressiona a ponte do nariz, exatamente entre os olhos. Lambe os lábios. Murmura algo que soa como um "Deus, me dê forças". Então se senta.

— Vocês têm cinco minutos. Por onde querem começar? — pergunta.

— Hum... Acho que, pela parte de morrer, seria bom? — respondo.

— Ótimo. — Ela junta as mãos na frente do corpo. — Na maioria das vezes, sonhar que alguém morre não significa literalmente que esse alguém vai morrer.

— Na maioria das vezes? Então às vezes acontece.

Ela dá de ombros.

— Não posso me basear em nenhuma estatística real, mas o consenso geral é que a morte simboliza o fim de alguma coisa: seja um emprego, um relacionamento... — Ela pausa, olhando diretamente para mim. — Um casamento.

— Ei! — reajo, mas, antes que eu possa me defender, Oliver interrompe.

— Eu tinha acabado de terminar com minha namorada. Mais ou menos quando os sonhos começaram.

Com a visão periférica, observo a dra. Saltz erguer as mãos, com as palmas voltadas para o céu, como quem diz: "Viu? É isso. Acabou." Mesmo assim, continuo com os olhos grudados em Oliver. *Namorada.* Depois de descobrir que na verdade ele não era casado com Caroline, nem pensei na possibilidade de ele estar em um relacionamento com outra pessoa... Não que eu tenha algo a ver com isso.

— Ok, e quanto a todo esse tempo sonhando um com o outro sem nos conhecermos? Não é normal, é? Quer dizer, tem algum estudo que fale sobre isso?

Ela se vira para mim, com uma expressão entediada.

— Na ciência do sonho, nos referimos a isso como um sonho psíquico, a ideia de que alguns sonhos têm qualidade preditiva ou que podem prever o futuro — diz com um tom monocórdio.

— Tipo... uma premonição?

Ela baixa o queixo.

— Então, no seu caso, você sonhou com um homem e depois... — Faz um gesto indicando Oliver. — Pelo que alega, encontrou o tal homem. Outros exemplos são pessoas que tiveram pesadelos com as torres gêmeas caindo meses e semanas antes do 11 de Setembro. Ou pessoas sonhando com terremotos e, dias depois, vivenciando um. As pessoas dizem até que Lincoln sonhou com a própria morte poucas semanas antes de ser assassinado.

— *Quê?* Achei que você tinha dito que a morte era simbólica.

— Disse que é simbólica na maioria das vezes.

Cerro os dentes, respirando fundo.

— Isso é verdade? Tem gente que sonhou com o 11 de Setembro antes de acontecer? — pergunta Oliver.

— Acho que depende da sua definição de "verdade". Essas pessoas estão mentindo? Não acho que todas estejam. Há histórias demais para que isso seja possível. Mas a precisão sobre o que ocorreu é exata? — pergunta ela.

— O que você quer dizer?

— Bem, não me entenda mal. Acho todas essas histórias muito intrigantes, mas também acho que coincidência e percepção podem desempenhar um papel fundamental. Em outras palavras, às vezes, as pessoas veem o que querem ver. Às vezes, querem acreditar que alguém é sua alma gêmea... — Mais uma vez, seus olhos de águia se cravam alternadamente em nós dois. — Então, quando para pra pensar, pode achar que o homem usando um pingente de medalhão de ouro em seu cordão andando na praia com quem sonhou só pode ser a mesma pessoa que conheceu um ano depois do sonho enquanto andava na praia e que usava um pingente de medalhão de ouro em seu cordão e por quem agora está se apaixonando. Mas talvez seja só uma coincidência. Digo, há muitos homens na Costa Leste que usam um pingente de medalhão de ouro, principalmente perto de Jersey. — Ela pausa, mas não ri da própria piada. — Ou, no caso do 11 de Setembro, talvez o pesadelo seja apenas uma explosão num prédio, mas, novamente, ao pensar melhor, é muito fácil associar o prédio ao World Trade Center.

Oliver se inclina para trás e enfia os dedos no cabelo. Mas fico quieta, processando o que a dra. Saltz está sugerindo — algo parecido ao que Harrison disse, ou seja, que na verdade não sonhei com Oliver, mas com alguém parecido com ele. E que, por vê-lo, fiz a conexão porque... O quê? Quero que signifique alguma coisa? A ideia é um absurdo, e a irritação que vinha se acumulando me faz estourar de raiva.

— Isso tudo é besteira.

Oliver se vira para mim, com os olhos arregalados.

— O quê? Não é, não. Você sabe que não é só uma coincidência esquisita. Eu sonhei com *você*, não com alguém que se parecia com você, não é minha mente pregando uma peça em mim.

O ar-condicionado desliga, e um silêncio passageiro preenche a sala.

As rodas da cadeira da dra. Saltz rangem quando ela se ajeita no assento.

— Olha — começa, e, quando eu realmente olho para ela, suas feições se suavizam em uma expressão de gentileza. — Minha avó tinha uma amiga chamada Harley Dean, e, sempre que alguém perdia alguma coisa, chamavam a dona Harley Dean porque ela saberia como encontrar. Uma vez, minha avó se mudou e perdeu um par de candelabros de cristal que meu avô tinha dado para ela. Minha avó contou para Harley Dean, que morava em outro estado, e no dia seguinte Harley Dean ligou para ela e lhe disse para olhar em um armário embaixo da escada, no porão. Dito e feito, minha avó achou uma caixa, e os candelabros estavam lá dentro. Agora, veja bem, Harley Dean nunca esteve naquela casa.

Franzo o cenho.

— Então como é que ela...?

— Disse que sonhou. Era assim que achava as coisas perdidas das pessoas: sonhava com elas, com o lugar onde estavam.

Recosto-me na cadeira, sem entender.

— O que estou tentando dizer é que não consigo explicar. Acredito que aconteceu, sei que minha avó não mentiria, mas não tenho uma explicação. Adoraria olhar para vocês e dizer o como e o porquê de tudo isso, mas lido com a ciência. E, nos meus estudos e nos cinquenta anos de estudos que aconteceram antes de mim, simplesmente não existe um endosso da ciência para esse tipo de sonho prenunciador. — Ela sustenta meu olhar por um segundo e olha para Oliver. — Mas não significa que não seja real. — Começa a remexer nos papéis da mesa e se levanta. — Agora, se me dão licença...

Oliver se levanta e segura a porta para ela.

— Obrigado pelo seu tempo, dra. Saltz — diz enquanto ela passa.

Ela resmunga e faz uma pausa.

— Sabe, estou surpresa que vocês não tenham ligado para Denise Krynchenko.

— Quem? — pergunta Oliver.

— Você não conhece a professora Krynchenko? Ela é de Harvard, estuda *todas* essas questões psíquicas. Vão atrás do livro dela. É muito bom.

Oliver se afasta da porta, mantendo-a aberta com o pé, e pega uma caneta na mesa da dra. Saltz. Anota o nome na mão.

— Obrigado — repete, e logo a professora Saltz sai e ficamos sozinhos. — Vamos.

— Para onde estamos indo? — Eu me levanto com as pernas um pouco bambas. — Para uma biblioteca?

— Não, preciso beber.

Outra coisa que amo em cidades grandes: você consegue encontrar um bar aberto, literalmente, a qualquer hora. De volta ao sol resplandecente, o primeiro restaurante que visitamos fora do campus está abarrotado de gente fazendo um brunch nas mesas da calçada, rindo com suas tartines de salmão defumado e seus bellinis. Passamos direto, num acordo tácito de que a atmosfera não combina muito com nosso estado de espírito, e Oliver abre a porta pesada de madeira do próximo estabelecimento. Sem área externa, sem frequentadores de brunch. Pelo jeito, sem brunch também, já que um funcionário está no meio do processo de tirar as cadeiras de cima das mesas para começarem a servir o almoço. Nossos olhos se ajustam à iluminação fraca, nos sentamos nas banquetas e, percebendo que somos os únicos fregueses no balcão de madeira comprido e arranhado, o bartender logo anota nossos pedidos de bebidas.

— Eu *morro*? — pergunto a Oliver assim que nossos drinques (um old-fashioned para ele, e uma vodca tônica com duas rodelas de limão para mim) são servidos.

— Morre — responde, girando o copo alto devagar no balcão.

— Por que você não me contou?

— Não sei. Como se conta isso a alguém?

Ele tem um ponto. Esfrega as mãos nos olhos e nas têmporas.

— É tudo tão estranho...

— Então, como é que eu morro?

Pergunto em tom de brincadeira, para aliviar o clima, mas a pergunta fica no ar, pesando o clima mais que eu pretendia.

— De várias formas. A gente caminhando na floresta, e você indo em direção a um penhasco de propósito. Seu corpo colidindo com as pedras lá embaixo. Um homem mascarado dando uma gargalhada sinistra enquanto enche seu peito de balas com ponta de cobre do arsenal dele. Andando na linha do trem sem ouvir o apito da locomotiva enquanto ela avança, deixando sua cabeça sangrando, meio decapitada...

Ele para quando vê minha expressão.

— Sei que você é escritor e tudo mais — retomo, quando volto a encontrar as palavras —, mas, às vezes, menos é mais.

— Foi mal — murmura. — Mas essa nem é a pior parte... A pior parte é que eu nunca consigo chegar até você. Aquele sentimento terrível quando a gente está sonhando que está tentando correr, mas parece que as pernas estão enfiadas na lama, ou grita, mas não sai nenhum som? É assim, toda vez. Estou bem ali, mas não consigo ajudar.

Suprimo um calafrio e tomo outro gole da bebida pelo canudinho preto, o gosto forte de vodca inundando minha boca. A exaustão vai dominando meus membros, fazendo-os pesar. E não é só porque acordei ao raiar do dia. Estou cansada dos sonhos. De pensar sobre isso, de dissecá-los, de me sentir longe de descobrir o que significam.

Arranco o canudo da bebida, deixo-o no balcão, pego o copo e viro uma golada decente.

— Chega desses sonhos. — Balanço a mão no ar entre nós. — Me conte dessa namorada.

— Quem, Naomi? — Ele dá de ombros e coça a bochecha. — Não tem muito o que dizer.

— Por quanto tempo vocês namoraram?

— Cinco anos.

— Cinco *anos*?

— Terminando e voltando.

— O que aconteceu? Quando vocês terminaram?

Ele suspira. Toma outro gole da bebida.

— Não sei. Foi um pouco antes de eu ir para a Austrália. Ela não queria que eu fosse. Quando nos conhecemos, eu tinha acabado de voltar da quarta viagem com AGOFO, a fazenda de aves no Oregon, e ela gostou. Ou disse que gostou. Disse que me tornava interessante. Diferente de todos os outros que tinha namorado. Mas acho que depois ficou de saco cheio. Ou pensou que eu me cansaria dessa vida, que faria mais algumas vezes pela experiência e depois sossegaria. Com ela.

— Mas você não quis.

— Acho que não, senão não teria ido para a Austrália.

Observamos o bartender de frente para nós cortando as rodelas de limão e enfiando-as num balde translúcido.

— Uma vez, na faculdade, quis terminar com um cara, mas a gente morava no mesmo alojamento, literalmente vizinhos. Então fiquei com ele até as férias de verão.

Ele sacoleja o copo. As pedras de gelo se chocam.

— E...?

— Só estou dizendo que nunca passou pela minha cabeça ir para a Austrália.

Ele ri, pedimos outra rodada, e eu pergunto sobre o tempo que passou lá. Oliver me conta sobre os anfitriões, Albert e Bettina, e seu chalé exótico no rio Margaret, os sanduíches de vegemite e de batata frita embrulhados em papel pardo que ela fazia, as músicas-chicletes hippies dele: "Da terra cuidar, o povo alimentar, e compartilhar!"

Enquanto o ouço, fico um pouco espantada por essa ser sua vida. Chocada com o fato de que ele pule de país em país conhecendo o mundo, igual àquelas pessoas que falavam tão naturalmente sobre isso. Por que algumas pessoas têm a habilidade de tomar as rédeas da vida e domá-la como um touro, saindo por aí por pura diversão? Sempre quis ser esse tipo de pessoa. Fantasiava sobre fazer um mochilão pela Europa, flanando de museu em museu, estudando os grandes artistas, fumando cigarros orgânicos e bebendo Chianti até altas horas da madrugada, discutindo arte e existencialismo com almas afins, o tipo de conversa que só se pode ter aos vinte e poucos anos, quando todos seus pensamentos parecem eternamente fascinantes e notáveis.

Mas nunca fiz isso.

Um silêncio se instaura, e volto a brincar com o canudinho. Minha mente se transporta de novo ao escritório da dra. Saltz. Aos sonhos. A Oliver.

— E agora?

— Finlândia, eu acho. Acabei de enviar minha candidatura, na verdade.

— Não foi isso que eu quis dizer.

— Eu sei.

Ambos encaramos as bebidas como se as sobras do gelo derretido fossem folhas de chá que pudessem nos contar o futuro.

Ele saca o celular e dá uns toques na tela.

— O que você está fazendo?

— Dando uma olhada naquele livro da Krynchenko.

Mordo o lábio inferior, pensando.

— Você acredita nisso tudo? Nesse negócio de psíquico que ela estava falando?

— Droga, está esgotado. — Ele vira a tela para mim. Dou uma olhada e volto a olhar para ele, esperando. — Se eu acredito nesse negócio de psíquico? Não, mas também não acreditava que você existisse quando comecei a sonhar com você. E, mesmo assim, você existe.

Sonhar com você. Meu cérebro dá um clique.

— Sobre o que são os outros sonhos?

— Como assim?

— Na sala da dra. Saltz você disse que "a maioria" são pesadelos comigo morrendo. Quais são os outros?

Ele não olha para mim.

— Não são pesadelos.

Ele vira o resto da bebida e bate com o copo na mesa.

— São o quê? — pressiono.

Ele se ajeita na banqueta, fica olhando para a frente enquanto os segundos se passam, e, justo quando acho que Oliver não vai responder à pergunta, ele me olha.

— Digamos que você não é casada em nenhum deles.

— Ah...

Respiro. Quero desviar o olhar, tudo em meu corpo me impele a desviar. Mas é impossível.

— Tenho que ir — diz ele, se levantando de repente. — Vou encontrar Penn para mais uma entrevista antes de ir embora.

Ele procura a carteira no bolso detrás e joga duas notas de vinte no balcão.

— Quer que eu te leve até a estação de trem?

— Não, não, estou bem. Provavelmente vou... dar uma volta ou algo assim. Talvez vá a um museu.

— Ok.

A gente se despede meio sem jeito, principalmente pelo fato de que é óbvio que estamos fazendo questão de não tocar um no outro.

Então, ele vai embora, e, em vez de eu voltar para a rua ou ir ao museu, fico sentada, ruminando suas palavras. Mas não é bem nas palavras que não consigo parar de pensar. É no que vi em seus olhos quando ele as pronunciou. Um lapso de alguma coisa. Tão breve que, se eu piscasse, teria perdido. Não sei ao certo o que significa, mas sei o que parecia: o início de algo que eu não poderia definir.

Como se um fósforo tivesse sido aceso.

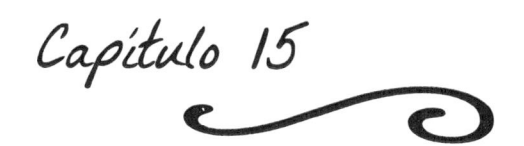

Capítulo 15

NO PRIMEIRO DIA DE AGOSTO, minha menstruação desce.

Quando me sento no vaso, encaro a mancha cor de ferrugem em minha calcinha, com as pilhas de revistas de medicina de Harrison empurrando meus ombros. Penso em todas as vezes, aos vinte e poucos anos, que rezei pela chegada dela, principalmente depois de alguns encontros casuais que viraram um borrão em minha memória nos quais eu tinha de me esforçar muito para lembrar o sobrenome do cara, e nos dois primeiros anos de namoro com Harrison. O alívio de ver aqueles primeiros traços de vermelho era palpável. Como se tivesse me livrado de alguma coisa. Brincado com fogo.

Então, tudo mudou depois de uma manhã comendo bacon com Harrison. De repente, eu não queria mais que minha menstruação viesse. Mas veio assim mesmo. Teimosa. Resoluta. Como se meu corpo dissesse: "Você que quis, lembra?" Levamos sete meses para engravidar do primeiro bebê, e todas as vezes que minha menstruação veio foi extremamente decepcionante; parecia uma punição.

Mesmo agora, seis semanas após um aborto, quando este sangue deveria significar um recomeço, uma oportunidade de tentar outra vez, é só um lembrete horrível e gritante de tudo que perdi. E talvez nunca encontre.

Ainda me esforçando para dar um tempo a Harrison, não toco no assunto de tentar de novo desde nossos embates intermináveis na semana em que saíram os resultados de fertilidade. Mas está presente, enraizado entre nós, engrossando e crescendo incontrolavelmente, como as ervas daninhas da horta. E tenho medo de que um dia fique tão grande que a gente não consiga achar uma saída.

Encaixo um absorvente interno, troco a calcinha e me arrumo. Até vestir uma regata, não percebo que estou suada por causa do esforço. Por que está fazendo tanto calor? Eu me arrasto até o corredor para verificar o termostato, que marca vinte e sete graus. Soco os botões com mais força do que o necessário, imaginando se Harrison aumentou demais a temperatura por acidente ou desligou tudo, mas nada acontece.

Chego à conclusão de que o ar-condicionado está quebrado.

Como se o dia não pudesse piorar, ligo para três assistências técnicas e todas estão sem horários disponíveis — o menor tempo de espera é de cinco dias. Marco um dia, mando uma mensagem para Harrison com a notícia e saio de casa, em busca de alívio. Embora não sejam nem dez horas da manhã, o ar do lado de fora está tão abafado quanto o de dentro, nenhum vento, enquanto me encaminho para o estúdio. Bato a porta atrás de mim e ligo o ar que tem lá, abaixando a temperatura o máximo possível. O aparelho reage com um estertor, e fico parada em frente ao vento que é expelido até ficar gelado. Depois, fico um pouco mais.

Quando finalmente me sinto mais confortável, me jogo no chão, o cimento frio sob minhas pernas nuas. Apoio as costas na parede de gesso acartonado inacabado, pego o celular para acessar esses fóruns sobre fertilização in vitro pelos quais ando obcecada. Começou de forma bem inocente — eu só estava tentando obter mais informações, saber o que "in vitro" acarretava, para a gente mergulhar de cabeça quando Harrison estivesse pronto. Tomei notas meticulosas sobre cada passo do procedimento, os nomes das diversas drogas utilizadas, os dias do ciclo para estimulação ovariana, maturação dos óvulos, captação e implantação. Mas, quando descobri a estatística de que apenas vinte e nove por cento das primeiras tentativas de fertilização são bem-sucedidas, meu coração quase saiu pela boca. *Vinte e nove por cento?*

Então, entro em um deles. Mulheres descrevendo com detalhes excruciantes seus últimos procedimentos: a dor e o inchaço causados pela injeção de hormônios, o entusiasmo contido depois da implantação, a espera agoniante de duas semanas e o coração dilacerado pela decepção de receber um teste negativo de gravidez. Criei um perfil para poder entrar, mas ainda não postei nada. Fico só acompanhando, vidrada nas provações diárias de uma mulher em particular, como se assistisse a uma novela no horário nobre.

Hoje, MissyK874 foi à sua tão esperada consulta para fazer um teste de gravidez pelo exame de sangue. Fez (é óbvio) dois testes de farmácia, ambos positivos, mas parece que, quando se trata da FIV, esses resultados não são confiáveis devido ao hormônio HCG, que se toma para a implantação. A consulta dela tinha sido às 9h15 e, pelo visto, eu não era a única esperando os resultados com a respiração em suspenso.

> Missyk874, alguma notícia? Estou mandando muita energia positiva!

> Dedos cruzados para que o feijãozinho esteja aí! Estamos com você.

> Rezando pelo seu bebê arco-íris.

Uma notificação de mensagem surge na tela, bloqueando a visão do fórum. Meu coração palpita quando vejo o nome: Oliver. Clico.

> Cadê minha foto? Você prometeu.

Ele me mandou mensagem primeiro — é importante frisar —, dois dias depois de Nova York, quando eu não tinha certeza de como andariam as coisas, se eu falaria com ele de novo ou se *deveria* falar com ele de novo. Dois dias depois de Harrison ter olhado para mim quando chegou em casa do trabalho e dito: "E aí?" E escutado pacientemente enquanto eu contava cada detalhe de tudo que havia acontecido na viagem, tudo exceto o lampejo nos olhos de Oliver. Já estava começando a pensar que tinha imaginado coisas. Que foi só uma situação constrangedora que eu tinha interpretado errado.

Então, Oliver me mandou mensagem. Era um link para um artigo da Wikipédia com a seguinte frase:

É verdade o negócio do Lincoln.

Cliquei e passei os olhos pela página até chegar a uma seção intitulada "Premonições".

Cerca de dez dias antes de ser assassinado, o presidente Lincoln afirmou ter tido um sonho nítido em que viu um corpo com vestimentas funerárias e o rosto coberto, na Ala Leste da Casa Branca. As pessoas ao redor se lamentavam em voz alta, chorando e soluçando, e, quando ele perguntou quem morreu, um soldado respondeu: "O presidente. Foi assassinado."

Reli devagar. Uma vez. Duas vezes. Em seguida, respondi à mensagem:

Era para eu me sentir melhor?

Ah. É... Acho que não.

Seguro um sorriso, mordendo o lábio e tentando decidir o que responder, quando três pontos aparecem. E depois:

E isso aqui?

Cliquei no link que levava a um artigo sobre um homem no Reino Unido que sonhou ter lido o nome do vencedor de uma grande corrida de cavalos num jornal. No dia seguinte, apostou no cavalo e ganhou. Isso aconteceu mais oito vezes no ano seguinte. Digitei:

Agora você acha que nossos sonhos estão prevendo corridas de cavalo?

Vale a pena tentar. Talvez haja um cavalo chamado Saco de Dentes.

Ri alto e respondi:

Sanduíche de Peru Molhado.

Ele:

Queda de Penhasco.

Eu:

Mascarado.

Ele:

Locomotiva.

Eu:

É um bom nome para um cavalo de corrida.

Continuamos trocando mensagens nos próximos dois dias, enviando links bizarros e boatos que descobríamos sobre sonhos, como se estivéssemos competindo qual era o mais estranho.

Havia um de uma menina norte-americana de três anos que acordou certa manhã perguntando onde estava sua aia, chamando o armário de "guarda-vestido" e dizendo à mãe — que tinha certeza de que a filha estava lembrando de uma vida passada em que havia sido uma princesa real — para tocar a campainha para pedir o café da manhã.

Trocamos histórias de assassinatos sendo solucionados, uma mulher salva de um afogamento e um assalto a banco impedido, tudo graças aos sonhos.

Compartilhamos fatos. Como os cientistas dos sonhos serem chamados de "onirologistas". E que doze por cento das pessoas sonham apenas em preto e branco. E que sonhar foi o pontapé inicial para *Frankenstein*, de Mary Shelley, e *Crepúsculo*, de Stephenie Meyer. Mas não são só as tramas de romances famosos que são atribuídas aos sonhos: a máquina de costura, a tabela periódica, a dupla hélice em espiral do DNA e até o Google.

Paul McCartney escreveu "Yesterday" depois de ouvi-la num sonho. Respondi a essa:

Nossa, eu amo os Beatles.

E quem não ama? É tipo falar que você ama pizza.

Nem todo mundo gosta de pizza.

97% da população mundial gosta de pizza.

Você está só inventando fatos agora, né?

Como ousa dizer isso? Sou jornalista.

Em seguida:

Só 5% dos fatos que eu declaro são inventados.

E foi assim que nossas mensagens passaram a ser sobre outras coisas além de sonhos.

Encaro a tela, rolo pelo meu álbum de fotos e encontro a que estou procurando. Prendo a respiração, clico em "enviar" e espero.

As reticências aparecem e somem pelo menos umas quatro vezes.

E então:

É o Keanu Reeves?

Abro um sorriso. Três dias atrás, por curiosidade, baixei o livro que Oliver escreveu anonimamente para o chef celebridade Carson Flanagan e comecei a ler. Ontem à noite, quando lhe contei, ele achou nada mais justo que eu também mostrasse um trabalho meu a ele.

É.

Dou uma breve explicação sobre o tema da mediocridade e espero pela típica resposta masculina sobre *Caçadores de emoção* ou *Matrix* ser "o melhor filme de todos os tempos". Ele leva três longos minutos para digitar a resposta.

Não sei, não. Ele estava ótimo em *A casa do lago*.

Caio na gargalhada que ecoa pelas portas de aço da garagem. O celular apita em minha mão.

Manda mais.

Meus olhos pousam na pintura do parque de diversões no cavalete. Tiro uma foto, mas hesito. Parece pessoal, de certa forma, íntimo demais para compartilhar, embora tenha se originado de um sonho com ele. Ou talvez *porque* foi um sonho com ele. Talvez não tenha nada a ver com a foto e tudo a ver com a forma como me sinto quando estamos trocando mensagens: leve, animada e ansiosa. Ansiosa por achar a resposta mais inteligente. Ansiosa pela resposta. Ligeiramente culpada por toda ansiedade. Não é que eu esteja escondendo de Harrison. Ele sabe que nos falamos. Até contei alguns dos sonhos bizarros que descobrimos em nossas pesquisas na internet.

Imóvel, encaro a foto e, em vez de clicar em "enviar", abro o fórum sobre FIV. MissyK874 ainda não postou nada, então começo a navegar pelas outras conversas e me perco no mundo de outras mulheres com barrigas vazias que desejam preencher.

— Uau — comenta Harrison, apoiado no batente da porta aberta do estúdio naquela noite. — Você andou ocupada.

Depois de algumas horas sentada no chão de cimento, senti meu cóccix dolorido e pensei que, se teria de esperar cinco dias para consertar o ar-condicionado, eu precisaria tornar o ambiente mais confortável. Agora estou deitada num colchão inflável, apoiada no cotovelo, rodeada por cobertores e almofadas, com os olhos grudados em Vanna White rodando letras na televisão que eu trouxe da sala. A tela lança sua luminosidade azul na sala escura, inclusive em Harrison, e estudo as sombras e luzes contornando seu rosto, seus óculos quadrados e a cor escura de sua barba cerrada. Zoei muito quando ele começou a deixá-la crescer, então nunca vou poder admitir que gosto dela. Mas gosto não só porque evoca certo vigor masculino, mas também por ser algo novo e inesperado em um rosto que memorizei ao longo dos últimos seis anos. Não é só a barba que está diferente, porém. Ele está correndo mais, no mínimo cinco vezes por semana em vez de três, e trabalhando até mais tarde. Penso em nosso jantar no Sorelli's, em como ele parecia cansado. Não, cansado não. Eu estava com ele durante a residência. Já vi Harrison cansado. É como se ele estivesse carregando todos os problemas do mundo nas costas. Sinto um lapso de culpa. Será que fiquei tão absorta em meu sofrimento, em minhas necessidades — nos *sonhos*, inclusive —, que não notei o que estava acontecendo com meu marido?

— Vem cá. — Estendo o braço para ele.

Harrison tira os sapatos e se deita ao meu lado, completamente vestido. Abraça minha cintura, puxando-me para mais perto. Assiste a um participante comprar uma vogal. É um "e".

— Panela vigiada não ferve — diz, com a respiração em meu pescoço.

— Droga, estava na ponta da língua!

— Sei que estava.

Consigo ouvi-lo sorrir. Rolo para encará-lo e beijo seus lábios, como se estivesse tentando capturar a felicidade. Quando me afasto, olho em seus olhos, sem saber como formular a pergunta que quero fazer.

— Está tudo bem com você?

— Como assim?

— Não sei... Você está diferente ultimamente.

Sinto seu corpo se enrijecendo.

— Estou?

— Pra começar, essa barba aí... E você está correndo mais.

— Eu gosto de correr.

— Eu sei, mas é que, não sei... Parece que... Quer dizer, sei que está sendo difícil, com o bebê... — Minha voz falha.

— Ah, Mia — responde Harrison, deitando-se de barriga para cima, o que força o ar do colchão a se ajustar e balançar sob nós, e me puxando consigo para que eu me encaixe em seu peito, fazendo-me pensar que está triste pelo bebê. Queria só que Harrison conversasse comigo sobre isso. Que a gente pudesse compartilhar nosso sofrimento. E então bolar um plano. Seus dedos acariciam meu cabelo de forma delicada e metódica. Ouço as batidas de seu coração de um lado. Do outro, escuto Pat Sajak anunciar a próxima rodada: uma coisa.

— Desceu hoje... Minha menstruação — sussurro.

Ele não responde, só continua passando a ponta dos dedos em meus cabelos.

— Harrison — chamo, depois do prolongamento do silêncio.

Sua mão para.

— Andei lendo sobre FIV. — Seu peito se levanta sob minha bochecha e relaxa quando ele expira. — Eu sei, sei que você ainda não está pronto, mas eu só queria mais informações. É um processo bem intenso.

— Ouvi dizer.

— E pode requerer umas duas tentativas, às vezes mais. Só cerca de vinte e nove por cento são bem-sucedidas de primeira.

— Mia. — É um aviso.

Ignoro.

— Na sexta tentativa, as chances sobem para sessenta e cinco por cento. É óbvio que são melhores para nós porque eu tenho menos de trinta e cinco anos e a gente usaria meus óvulos, mas mesmo assim envolveria um processo longo. E eu pensei que, se a gente pelo menos começasse, marcasse uma consulta para obter mais informações ou uma avaliação para...

— Mia — repete, mais ríspido agora.

O sininho das letras aparecendo no tabuleiro da *Wheel of Fortune* preenche a sala.

— Três is — anuncia Pat.

— Eu só... — começa ele, depois levanta a mão para colocar no rosto, e sei que está esfregando os olhos sob os óculos, um gesto que faz quando está cansado, pensando ou ambos. — Preciso...

— De um tempo — termino por ele, sem emoção na voz. — É, eu sei.

Viro-me de novo para a televisão, e depois de um instante ele faz o mesmo, fazendo o colchão balançar sob nós outra vez. Harrison põe o braço em cima de mim, envolvendo casualmente meu seio, uma posição tão comum e confortável que nem percebemos a intimidade do gesto.

— Quando você disse que o pessoal vem consertar o ar-condicionado mesmo?

— Segunda — respondo.

Ele resmunga.

— A gente devia ir para algum lugar. Nesse fim de semana. Poconos ou Cape May, ou... O que acha daquele lugar em Jersey com aquela exposição de arte num jardim enorme que você estava querendo ver?

— Grounds for Sculpture.

— Grounds for Sculpture — repete ele. — A gente podia ficar num hotel barato, tomar banho em uma piscina cheia de cloro, comer ovos borrachudos, daqueles em pó que a gente põe água, no café da manhã de graça...

— Eu adoro esses ovos borrachudos em pó com água.

— Eu sei. — Ele roça minha orelha. — O que você acha?

O que eu *acho*. Deixo as palavras reverberarem em minha mente. *A gente devia ir para algum lugar*. Penso na última vez em que ele disse isso, quando estávamos morando na Filadélfia, logo depois do segundo aborto, e a viagem de fim de semana terminou com a gente se mudando para cá. Penso em como foi espontâneo, nada a ver com Harrison, e em como ele está fazendo a mesma coisa agora. Acho que meu marido está mudando bem diante dos meus olhos. A barba, a espontaneidade e o fato de ele precisar de *tempo*. Penso em como o tempo parece ser a única coisa que não tenho para lhe dar.

— Não sei. Quem sabe...

A programação noturna do Game Show Network, que consiste em cinco episódios seguidos de *Family Feud*, começa. Em algum momento,

Harrison tira os óculos e desabotoa a camisa. Então, seu braço fica pesado sobre o meu e sua respiração, mais profunda. Cutuco-o de leve, e ele rola para o seu lado do colchão inflável, saindo de cima de mim. Desligo a televisão e fico deitada ao seu lado, esperando o sono chegar. Mas não chega. Escuto o zunido do ar-condicionado, depois o silêncio opressor que ele deixa para trás quando desarma. Fico encarando os cruzamentos das vigas de madeira expostas que sustentam o telhado.

Inquieta, pego o celular no chão ao lado do colchão inflável e abro o aplicativo de mensagens. Releio as últimas de Oliver e, sem hesitar dessa vez, clico em "enviar" na foto que tirei da pintura do parque.

Recomeço a navegar pelo fórum. Enquanto verifico se houve alguma atualização de MissyK874 — ela não apareceu durante a tarde inteira —, o celular ganha vida em minhas mãos, me dando um susto.

O toque soa alto no cômodo pequeno, e deslizo o polegar na tela para atender rápido enquanto me dou conta de que o nome na tela é o de Oliver.

— Alô? — murmuro, com o coração acelerado.

Dou uma olhada na figura adormecida de Harrison. Não se move.

— Você conhece esse lugar? — pergunta a voz de Oliver em meu ouvido.

Há um toque de pânico que faz meu coração bater ainda mais rápido.

— Peraí um segundo.

Rolo para fora do colchão da forma mais suave que consigo. Vou na ponta dos pés até a porta, abrindo-a devagar e fechando-a enquanto piso no chão de cascalho. As pedrinhas se cravam nas minhas solas descalças.

— O que você disse? — retomo, pulando com avidez até chegar à grama, que me alivia.

— A pintura, o parque de diversões. Onde fica? Você já foi lá?

— Não. — Abraço o estômago com um braço para espantar um calafrio súbito, embora o ar da noite ainda esteja denso por causa do calor do verão. — Foi um sonho, um sonho que eu tive. Com você. A gente está lá, naquele parque, à noite. Primeiro sozinhos, depois toda aquela gente aparece... — Interrompo. — Por quê?

Ele fica em silêncio pelo que parecem horas, e agarro o telefone, esperando. Conjecturando. Será que ele conhece o lugar? Ou é algum lugar ao qual já foi?

— Oliver? O que foi?

— É só que... eu também tive esse sonho.

Capítulo 16

DEPOIS DE PASSAR DOIS DIAS dormindo no colchão inflável do estúdio e tomando banho numa casa muito quente, sinto como se precisasse tomar outro assim que termino o último. Estou quase salivando com a ideia de um quarto de hotel.

É assim que, sexta-feira à noite, acabo no banco do carona do Infiniti de Harrison seguindo para o sul pela Rota 29, em direção a Hamilton, Nova Jersey, sede do Grounds for Sculpture, um tipo de museu de arte, parque e arboreto de dezessete hectares, conhecido por suas esculturas enormes em três dimensões de pinturas famosas. Embora seja uma viagem curta de apenas quarenta e cinco minutos, meu humor melhorou assim que chegamos à rodovia e me lembrei dos incontáveis quilômetros que eu e Harrison percorremos durante nossos primeiros anos juntos: as voltas para casa nos feriados, casamentos em fins de semana, rápidas excursões à praia. Eu costumava gostar muito mais da jornada do que da chegada, embora o jipe de Harrison gemesse como se os pneus fossem sair completamente do prumo a qualquer velocidade acima de setenta por hora. Adicionado à euforia de ter Harrison só para mim por todo o tempo e os quilômetros que tínhamos pela frente.

O Infiniti não faz nenhum barulho enquanto passa voando pela Rota 29. Muito silencioso. Abro a janela, e o ar quente invade o carro. Deixo-o envolver minha mão, com o vento dançando pelos meus dedos.

Meu celular vibra em meu bolso, e eu o pego, olhando, curiosa, a tela por meio do cabelo que chicoteia meu rosto. É Oliver.

Acho que pode ser esse.

Lanço um olhar de esguelha para Harrison. No dia depois da minha conversa ao telefone com Oliver, fiquei andando para lá e para cá com uma nuvem imaginária de choque e confusão mental acima da minha cabeça. Então, pelo menos uma vez, tivemos o mesmo sonho. Mas o que isso *significava*? Ter essas pecinhas de quebra-cabeça que pareciam que nunca formariam uma figura maior era enlouquecedor. Naquela noite, contei a Harrison, mas ele não disse nada. Só me encarou como se tivesse brotado um terceiro braço em mim e suspirou — uma expiração longa e controlada —, fazendo-me sentir ainda mais maluca do que já me sentia.

Enquanto isso, Oliver mergulhava num mundo de parques de diversões dos Estados Unidos. Ele se convenceu de que o parque do sonho existia de verdade e continua me mandando imagens que encontrava na internet. Primeiro, achei que ele estava no caminho certo. Mas descobri que o problema é que todos os parques de diversão são muito parecidos: tem um carrossel, uma montanha-russa, uma roda-gigante e bolos de funil. Comecei a me questionar se os detalhes que estou pintando são mesmo dos sonhos — o cavalo do carrossel era *mesmo* marfim com a sela dourada e vermelha? — ou de alguma memória coletiva de como um carrossel deve ser.

Amplio a imagem que Oliver acabou de me enviar. É um carrossel decorado, com arabescos dourados e complexos enfeitando os eixos do brinquedo. Semicerro os olhos. Há algo vagamente familiar, mas também havia algo familiar nos últimos oito que ele mandou. Respondo:

Talvez.

Ele envia outra foto: um Tilt-a-Whirl com o teto dos carrinhos azul royal em um trilho mecânico. Fico atenta.

Está esquentando.

Né? E no mapa do parque ele fica perto do carrossel, igual na sua pintura.

Onde é?

Elysburg, Pensilvânia. Umas duas horas daqui. Acho que vou lá dar uma olhada amanhã. Quer ir?

Outro olhar de esguelha para Harrison.

Não dá. Estou viajando nesse fim de semana.

Legal. Onde?

Jersey, Grounds for Sculpture.

Dou-me conta, um segundo depois de clicar em "enviar", o que acabei de admitir. Já sei a resposta.

QUÊ? QUEM PASSA AS FÉRIAS EM NOVA JERSEY?!!!

Abro um sorriso.

— Mia? — A voz de Harrison captura minha atenção.

— Oi. — Ergo o olhar para ele.

— Estou falando com você. — Seu tom de voz está alto, competindo com o vento.

— Ah, foi mal.

Puxo o botão da minha porta e observo a janela se fechar automaticamente. Meu cabelo se aquieta.

— O que foi?

— Disse que tenho uma coisa para você.

— O quê?

— Pegue na minha bolsa.

Indica a mochila aos meus pés. Olho para ele, curiosa, e me abaixo para abrir o zíper do bolso da frente.

— Não, o grande.

Abro o outro zíper, revelando uma pasta de papel-manilha cheia de papéis. Presumindo que seja material do trabalho de Harrison, puxo-a para a frente para olhar atrás, sem a menor ideia do que estou procurando.

— É isso, pode pegar.

— A pasta?

Ele assente.

— O que é? — pergunto desconfiada enquanto a ponho no colo. É grossa, metade da minha palma de espessura.

— Pesquisa.

Abro-a, com os olhos pousados no cabeçalho da primeira página: "Por que sonhamos?" Olho fixamente para ela, depois viro-me devagar para ele.

— Achei que a gente podia pesquisar junto.

— O quê? — pergunto, embora esteja começando a entender. Folheio a pilha grossa de papéis e vejo post-its de cores brilhantes colados nas margens, os garranchos ilegíveis de Harrison terminando com pontos de interrogação. Não é só resultados de buscas na internet reunidos. Foi tudo investigado e comentado. Teve muito esforço envolvido.

— Quando você teve tempo para fazer tudo isso?

— Ontem à noite quando eu estava de sobreaviso. Foi uma longa noite.

Não consigo controlar o gesto de olhar boquiaberta para ele. Lembro a forma com que ele olhou assim para mim na quarta-feira à noite. Seu suspiro longo.

— Mas... achei que você não tivesse acreditado em mim. Que eu estava ficando maluca.

— Eu não te acho maluca — responde ele baixinho — Não completamente, pelo menos. — Abre um sorriso. Dou um tapa em sua coxa com as costas da mão. — Olha só, eu acho, sim, que isso é... incomum.

E achei que fosse só uma fase, tipo naqueles dois meses que você passou muito decidida a fazer a própria tinta à base de ovo e o apartamento ficou cheio de gema ressecada. Mas, na quarta-feira, quando você estava me contando sobre o sonho do parque de diversões, percebi que isso não é passageiro. E pensei nas vezes em que me aparece um paciente apresentando sintomas incomuns que não lembram nada que já tenha visto. Não ignoro o que eles dizem. Eu pesquiso para preencher as lacunas do que sei e torço para encontrar um diagnóstico.

— E, se não conseguir, dispensa o paciente como hipocondríaco.

Ele ri.

— Ok, então a metáfora não deixa de ter suas falhas.

Minha mão encontra a dele, e nossos dedos se entrelaçam. Aperto de leve.

— Obrigada.

Ele dá de ombros como se não fosse nada.

Mas é. Neste momento, é como se fosse tudo.

Em Hamilton, paramos em um drive-thru e compramos tacos de frango para jantar. Comemos em nosso quarto no hotel Howard Johnson, deleitando-nos com o ar-condicionado que colocamos no mínimo e bebendo a cerveja gelada do posto de gasolina.

Examinamos os artigos que Harrison imprimiu, um por um. Os primeiros são da Psychology Today: análises e explicações de vários estudos sobre sonhos; pesquisadores tentando entender exatamente por que sonhamos. Alguns acreditam que os sonhos são a maneira com que o cérebro forma e processa as memórias, enquanto outros acham que sonhamos para organizar todas as informações que nosso cérebro adquiriu durante o dia: lapsos aleatórios de carros passando, fragmentos de conversas que entreouvimos, mas que não prestamos atenção. Outra teoria sugere que sonhar é psicológico: trata-se da forma como lidamos com emoções difíceis, como o medo e a ansiedade. Alguns cientistas acreditam que, em geral, os sonhos não têm nenhuma serventia: são apenas disparos aleatórios e sem significado do cérebro.

Harrison tinha destacado esse trecho, e lhe lanço um olhar risonho assim que percebo.

— Deixe eu adivinhar, você é do time dos sem significado?

Ele ergue a cerveja da poltrona de canto em que está sentado. Suas pernas estão apoiadas na cama, com os tornozelos cruzados.

— Acho que é importante considerar todas as possibilidades — responde diplomaticamente.

Morde o taco e algumas migalhas errantes de queijo caem em seu colo.

— As próximas páginas se aprofundam nas análises de sonho de Jung e de Freud. É interessante, mas nada que realmente acrescente, então você pode pular essa parte.

Folheio até me deparar com o próximo post-it.

— Então, chegamos às coisas mais... É, estranhas que você e Oliver acharam, incluindo os sonhos psíquicos. Aparentemente, existem três tipos. O pré-cognitivo, que prediz o futuro, tipo ver alguém que você vai conhecer ou aquelas pessoas que acharam que sonharam com as torres gêmeas caindo. — Viro a página. — Depois, temos os sonhos clarividentes, que supostamente dão informações em tempo real, então acho que aquela senhora que encontrou... O que foi que você disse mesmo? Um candelabro? Esse sonho foi clarividente. E, por fim, os telepáticos, que são os sonhos das pessoas que se comunicam umas com as outras pela mente.

— Telepatia por sonho. É, Oliver comentou algo assim.

Mas não estou mais olhando as páginas. Estou encarando meu marido, que não só escutou tudo que eu casualmente disse nas últimas semanas, como *prestou atenção*. Embora eu saiba que ele ache que é tudo um monte de bobagem.

Por algum motivo, penso na televisão da minha infância. Naquela época, só tínhamos uma, o que já era bastante constrangedor por si só nos anos noventa, quando meus amigos tinham pelo menos duas ou três, mas ainda tinha o fato de ela não ser nova. Era uma daquelas caixas velhas e enormes de madeira dos anos setenta que herdamos da minha avó. Para piorar, às vezes, a imagem ficava embaçada ou saía do ar, ou o som simplesmente ficava mudo, e a gente tinha de bater em cima ou do lado com o punho para ajeitar o que quer que estivesse solto para fazê-la funcionar de novo.

Enquanto encaro meu marido, penso que o casamento é muito parecido com aquela televisão. A conexão às vezes fica tênue, até o ponto que você acha que não vai mais funcionar, mas aí alguém dá uma chacoalhada e os fios voltam a se conectar, exatamente em seu devido lugar, acendendo a tela e trazendo de volta o som — tudo funcionando como deveria.

— Vem cá — chamo, e ele vem.

E os papéis caem, se espalhando pelo chão e fazendo uma bagunça.

No café da manhã, comemos torradas com ovos em pó servidas pela torradeira industrial e bebemos o café queimado e aguado, abusando do leite para tentar disfarçar o gosto. Passamos a manhã suando pelos quilômetros de paisagens do Grounds for Sculpture; à tarde, tomamos banho na piscina do hotel, a água fria como um bálsamo em um dia tão quente. Depois, com o odor químico do cloro ainda grudado em nossa pele e cabelos, vamos jantar. Numa rede de pizzarias local.

— Nossa! — Estou saboreando o primeiro pedaço, uma mistura perfeita de molho de tomate, massa leve e queijo derretido. — Queria que esse lugar entregasse em Hope Springs.

— Sério? Mas a gente tem aquela pizza maravilhosa do posto de gasolina — argumenta ele solenemente até não conseguir mais aguentar e abrir um sorriso. — Meu Deus, que saudade da Filadélfia...

Ergo a cabeça de repente.

— É mesmo?

— Claro. Da comida, pelo menos. Especialmente do Paesano's. Eu literalmente mataria por um sanduíche deles agora.

Examino-o.

— Você acha... Já pensou em voltar?

Seu semblante anuvia-se.

— Não, eu não conseguiria.

Estou prestes a contrapor, perguntar por quê, quando meu celular apita. É Oliver.

— Desculpe — murmuro para Harrison antes de ler a mensagem.

EU SOU AQUELE CARA.

Como assim?

Adulto. No parque de diversões. Sozinho. Também poderia dirigir uma van branca e oferecer doces para as crianças.

Sorrio.

E também não sabia bem o que estava esperando encontrar, mas estou me sentindo um pouco burro com minha teoria agora.

Então não era o mesmo parque?

Não era o mesmo parque.

— É Oliver? — pergunta Harrison, e ergo o olhar.

— É.

Ponho o celular ao lado do prato, e ele pigarreia.

— Então, você não quer ouvir minha teoria sobre seus sonhos?

— Você tem uma?

— Está lá para o fim do material de pesquisa. A gente meio que não chegou a essa parte ontem à noite.

Sustento seu olhar por um segundo com um sorrisinho nos lábios.

— Manda.

Ele coloca a pizza no prato e limpa as mãos com um guardanapo.

— Então, uma das coisas que apareceu muito para mim e que retomei várias e várias vezes é o fato de que nosso cérebro não cria rostos. Parece que existe um consenso entre os especialistas de que as pessoas que aparecem nos sonhos são pessoas que já vimos antes, mesmo que seja só alguém por quem você passou na rua ou no metrô e que nem tenha necessariamente notado, mas seu cérebro notou.

— Certo. — Também tinha me deparado com essa informação. — E a gente já conversou sobre isso. Quer dizer, não está fora de questão que eu o tenha visto em algum lugar antes. Nós dois já moramos na Filadélfia.

— Certo.

— Mas então, por quê...?

— Calma, não acabei ainda. Muitos psicoterapeutas também concordam que os sentimentos nos sonhos é o que realmente importa, não quem está ou o que está acontecendo, mas a forma como você se sente. Então, basicamente, se você estiver assustada ou ansiosa num sonho, existe algo em sua vida que está fazendo com que você se sinta assustada ou ansiosa. Então acho que talvez você tenha visto Oliver de passagem e seu cérebro simplesmente fixou o rosto dele por algum motivo. Então, em vez de focar nele, você deveria prestar atenção em como se sente nos sonhos e que indícios pode tirar disso e trazer para a vida real.

Ele endireita as costas, e tomo isso como a deixa de que terminou sua teoria. É tão lógica, tão banal, tão Harrison, que eu quase rio.

— Então... você basicamente acha que não significa alguma coisa.

— Não disse isso.

— E você está ignorando totalmente o fato de que ele sonha comigo também, e até que tivemos o mesmo sonho. Ou o quê, você acha que é só uma coincidência esquisita? Que ele me viu de passagem também, e que o cérebro dele fixou meu rosto para usá-lo nos sonhos e ensinar... O quê? Lições sobre ele mesmo ou qualquer outra coisa?

Harrison suspira e seus olhos não encontram os meus. E compreendo.

— Você ainda não acredita. Acha que ele está mentindo.

Lança um olhar para mim e, em seguida, olha para a fatia de pizza pela metade, com a gordura se acumulando nas conchinhas rasas do pepperoni.

— Não é isso. — Ele hesita. — Ou talvez seja. Quer dizer, vamos lá; se fosse ao contrário, você não desconfiaria?

Estudo o rosto de Harrison. Considero o que disse. Sei que, pelo menos sobre essa parte, ele está certo. Eu ficaria mais do que desconfiada. Mas não é com ele que está acontecendo, está acontecendo comigo.

— Só estou dizendo que a única coisa que conecta você a esse cara são esses supostos sonhos. Ele não faz parte efetivamente da sua vida, ou não precisa fazer — continua ele.

— Mas talvez ele devesse fazer.

Harrison ergue a cabeça com um gesto brusco. Um brilho selvagem perpassa seus olhos.

— O que isso quer dizer?

— Não sei.

Olho para baixo, percebendo o que o comentário deu a entender. Não sei mesmo o que quis dizer. Nem sabia que diria isso — só sei que, de certa forma, esbarrei na verdade sem querer. E que é impossível explicar isso ao meu marido quando não consigo explicar nem a mim mesma.

Sinto os olhos de Harrison em mim. Finalmente ele toma um gole longo de cerveja e respira fundo.

— Olha, sei que tem sido... difícil para você, confuso, não sei que palavra usar. Mas você não tem sido você mesma desde que isso tudo começou. Tem andado distraída, quase obcecada...

— É — retruco enfaticamente, sentindo todos os músculos do meu corpo se enrijecerem para destacar esse ponto. — Tenho estado obcecada por isso. É só a coisa mais bizarra e inexplicável que já aconteceu comigo em toda minha vida.

— Eu sei, eu sei. — Harrison ergue a mão, condescendente. — Só acho que isso está travando você ou algo assim.

— Como assim?

— Bem, tipo com a casa. Você estava empolgada quando nos mudamos. Tinha todos aqueles planos de decorar e não me deixava escolher nem um cabide para que eu não interferisse na sua... Como é que disse mesmo? *Visão de design*. E você só comprou um sofá novo.

Ele está certo, é óbvio. Eu estava empolgada até o caminhão de mudança encostar na nossa garagem, depois não sei se foi meu sentimento de fracasso com minha arte ou só o choque da mudança de nossa vida urbana para uma vida de cidade pequena, mas fui invadida por uma profunda sensação de tédio. Além disso...

— A gente perdeu um *bebê*, Harrison. Desculpe se não estou pintando os cômodos nem comprando tapetes.

— Eu *sei*. Não estou... — Ele respira fundo. Começa de novo. — Só acho que, talvez, se você se sentisse um pouco mais em casa, não sentiria tanta saudade da Filadélfia. A gente conseguiria seguir em frente.

— Para que tenho que seguir em frente?

A pergunta dispara da minha boca como o projétil de uma arma que eu nem sabia que estava carregada. Mas, de novo, estive armazenando a munição desde a noite em que fitamos um ao outro no chão de cimento do estúdio, com a mão do nosso neném e as palavras de Harrison pairando entre nós. *Talvez seja melhor assim.*

Ele olha para mim, com os olhos tristes e cansados, mas não responde.

Embora eu saiba que deveria deixar para lá, não cutucar a ferida, embora eu saiba que ele *precisa de tempo*, não consigo me controlar. Dou voz à frase que tem permeado minha mente há semanas, a verdade que não queria admitir.

— Não é de tempo que você precisa, né? — pergunto em um tom de voz calmo e tênue. Resignado. — Você nunca vai estar pronto.

Ele fica em silêncio por um bom tempo, e começo a me perguntar se disse mesmo as palavras em voz alta. Mas então ele respira fundo e expira, e seu olhar me arrasa. Um olhar que me dá a resposta antes mesmo de ele verbalizá-la.

— É, acho não vou estar.

Espero que as lágrimas terminem de encher meus olhos e escorram por minhas bochechas. Para mim, a esta altura, chorar é tão natural quanto respirar. Mas as lágrimas não vêm. Outra coisa transborda dentro de mim. Algo quente, cáustico e incontrolável, como um tanque de ácido ameaçando me queimar viva se eu não deixá-lo sair. Então abro a boca.

— Então que merda estamos fazendo?

Jogo o guardanapo na mesa e saio do restaurante sozinha.

No dia seguinte, é óbvio o quanto o café da manhã é diferente daquele de vinte e quatro horas antes. Não só porque acabaram os ovos em pó e temos de nos contentar com fazer nossos waffles. Harrison e eu não estamos nos falando. Ontem à noite, quando voltamos ao hotel, fui direto para a cama, de costas viradas para o lado dele.

— Mia — chamou ele depois, quando se esgueirou para o meu lado, e eu o ignorei, fingindo estar dormindo.

Sei que é infantil e que eu deveria conversar com ele, implorar que me diga qual é o *verdadeiro* problema, mas também sei que só andaríamos em círculos novamente. E estou magoada demais, exausta demais para tentar.

Naquela tarde, quando pegamos o caminho de volta a Hope Springs, mal posso esperar para sair do carro. Afastar-me de Harrison. Mas percebo que vamos conviver em casa de qualquer jeito. E, mesmo sendo grande, o lugar de repente parece pequeno demais. Preciso sair, e sei exatamente onde vou. Com raiva, digito uma mensagem para Raya, embora eu saiba que ela vá aceitar.

— Vou para a Filadélfia amanhã — digo enquanto Harrison para o carro na garagem.

Ele não responde. Só vira a chave, desligando a ignição, e em seguida sai do carro, abre a mala e pega nossa bagagem. Eu o sigo até a porta.

Harrison enfia a chave na fechadura, faz uma pausa e se vira para mim, com os olhos encontrando os meus pela primeira vez no dia. Estão chamejantes. A mandíbula cerrada.

— Para ver Raya ou Oliver? — pergunta.

— Quê?

Sou pega de surpresa por sua raiva e fico desconcertada pela audácia. *Ele* está chateado *comigo*? Será que não está vendo que também estou com raiva dele?

— Raya, é óbvio.

Ele empurra a porta e entra em casa. Joga as chaves na caixa de papelão com um pouco mais de força do que o necessário, e ela desmonta, com as chaves se esparramando pelo chão.

Harrison para, resoluto, inclina-se para pegá-las e, em seguida, percebendo que não há outro lugar para depositá-las, deixa-as cair no chão de novo.

— Precisamos da merda de uma mesa de entrada — resmunga.

Como se fosse contagiosa, sua irritação irrompe dentro de mim, e a fúria que senti ontem à noite volta de uma só vez, como se nunca tivesse ido embora.

— Então compre a merda de uma mesa de entrada — retruco.

Fitamo-nos por um instante com os olhos faiscantes, o ar denso crepitando entre nós.

— Talvez eu compre — responde ele, finalmente, mas sem tom de briga.

Passa por mim, sorrateiro, para entrar na sala e depois na cozinha. Ouço a porta da geladeira abrir e o tinir de vidro enquanto ele pega uma cerveja.

Vou silenciosamente até o quarto, onde penduro meu vestido de alcinha no armário, lavo o rosto e escovo os dentes, e avanço a passos largos para o estúdio. Lá, ligo o ar, rastejo para baixo dos cobertores no colchão meio esvaziado e finjo dormir.

Então, me lembro da televisão velha. Do dia em que nenhuma pancada conseguiu fazer os fios se conectarem. E meu pai, por fim, a colocou no meio-fio, para que fosse levada com o lixo.

Capítulo 17

O APARTAMENTO DE RAYA FICA em frente a uma oficina e a um restaurante de kebab. Ela o escolheu especificamente por sua proximidade com a oficina, onde convenceu o dono a deixá-la guardar seu equipamento de solda e fazer suas esculturas de metal nas horas vagas em troca de faxina duas vezes por semana.

De frente, o prédio de Raya é de tijolinhos vermelhos e imponente, com suas quatro colunas de cimento, envelhecidas e sujas, sustentando uma sacada inútil ornamentada. De lado, um mosaico de grafites artísticos cobre cada centímetro quadrado da passagem externa ao leste: uma confusão de trepadeiras azul-turquesa, florais cor-de-rosa e estampas laranja. Hoje, o céu está cinza e nublado, as nuvens, prontas para descarregar.

Depois que Raya abre o portão pelo interfone, subo os degraus de dois em dois até chegar ao quinto andar. Estou até ofegante quando a vejo, na soleira da porta aberta do apartamento. Está com uma calça cáqui, uma camisa polo azul e o cabelo vermelho vivo penteado para o lado, terminando em uma trança que cai em seu ombro esquerdo.

— Por que você está com a roupa do trabalho? Pensei que estivesse de folga.

— Foi mal — diz ela, puxando-me para um abraço. Inalo sua fragrância de hortelã-pimenta. — Antwon não apareceu hoje de manhã e me chamaram.

— Ah, não! Odeio Antwon — reajo, embora nunca o tenha visto na vida.

— Eu sei, ele é um vagabundo.

Então, nota meus olhos vermelhos manchados de rímel, e seu semblante se suaviza. Comecei a chorar ontem à noite, assim que liguei para ela — o peso de tudo que aconteceu com Harrison nas últimas vinte e quatro horas finalmente me atingindo — e parece que não parei desde então.

— Como você está?

Dou de ombros, mordendo o lábio.

— Já estive melhor.

— Eu sei — responde, apertando minha mão. — Odeio ter que te deixar sozinha. Talvez você possa dar uma passadinha na exposição de Prisha? Começou semana passada.

— Talvez.

— Tudo bem. Deixei uma chave reserva para você na mesa. E tem um pedaço de pão de passas no freezer.

Passo por ela, largando a bolsa no meio da sala.

— Peter está aqui? — pergunto, olhando em direção à porta fechada do amigo com quem Raya divide o apartamento, com um pôster vintage de um show da banda The Velvet Underground ao centro.

— Acho que ele não veio para casa ontem — responde, pega as chaves e se vira para a porta. Olha para mim uma última vez. — Tem vinho na geladeira, mas tente não beber tudo antes de eu chegar.

Depois sai, a porta se fecha, e me impressiono com a facilidade com que voltamos ao modo amigas que dividem apartamento, embora já faça uns dez anos desde que moramos juntas.

Enquanto estou à bancada comendo o último pedaço de torrada de pão de passas, olho para o relógio do micro-ondas. É quase meio-dia, e tenho uma tarde inteira a minha frente, longa e inexorável. Sei que não posso ficar aqui só com meus pensamentos, então saio de casa e pego um ônibus em frente ao restaurante de kebab. Quando me sento, a chuva começa, tamborilando no teto como mil balas colidindo ao mesmo tempo, e fico olhando pela janela para todos os pedestres pegos totalmente de surpresa pela tempestade, colocando as sacolas na cabeça, sacando o guarda-chuva ou correndo para achar uma marquise.

É uma jornada longa. Um monte de pontos de ônibus em que, entre as conexões, me amontoo com outros passageiros debaixo de pequenas coberturas de acrílico, tentando me manter seca. Quando, enfim, chego ao Museu de Arte da Filadélfia, a chuva parou. Fico vagando pela base da estátua do Rocky, olhando para Sylvester Stallone como se fosse um amigo de longa data com quem acabei de topar.

Penso em Harrison.

Ele me trouxe aqui em nosso quarto encontro. Fez um estardalhaço, dizendo para eu usar tênis e prender o cabelo porque me levaria a um lugar especial. E viemos parar aqui. Na estátua do Rocky.

— Você sabe que eu moro aqui há seis anos, né? Já vi essa estátua. Passei por aqui, no mínimo, umas cem vezes — digo.

— Sei, mas já subiu as escadas correndo?

Olhei impassível para ele.

— É óbvio que não, eu não corro.

Um fato que contei em nosso segundo encontro.

— Exatamente — retrucou como se explicasse tudo. — É tipo um crime contra a humanidade morar aqui e nunca ter subido as escadas correndo.

Semicerrei os olhos.

— Por quê?

— Porque consta na lista de coisas para fazer antes de morrer.

— Por quê? — repeti.

Com certeza já tinha ouvido falar sobre o assunto por aí, gente correndo pela escada. Sabia que existia, mas nunca soube o motivo.

— Como assim *por quê*? Por causa do filme!

— O filme do Rocky?

Ele olhou para mim, chocado.

— É.

Isso explicava tudo.

— Eu nunca vi — confessei.

E foi aí que ele quase infartou.

— Você, a maior fã de filmes dos anos oitenta que eu já conheci, nunca viu Rocky?

Dei de ombros.

— Nunca achei graça. Toda aquela testosterona...

Depois que ele se recuperou do choque, pegou minha mão e lá fomos nós, com suas pernas longas vencendo facilmente cada degrau, e as minhas, curtas, levando o dobro do tempo para avançar. Quando chegamos ao topo, meus pulmões e quadris estavam queimando tanto que pensei que fosse morrer. E, quando ele me levantou sem esforço, como se eu fosse um clipe e encostou os lábios nos meus, tive certeza.

Nesse momento, soube que estava apaixonada. Porque subi setenta e dois degraus correndo a pedido de um homem que, depois, me fez passar o fim de semana assistindo a todos os seis filmes do Rocky de cabo a rabo e eu nem liguei.

Agora, me sento nos mesmos degraus, revivendo aquele dia, e os dias, semanas, meses e anos que se passaram desde então. Como chegamos a este ponto? Odeio brigar com Harrison. Ficar de mal, bravos um com o outro igual a lutadores de boxe num ringue, em vez de espectadores torcendo pelo mesmo lado. Penso em todas as discussões idiotas que tivemos ao longo dos anos, todas as típicas falhas de comunicação e conflitos imaturos, quando você bate o pé e se dispõe a brigar até a morte sobre quem foi o último a lavar a roupa, só para rir disso uma semana depois.

Mas agora é diferente. Não é só uma discussão boba. É um impasse. Como se uma rocha tivesse caído do céu em nosso caminho e eu não enxergasse uma saída por fora, por cima nem por dentro dela. Harrison não quer mais o que eu mais desejo no mundo. O que eu faço com uma informação dessa?

Meu celular vibra em minha bunda. Tiro-o do bolso detrás.

É Oliver e, apesar de toda a situação com Harrison, ainda sinto a ansiedade, agora familiar, de ver o nome dele. E a onda familiar de culpa por essa ansiedade.

Adivinhe o que achei.

Mordo a bochecha, e ouço as palavras de Harrison em minha cabeça. *Você tem andado distraída.* Talvez tenha, mas não é preferível a chafurdar em sofrimento? Ficar obcecada com o porquê de meu marido não querer mais ser pai? Penso que talvez essa situação maluca com Oliver seja a única coisa que está me mantendo sã.

O quê?

É um link de um anúncio no Ebay. Um livro. "Psicologia espiritual: a ciência por trás do sobrenatural", de Denise Krynchenko.

Bom trabalho, detetive. Comprou?

Óbvio. Vai chegar no fim da semana. Ainda está em Jersey?

Penso no que responder. Tenho opções, óbvio. Poderia dizer só que não, que voltei ontem, e guardar o celular no bolso, subir os degraus e entrar no museu, sofrendo por Harrison enquanto admiro o sucesso estrondoso de Prisha. Ou poderia... Meus dedos começam a digitar antes que meu cérebro raciocine direito.

Na verdade, estou na Filadélfia. E tenho certeza de que te devo um tour pelo Rodin.

Ele não responde de imediato, então espero, enquanto as outras palavras de Harrison tomam conta de meus pensamentos. *Para ver Raya ou Oliver?* Mas não como se eu tivesse planejado. Não vim aqui com a intenção de vê-lo. Além disso, talvez ele nem aceite. Fico balançando a perna direita enquanto olho para o céu, ainda nublado com as nuvens escuras. Examino as pessoas andando na calçada: os turistas consultando as coordenadas do Sino da Liberdade e do Reading Terminal Market em seus celulares, gente de terno passando apressada por eles e um homem em situação de rua empurrando seus pertences mundanos em uma cadeira de rodas quebrada. Quando penso que Oliver não vai mais responder, que está ocupado, que não se lembra da nossa conversa ou que o que eu escrevi é besteira, as reticências aparecem. E as palavras.

Chego em vinte minutos.

O interior do Rodin está frio e seco, um descanso da umidade densa do dia. Vagueio pela entrada fingindo estudar o chão — uma série de pisos de pedra divididos por duas linhas grossas e brancas que criam quatro triângulos iguais —, mas na verdade estou me perguntando o que estou fazendo aqui.

Então, a porta se abre, e Oliver aparece. Está com uma camiseta preta desbotada e jeans justos que dão em um tênis Converse de cano médio. Tem uma pulseira de couro em volta do punho direito abaixo do smartwatch e uma touca de tricô meio torta na cabeça. Quando me vê, seu rosto se desfaz naquele sorriso de canto de boca. Andamos na direção um do outro e paramos de súbito. Só então penso na minha aparência: os olhos e o nariz avermelhados e as bochechas pálidas. Como se tivesse passado as últimas vinte e quatro horas chorando. Espero ele dizer alguma coisa, mas Oliver continua em silêncio, e me pergunto se nós dois estamos pensando a mesma coisa: foi uma má ideia. Procuro algo para dizer com os olhos voltados para a touca novamente. Desta vez, torço o nariz.

— Por que está usando isso?

— O quê? Minha touca? Não gostou?

Na verdade, gostei. Embora fosse ficar ridículo em qualquer outra pessoa, ele, de alguma forma, sustentava.

— Está fazendo mais de trinta graus lá fora!

Ele dá de ombros.

— Está chovendo.

Como se explicasse tudo. Como se o tecido do chapéu não fosse ficar ensopado na mesma hora com um toró.

Ele sorri para mim, e de repente toda minha ansiedade e preocupações parecem a quilômetros de distância. Talvez porque estejam. Voltaram para Hope Springs.

— Bem, certo. — Ele bate palmas, e o som ecoa pelo salão cavernoso. — Por onde começamos?

Fito-o por um segundo e percebo que fico à vontade de imediato, como se o conhecesse, *realmente* o conhecesse, e meus lábios se curvam devagar em um sorriso.

— Meu Deus, isso é tão esquisito...

— A touca? Cara, eu posso tirar se está te deixando tão desconfortável assim.

Caio na risada e, simples assim, estou feliz por ter vindo.

Primeiro o conduzo pelos bustos: *Máscara da menina chorando*, *A cabeça da dor* e o *Homem com o nariz quebrado*, contando todos os fatos que conheço, alguns que memorizei das placas, outros das diversas aulas e livros de arte.

— Essa obra foi rejeitada duas vezes pelo Salão de Paris por partir da noção de beleza clássica. Rodin gostava tanto dessa que replicou o trabalho em pedra. E esse aqui é um verdadeiro monumento a Joana d'Arc.

Ele para neste último.

— Qual é o café favorito de Joana d'Arc?

Semicerro os olhos.

— Qual?

— Torrado francês.

Solto um grunhido.

— Meu Deus, que horrível!

Ele ri, e avançamos para o próximo busto.

— Então, você também esculpe ou só pinta? — pergunta ele.

— Explorei todas as técnicas na faculdade, mas pintar é a que mais amo. Mas minha melhor amiga, Raya, é uma escultora incrível. Ela solda metal. E você?

— Eu? Não, eu sou horrível em solda. — Abre um sorriso.

— Quis dizer sua escrita. São só livros de celebridades ou você também escreve, sei lá, romances?

— Nossa, sou tão previsível assim? — Antes que eu tenha a chance de falar, ele responde à própria pergunta. — É, sim, eu sou. Escrevi um romance. Infelizmente ninguém mais quis ler. Trinta e sete rejeições depois...

— Ai!

— "Pedante" e "entediante" foram alguns dos adjetivos lisonjeiros. E olhe que esses foram os bons.

— Ah, eu sei brincar disso. "Uma mostra amadora e sem coesão, sem o talento necessário para acrescentar profundidade e substância."

Ele ergue as sobrancelhas.

— Uma pintura sua?

— Uma série. Minha primeira, e para a surpresa de ninguém a última, exposição.

— Um grande sucesso então?

— Um fenômeno! — Abro um sorriso irônico.

Ele faz uma pausa, seus olhos ficam sérios.

— É por isso que você está triste?

Hesito.

— Como você sabe?

Ele dá de ombros.

— Não sou nenhum maquiador profissional, mas acho que o rímel deveria ficar nos cílios, né?

— Nossa... — murmuro, esfregando rapidamente embaixo dos olhos com os indicadores.

— Sabe... — continua, inclinando o queixo como se fosse compartilhar um segredo. — Uma vez alguém me disse que a primeira escultura que Rodin submeteu ao Salão de Paris foi rejeitada duas vezes.

— É mesmo? — retruco, com os olhos arregalados de ironia.

— Não tenho certeza... Talvez ela tenha inventando. Mas a questão é: e os críticos sabem de alguma coisa?

— E os críticos sabem de alguma coisa? — repito, com um sorriso se espalhando por meu rosto.

E percebo que Harrison estava errado. Os sonhos não são a única coisa que eu e Oliver temos em comum.

Caminhamos devagar, parando em frente às esculturas, mas sem realmente vê-las. Não mais. Estamos absortos na conversa. Resgatando fragmentos de informações um sobre o outro como crianças trocando doces de Halloween.

Finalmente chegamos à última escultura, uma grande e sólida peça de mármore branco. É um dos trabalhos mais vibrantes e notoriamente sensuais de Rodin: *A eterna primavera*. Um casal se abraçado, a mulher arqueada para trás enquanto o homem se inclina sobre ela, segurando-a com o braço.

— E aí? — pergunta Oliver arqueando uma sobrancelha.

Pigarreio, reassumindo meu posto de guia turística.

— Essa é uma das obras mais famosas dele. Originalmente, também era para estar na *Porta do Inferno*, mas foi considerada alegre demais e, portanto, uma antítese ao tema. A modelo foi uma mulher chamada Adele Abruzzesi, mas a maioria dos historiadores acredita que ele, consciente ou inconscientemente, também incluiu traços de Camille Claudel.

— Quem?

Hesito.

— Sua amante.

Talvez seja minha imaginação, mas, quando pronuncio a palavra "amante", seus olhos encontram os meus, e juro por Deus que ele consegue ver o que estou pensando. Nós dois numa situação bem *Eterna primavera* nos meus sonhos. Mas, então, bem rápido, seus olhos voltam para a escultura. Enquanto sinto um calor na espinha, começo a divagar sobre Camille e sobre como se poderia dizer que ela era uma artista ainda melhor que Rodin, mas não recebe tanto crédito.

— Por que não?

— Por causa do patriarcado. Obviamente.

— Obviamente — arremata, sorrindo.

Fico arrepiada e começo a esfregar os braços desnudos.

— Nossa, está frio aqui.

— Ah — responde com um sorrisinho zombeteiro no rosto. — Acho que você deveria ter trazido uma touca.

Depois que passamos por todas as esculturas e voltamos para a entrada, dou uma olhada lá fora. O céu ainda está apocalíptico, mas a chuva amainou.

— Vamos. Tem mais umas duas obras lá fora.

Oliver segura a porta e me segue. Desço as escadas e dou meia-volta, apontando para a *Porta do Inferno*. Contornamos o espelho de água com seus reflexos dos diversos canteiros de flores e arbustos podados do outro lado, ainda coloridos, mesmo que encharcados.

— Como está indo seu último livro? O do Penn Carro?

Ele resmunga.

— Nada bem. O cara não chega a lugar nenhum, basicamente fica reiterando seu único ponto principal *ad nauseam*.

— Que é?

Oliver infla o peito, e sua voz sai profunda, grave e enérgica:

— Você sabe quem é bem-sucedido na vida? São as pessoas que *agem*. Que *fazem* alguma coisa. Que tomam *decisões*. Essa é a diferença entre os CEOs de Wall Street e faxineiros que limpam o chão e recolhem o lixo de Wall Street. Você é decidido? Ou deixa essa parte por conta do destino? Você tem que *criar* seu destino.

— Meu Deus! Parece ele falando.

— É, só queria que escrever esse livro fosse tão fácil quanto imitá-lo.

— Sinto muito. O que você vai fazer?

— Não sei, mas tenho que descobrir até o fim de setembro.

— É o seu prazo?

— É, autoimposto, na verdade. Vou para a Finlândia.

— Ah, já te responderam?

Não percebi que parei de andar até ele parar também.

Ele assente. Nossos olhares se encontram, e não sei o que estou sentindo nem por quê, só que é cedo demais. Pigarreio.

— Acho tão legal você fazer isso! Sempre achei que minha vida seria mais aventureira, com muitas viagens, mais... Sei lá, deixando a vida me levar. — Dou de ombros. — Talvez todo mundo ache isso. Mas você está realmente fazendo acontecer.

— Ou talvez só esteja fugindo.

Olho atentamente para ele.

— Quê?

— É o que Caroline diz. Que é meu jeito de evitar me aproximar demais de alguém. Evitar me magoar.

— O que você acha?

— Não sei, provavelmente ela está certa. — Ele umedece os lábios. — Mas eu nunca contei isso para ninguém, então talvez eu esteja curado.

Sei que é brincadeira, mas ele não sorri, só sustenta meu olhar. Sinto minha boca ficar seca.

Uma trovoada nos assusta, e uma gota grossa de chuva atinge meu nariz em cheio. Pisco e olho para cima a tempo de ver outras centenas caindo em volta e em cima de nós, tamborilando em nossas cabeças e em nossos ombros, e sibilando enquanto atingem os alvos: o caminho de concreto e o espelho de água. Antes que eu consiga reagir, Oliver agarra minha mão e sai correndo, puxando-me em direção a uma árvore com grandes galhos pendentes. Nós a alcançamos assim que as nuvens ribombam com outro trovão e a luz de um relâmpago ilumina o ar a nosso redor.

Estou prestes a fazer uma piada, alguma coisa sobre estar debaixo de uma árvore durante uma tempestade de raios e segurança, mas meu cérebro entra em curto-circuito quando percebo que Oliver ainda está segurando minha mão.

Solto minha mão da sua e dou um passo para trás, com o coração batendo mais forte agora do que quando eu estava correndo. Olho para o chão, para a casca do tronco grosso ao nosso lado, para qualquer lugar que não seja ele.

Ele pigarreia.

— Não acredito que você ficou tão assustada com um trovãozinho desse — provoca, mas algo em sua voz parece distante, artificial.

Finjo sorrir com a brincadeira, mas nós dois sabemos que não é o trovão que está me assustando.

Capítulo 18

À NOITE, QUANDO VOLTO PARA o apartamento encharcada até o último fio de cabelo e com mechas coladas em meu rosto, Raya está dormindo, enrolada como uma gata no sofá. Voltei andando, ziguezagueando pelas ruas secundárias e me enfiando em lojas quando a chuva apertava. Estava perdida em pensamentos, repassando a tarde em minha mente: a faísca no ar entre nós, a facilidade com que brincávamos um com o outro e a empolgação que sentia quando algo que eu dizia o fazia cair na gargalhada. E me encantei com isso, a vibração leve, os sinais de ansiedade que correm pelas veias no começo do namoro e que, depois de anos com alguém, é impossível reproduzir. Mas esse tempo todo eu vinha dizendo a mim mesma que era inofensivo. Um flerte inocente.

Mas, embaixo da árvore, de mãos dadas, soube que ele sentia a mesma coisa. E foi mais do que eletrizante. Foi formidável. Tão grandioso quanto as nuvens tempestuosas que pairavam no céu. E tão ameaçador quanto.

— Oi, Mia.

— Jesus! — reajo, com uma mão no peito e me virando na direção da voz de Peter. Ele está à porta de seu quarto, com o torso nu da cintura para cima, branco como um fantasma, e o lado esquerdo coberto por uma grande tatuagem de um homem, provavelmente Jesus, pregado numa cruz. Perguntei do desenho uma vez, e ele deu de ombros.

— Fui batista do Sul. Por mais ou menos um ano.

Lembro-me das tatuagens de Marcel, do fato de que ele vai doá-las para um museu quando morrer. Chego à conclusão de que Peter definitivamente faria a mesma coisa.

— Não sabia que você estava em casa.

— É — responde, tirando uma camiseta da maçaneta da porta e vestindo-a. — Mas vou sair.

Ele se aproxima e se inclina para apanhar uma bolsa de carteiro verde-oliva aos meus pés. Dou um passo para o lado.

— Até mais.

— Até — respondo enquanto ele passa por mim e sai. O barulho que a porta faz ao bater às suas costas acorda Raya, que se senta.

Aponto com o polegar para a porta fechada pela qual Peter acabou de sair.

— Ele ainda trafica?

— Trafica. Tentou parar por um tempo, mas o FedEx não paga muito bem. — Ela me olha. — Esqueceu o guarda-chuva?

— Tipo isso.

Vou para o quarto de Raya e, quando estou colocando uma camiseta e calças secas que peguei no guarda-roupa, avisto uma calça familiar, e percebo que devo ter deixado aqui algum dia.

— Nossa — digo, puxando-a e voltando para a sala —, procurei muito isso.

Ela olha de soslaio, semicerrando os olhos.

— Uma calça de moletom?

— Harrison me deu essa calça em um aniversário de casamento, e eu não estava conseguindo achar.

— Seu marido te deu uma calça de moletom no aniversário de casamento de vocês. Que romântico... — ironiza ela. Eu me sento ao seu lado no sofá. — Quer pedir alguma coisa? Estou morrendo de fome.

Percebo que não comi nada desde a torrada de pão de passas hoje de manhã.

— É, eu também.

Pego o vinho enquanto ela pede comida indiana pelo telefone e, assim que me sento na outra ponta do sofá, digo:

— Como o Marcel está?

Pergunto antes que ela tenha a oportunidade de perguntar sobre Harrison, porque estou cansada demais até para pensar nele agora, quanto mais para conversar sobre tudo que aconteceu.

— Ah, terminamos.

Viro a cabeça em sua direção.

— O quê?

Ela dá um suspiro.

— Tivemos uma briga sobre cenoura.

Encaro-a, mas ela não explica.

— Desculpe... Vou precisar de mais detalhes.

— A gente estava fazendo salada para o jantar, e ele cortou tudo em tiras.

— As cenouras? — pergunto, tentando entender.

— É. Todo mundo sabe que a cenoura para salada se corta em rodelas, mas, quando comentei, virou uma discussão enorme sobre o que era esteticamente mais agradável e meio que desencadeou em uma verdadeira guerra sobre expressão artística, talento e comprometimento com o ofício.

— Acontece.

— Aí ele me chamou de aspirante a David Smith, eu o chamei de mímico de calçada, e ele perdeu as estribeiras.

— Aff. Você *não* é aspirante a David Smith.

Ela dá de ombros.

— Ele se desculpou. Mas terminei com ele mesmo assim.

— Por quê? Pensei que você realmente gostasse dele.

Seus olhos se desviam.

— Raya?

— Jesse ligou.

— Não! Ai, meu Deus, mas que merda é essa, Raya?

Penso em Jesse, sua aparência andrógena e curvada, o boné que sempre usava no cabelo escorrido de Justin Bieber, o piercing no lábio. Raya a conheceu no aniversário de um amigo, e as duas não botaram a cara para fora de casa por oito meses. Raya já tinha ficado com mulheres, mas nunca havia tido um relacionamento assim. Eram inseparáveis, era como tentar distinguir o fogo da chama. Mas Jesse também era insegura, manipuladora e extremamente dependente, e Raya levou anos para sair dessa relação. Terminavam com aqueles shows de raiva e reações dramáticas, mas Raya sempre parecia ser atraída de volta à órbita de Jesse, até que, finalmente, na última vez em que terminaram, Jesse mudou-se para Portland.

— Ela voltou para cá?

— Não, ainda está em Portland. Disse que sente saudade de mim. Que é minha chama gêmea.

— O que é isso?

— É tipo uma alma que é louca pela outra. É o espelho da alma da pessoa. Elas procuram uma à outra em todas as vidas, mas são tão parecidas que o relacionamento é superintenso e normalmente não dura.

Reviro os olhos.

— Bem, concordo com a parte de ela ser meio louca.

— Mia.

— Raya.

Sustento seu olhar até que ela suspira.

— Eu sei, eu sei. Acho que só preciso me afastar do tipo criativo.

Levanto um dedo.

— Hum, em primeiro lugar, Jesse é bartender... Isso configura tipo criativo?

— Ela é *mixologista* — retruca ela, na defensiva. — Enfim, comecei a pensar que talvez não haja espaço num relacionamento para dois artistas. Somos todos geniosos, narcisistas e autodepreciativos pra cacete. Não tem equilíbrio.

Eu a encaro, aturdida, lembrando a única dúvida que ela expressou quando eu estava namorando Harrison: "Não te incomoda que ele não te compreenda artisticamente?" Suas palavras me golpearam, porque a verdade era que incomodava, sim, um pouco. Ele respeitava meu trabalho, nunca o banalizou como alguns caras com quem já namorei, mas não compartilhava do mesmo interesse. Nunca tivemos conversas longas e profundas de madrugada, debatendo, por exemplo, a avaliação ética da arte ou os méritos do último trabalho de um escultor famoso — uma exposição de várias janelas que ele não criou, só comprou no brechó ou em lojas de artigos domésticos e pendurou numa galeria em Bushwick. Mas, na época, disse a Raya que não achava que o parceiro precisava (nem que fosse mesmo possível) nos completar em todos os sentidos, e ainda acredito nisso.

— É para isso que tenho você — afirmei, e era verdade.

Mas não significava que isso não passava pela minha cabeça de vez em quando, como hoje, quando Oliver entendeu completamente a sensação de ter sua arte rejeitada, e eu não precisei explicar quase nada. Não que o estivesse comparando ao meu marido.

— Talvez eu precise de alguém que tenha um trabalho de verdade. Um plano de previdência, de saúde — continua Raya.

— Ok, agora você está me assustando. — Forço-me a voltar ao presente. — Andou passando um tempo com Harrison?

— Não, mas esse é meu ponto! Talvez eu precise. Estar com alguém como Harrison. Vocês não brigam sobre cenouras.

— Não, brigamos sobre coisas maiores, tipo se a gente deveria ou não ter um filho.

— Foi mal.

Dispenso com um gesto.

— Olha, todo casal briga por bobeira — digo, pensando na mesa do hall de entrada. A campainha toca.

— É a comida — Raya anuncia.

Quando estamos de volta ao sofá com nosso frango saag e os copos cheios de Syrah, ela se vira para mim, com uma expressão empática.

— Então... o que você vai fazer?

Suspiro.

— Não tenho ideia. Acho que a gente pode procurar uma terapia ou algo do tipo. Foi o que Vivian disse, na verdade. É o que ela sempre diz.

— Talvez ela esteja certa. Parece que uma pessoa imparcial pode ajudar vocês a chegar a um denominador comum.

— Denominador comum? Mas não dá para achar um meio-termo quando se trata de ter filhos, né? Não dá para ter um meio-filho.

— Eu sei. Mas mesmo assim pode ajudar. No mínimo, para entender por que ele mudou de ideia.

— É. — Espero um pouco. — Acho que só estou com medo, pra ser sincera. E se formos à terapia e não adiantar? E se ele não mudar de ideia? E se ele for assim mesmo, para sempre? Aí vou ter que fazer alguma coisa. Escolher entre Harrison e um filho. E, por mais que eu queira um bebê, não sei se estou pronta para isso.

Raya emite um murmúrio de solidariedade.

— Bem, você não tem que fazer nada agora. — Ela pega a garrafa e completa meu copo. — A não ser beber mais.

Olho para ela, grata, e tomo um gole de vinho.

— A gente pode falar de outra coisa agora?

— Claro! O que você fez hoje? Passou lá na exposição de Prisha?

Acho que foi uma má ideia trocar de assunto.

— Não exatamente. — Suspiro, e só de me olhar Raya sabe que alguma coisa aconteceu. Conto sobre ter encontrado Oliver.

— Ai, meu Deus — diz ela, como se acabasse de ter uma verdadeira epifania. — E se ele for sua chama gêmea?

Encaro-a por um segundo.

— Você acha que Oliver é minha alma gêmea fendida?

— Vai que!

— Você *sabe* que eu sou casada, né?

O que é uma tremenda hipocrisia, já que eu estava toda emocionada só de encostar na mão dele poucas horas atrás, mas mesmo assim...

Ela me dispensa com um gesto.

— Você sabe que eu não acredito em monogamia a longo prazo.

— É, você só acredita em coisas racionais, tipo vidas passadas, chamas gêmeas e limpar o quarto das energias negativas com fumaça de sálvia.

— Exatamente.

Raya abrc um sorriso sarcástico. Tomamos nosso vinho em silêncio por alguns minutos, e ela se levanta.

— Ok, vamos lá.

Continuo parada.

— Aonde?

— Ver um vidente.

— Quê? Não, não vou ver um vidente.

— Por que não? Olhe, quando você sonha com alguém, encontra esse alguém em carne e osso e ele também sonha com você... significa que o universo está tentando dizer alguma coisa. E você precisa escutar. Além disso, ninguém te ajudou ainda.

Tento elaborar uma réplica, mas não consigo pensar em nada. Ela sorri, sabendo que venceu.

— Conheço o lugar perfeito. É perto da esquina onde Marcel trabalhava.

Ergo os olhos para ela.

— Você *ouviu* o que acabou de dizer, né?

Ela reflete sobre.

— Ai, meu Deus, está vendo? Com Jesse ou sem Jesse, não posso ficar a vida inteira com alguém que trabalha em esquinas.

Está escuro quando o motorista nos deixa em Center City, em frente a um restaurante japonês e a uma entrada espelhada de um velho prédio residencial. À direita, um letreiro vermelho neon que diz "leitura de mãos" brilha em contraste ao muro de tijolos cinzentos, e o contorno de uma mão bruxuleia, como se a lâmpada estivesse dando seu último suspiro.

— Esse lugar está caindo aos pedaços — comento, virando o último gole de Syrah do meu copo de plástico vermelho.

— Está mesmo — concorda Raya, me cutucando e indo até a porta de metal. — É assim que a gente sabe que é legítimo.

Ela tenta abrir a maçaneta, mas está trancada. Bate.

Enquanto estamos esperando alguém atender, Raya continua falando.

— Eu passava por aqui quando estava de folga para ver Marcel fazer o que fazia. E a senhora que lia mãos ficava em pé do lado de fora, fumando. Sempre me perguntou se eu queria ver meu futuro.

— Você já viu?

— Não. Eu queria, mas era muito caro.

— Raya! Quanto?

— Tipo uns cem dólares.

— Ah, não. — Dou meia-volta. — Cadê o Uber?

Neste instante, a porta se abre e uma mulher surge.

— Posso ajudar? — cumprimenta ela com um sotaque caribenho confuso que parece falso.

— Pode — responde Raya, segurando meu braço e me virando. — Estamos aqui para fazer uma leitura. Bem, ela está. Eu estou aqui para assistir.

Os olhos da mulher são emoldurados por longos cílios postiços, e ela olha de Raya para mim.

— Entrem — convida e vai se adentrando no que parece ser um corredor bem escuro.

Raya segura a porta e começa a seguir a mulher.

— Raya... não. Está um breu lá dentro. Se a gente estivesse num filme, essa seria a parte em que a música sinistra começa a tocar, e a gente estaria gritando para as duas burras na tela darem meia-volta e irem embora. Nem conhecemos essa mulher. Ela pode ser qualquer pessoa!

De repente, ouvimos um estalo, e a luz preenche o corredor. E uma voz se segue:

— Meu nome é Rita.

Raya sorri para mim.

No fim do corredor, há um lance de degraus descendentes. Acabamos numa salinha com uma cortina de miçangas separando-nos da outra metade, mas consigo avistar uma mesa de cartas, cadeiras e um abajur barato. Do nosso lado da sala, há uma escrivaninha com papéis desordenados e computador clássico desktop.

— Fantástico — cochicho para Raya.

A mulher está com o braço estendido para mim.

— Acho que é pra você pagar — sugere Raya em meu ouvido.

— Ah, não tenho dinheiro aqui.

— Aceitamos Visa, Mastercard, Discover... — intervém a mulher. — American Express, não.

Suspiro, vasculho minha carteira e encontro o cartão de crédito. Ela o pega, desaparecendo por uma porta de madeira que eu não tinha notado quando entramos.

— Vê se me lembra de bloquear esse cartão e nunca mais escutar você — digo a Raya.

Depois do que parecem horas, mas que devem ter sido só quinze minutos, a porta se abre, e eu ajeito minha postura, pronta para acabar com essa história. Assisti à leitura falsa de Whoopi Goldberg em *Ghost* e tenho uma ideia do que esta mulher está prestes a fazer. Quando cai a ficha de que o nome da personagem de Whoopi era Rita Mae, quase rio em voz alta. Não acho que seja coincidência.

Rita entra na sala e dá um passo para o lado, deixando a porta aberta. Fica em pé, em silêncio, e, quando estou prestes a perguntar se podemos começar, um homem idoso entra sem pressa por trás dela. É chocante o quanto ele é alto e magro, uma aparência frágil, e é difícil dizer se está arqueado devido à idade ou porque o teto é muito baixo para que possa ficar propriamente de pé. Olho de esguelha para Raya, mas ela só observa.

Rita pega a mão dele e o conduz através da cortina de contas, o movimento provocando uma série de tinidos. Ele se senta numa cadeira dobrável e, quando se ajeita, Rita fica ao seu lado, de cabeça erguida e mãos cruzadas abaixo da barriga, como uma sentinela de guarda. Raya e eu apenas os observamos até que fica óbvio que devemos segui-los. Passamos pela cortina de contas e me apresso a me sentar na cadeira oposta à do homem. Raya fica em pé atrás de mim.

O silêncio se prolonga, e o homem finalmente fala. Um idioma grosseiro. Eu chutaria russo se Raya não cochichasse em minha orelha:

— Esloveno.

Estou quase perguntando como ela sabia disso quando me lembro do vidraceiro esloveno que ela namorou quando ele era professor visitante na Moore.

— Me chamo Isak Vidmar — diz a mulher sem olhar para nós.

Estou prestes a dizer que achava que seu nome fosse Rita quando o homem fala de novo e estende os braços na mesa, com a palma das mãos para cima.

— Me dê suas mãos — diz Rita, ainda sem olhar para nós, e percebo que ela está traduzindo o que Isak diz, que pelo jeito é o vidente. Viro a cabeça e lanço um olhar para Raya. Tenho tantas perguntas, começando com: há uma grande população eslovena na Filadélfia e eu não sabia? Ela me cutuca, e tiro as mãos do colo, pousando-as suavemente nas de Isak. Seus dedos são compridos e finos, mas macios. Delicados. E segurá-los, de alguma forma, faz com que eu me sinta tanto calma quanto estranha.

Ele fica calado por um bom tempo e começo a pensar que está esperando que eu faça perguntas. Então faço.

— O senhor poderia me dizer se fui estrangulada até a morte numa vida passada? Sempre tive essa curiosidade. Tenho medo de coisas tocando meu pescoço, não posso usar echarpes nem roupas de gola alta. Bom, não sei se "medo" é a palavra certa. Só me dá, sabe, aquela sensação de estar amorda...

— Xiu — faz o homem.

O som sai cortante, como uma faca certeira me degolando. Calo a boca.

O silêncio domina a sala outra vez. Raya me dá um peteleco na nuca como uma mãe cujo filho petulante não consegue obedecer às regras. Para me distrair — e provavelmente porque meus pensamentos estão começando a embaralhar por causa das quatro taças de vinho que tomei —, examino a sala. As paredes são de cor bege e precisam urgentemente de uma demão de tinta, mas, fora os arranhões e marcas de sujeira do tempo, estão sem nada. Não há nenhum pôster de carta de tarô e nenhum cartaz sobre Buda ou astrologia. Além da cortina de miçangas, não tem nada a ver com *Ghost*. Onde estão as velas? Rita não está usando nenhuma joia.

— Há quanto tempo você tem o dom? — pergunta Isak com a voz rouca, atraindo minha atenção de volta.

Levo um segundo para perceber que ele falou minha língua, mas ainda não tenho certeza do que está perguntando.

— Perdão, o quê?

— Ele quer saber há quanto tempo você é vidente.

— Ah, eu não sou — respondo, rindo.

— É, sim — diz o homem com os olhos penetrando os meus. — Você, eu. Igual.

Ele aponta com ímpeto o indicador para mim e depois para si mesmo.

— Tááá bem...? — respondo, me perguntando qual é a pegadinha. — Bem, se eu fosse, não teria vindo aqui, então...

Desde o segundo que Raya inventou tudo isso, estou cada vez mais irritada.

O homem fala rápido em seu idioma nativo.

— Ele quer saber se você é criativa, alguma vocação artística? — traduz Rita.

Noto a tinta acrílica seca grudada em minhas unhas, por mais que eu esfregue. Reviro os olhos e espero não ser rude demais.

— Eu pinto.

Ele assente como se esperasse por isso. Que perceptivo...

— Os criativos são mais abertos, mentalmente falando, à energia — afirma Rita, por conta própria.

— Energia? — pergunto, olhando para ela.

— Espiritual, psíquica, tudo isso.

— Olha, podemos só seguir em frente? Eu não sou médium.

Ela me encara por um segundo e sussurra algo para Isak que não consigo entender.

Ele assente de forma amável e fecha os olhos. Seu aperto em minhas mãos se torna um pouco mais forte e ouço um murmúrio baixo que parece emergir dele. Enfim, o homem abre os olhos e diz algo em esloveno. Ergo o olhar para Rita, impaciente.

— Ele quer saber quem é o homem de cabelo escuro — diz ela.

Apenas por um instante, fico atenta, mas me lembro imediatamente de Warner McKay e seu jogo de adivinhação de nomes que começam com certa letra até que alguém da plateia grite: "Bob, eu tenho um Bob!" Entro no jogo para sairmos logo daqui.

— Meu marido, Harrison. O cabelo dele é castanho-escuro.

Isak balança a cabeça.

— Não, ele não. Homem diferente.

Sinto um leve arrepio na espinha, pensando em Oliver. Mas é óbvio que milhões de pessoas têm cabelo escuro, e não tem como este cara saber sobre ele. E com certeza não vou tocar no assunto.

— Tem outro cara. Oliver — intervém Raya.

— Raya!

— O quê? É pra isso que estamos aqui — sussurra ela.

Isak assente devagar e fecha os olhos de novo, aperta minhas mãos. Respiro fundo e solto o ar devagar, tentando dissipar a irritação. Está ficando abafado aqui embaixo, minha cabeça está começando a latejar por causa do vinho e a sala é tão pequena que parece que está se fechando ao redor. Como não notei antes o quanto era pequena? Quando Isak abre os olhos, diz mais alguma coisa em sua língua nativa. Olho para Rita.

— Ele é alto — diz ela.

— Hum — respondo, embora ele não seja. Não tão alto quanto Harrison, de qualquer forma.

— Olhos castanhos — continua ela.

— Sim — digo.

— O quê? — pergunta Rita, e Isak repete o que acabou de dizer.

Eu o encaro, aborrecida com o mistério. Rita se vira para mim.

— Você sonha com ele.

Meus olhos se cravam no rosto de Rita.

— O quê? — digo, mas sai quase como um sussurro. Raya quase solta um gritinho atrás de mim. Volto a olhar para Isak, que apenas me encara com gentileza.

— Como você sabe? — pergunto, tentando dizer a mim mesma que adivinhou por sorte.

— Ele é um homem bom. É bom para você — diz Isak.

— Não — balbucio, enquanto a sala fica ainda menor. Há um chiado em meus ouvidos, como se eu estivesse submersa. — Eu mal... Eu nem o conheço.

— Sim. Esse homem. Ele dá bebê para você — continua Isak.

— *Quê*? Não. — Isso está ficando ridículo, e eu só quero ir embora. — Não tenho filhos.

Rita pergunta algo em esloveno, e Isak responde. Rita se vira para mim, traduzindo.

— Você vai ter.

Tudo para. O chiado nos ouvidos. A sala se encolhendo. As batidas de meu coração. Encaro a boca de Rita. Os lábios que acabaram de formar as palavras que eu sempre quis ouvir. A confirmação de alguém, *qualquer pessoa* — até da intérprete de um vidente — de que vou ter o que desejo por tanto tempo. Deveria estar aliviada, mas tudo parece errado, de certa forma. Sinto um vazio no estômago e sei que tem a ver com Oliver. Não devia ter passado a tarde com ele. Não devia estar aqui.

Levanto-me. Quero ir para casa. Para Harrison.

É um pouco mais do que duas da manhã quando entro na garagem, e quase começo a tremer de alívio com a visão do carro de Harrison. Tinha certeza de que ele havia passado a noite no hospital e quase passei lá primeiro, de tão desesperada que estava para vê-lo. Um desespero que não tinha raízes no amor, mas sim na culpa. Uma culpa que me deixou destruída, por causa da tarde com Oliver, por causa dos dois últimos meses que passei pensando em Oliver. Na estrada para Hope Springs, essa culpa cresceu, cresceu exponencialmente até eu sentir que me comeria viva.

Enfio a chave no ferrolho sem fazer barulho e me esgueiro pela porta da frente, ansiosa por chegar ao nosso quarto e me enroscar em seu corpo quente, em nossa cama, mas o que vejo quando acendo a luz do hall de entrada me faz parar.

A caixa de papelão gasta e amassada sumiu e, em seu lugar, há uma mesa — uma mesinha quadrada comum de bordas brancas, daquelas compradas em qualquer loja. Mas não é isso que me pega de surpresa. Ao lado da mesa, rabiscada em letras maiúsculas azuis escritas à mão estão as palavras "DROGA de mesa de entrada", com uma flor-de-lis tosca de cada lado. Fico olhando, com os olhos arregalados, e cubro a boca com a mão, com uma gargalhada estourando ao redor de meus dedos e o coração clamando por Harrison.

Quase corro até o quarto, agora sem ligar se vou acordá-lo. Ainda rindo, vou para a cama no escuro, tirando meus sapatos com um chute e levantando as cobertas para rastejar até seu lado. Harrison acorda, movendo devagar o corpo pesado e sonolento para abrir espaço. Quando seus braços estão em volta de mim e minha cabeça está perfeitamente encaixada sob seu queixo, ele beija meu cabelo.

— *Dios Mia* — sussurra, com a voz rouca de sono. Sinto sua respiração quente em meu couro cabeludo. — Você está aqui.

— Estou aqui.

A mão de Harrison vai serpenteando ao longo do meu corpo e repousa em minha coxa.

— Você está com calça de moletom? — pergunta, olhando de esguelha no escuro.

— A que você me deu.

— Pensei que tinha perdido.

— Achei.

— Mia, não sei qual é o meu problema. Desculpe...

Pouso a mão em sua boca, calando-o.

— A mesa... — sussurro em resposta — É perfeita.

O alívio me inunda como a onda de um tsunami. Estou rendida. O mundo girou do jeito errado o dia todo, mas agora finalmente se alinhou. Lágrimas queimam meus olhos, e eu me enterro no peito de Harrison.

De alguma forma, mesmo com o braço esmagado sob seu peso e a temperatura de meu corpo se elevando a mil graus por causa da calça de moletom, caio no sono.

Capítulo 19

QUANDO EU ESTAVA NO JARDIM de infância, uma visitante com uma echarpe quase transparente e colorida em volta do pescoço veio à nossa sala de aula. A echarpe disparou meu gatilho de sufocamento, então tentei focar nos inúmeros anéis que adornavam seus dedos, nas fitas prateadas em suas duas tranças ondulantes e no sapato loafer com fivelas douradas em seus pés. Ela segurava um pedaço de papel atrás das costas e disse que era a pintura mais bonita que já tinha criado e que estava empolgadíssima para mostrá-la a nós. Mas, quando finalmente colocou à sua frente e a virou, fiquei profundamente decepcionada. Uma aquarela rosa-clara saturava a página. O tom mudava em alguns lugares, mas era isso. A pintura inteira.

— Quem gostou da pintura? Sejam sinceros — disse.

Todo mundo se olhou. Uma garotinha levantou um pouco a mão.

— Tudo bem. Quero contar uma história. Um dia, eu estava no parque com minha filha, o sol estava bem acima da gente e fazia muito calor. A gente estava correndo, brincando de esconde-esconde, rindo e se divertindo muito. Então, eu avistei uma barraca de limonada, e um menino estava vendendo limonada gelada e rosa. Eu e minha filha compramos, e estava doce e refrescante. A gente estava tão feliz! À noite, depois que a coloquei para dormir, desci as escadas e fiz essa pintura da limonada rosa e gelada. Agora, toda vez que olho para ela, fico feliz, me lembrando daquele dia maravilhoso com a minha filha. — Ela olhou para cada um de nós. — O que vocês acham? Levantem a mão se gostaram da pintura agora.

Dezoito mãozinhas se lançaram no ar. Nunca esqueci a mulher nem sua história.

Mas agora, quando termino de contá-la aos adultos que vieram assistir à minha aula na Faculdade Comunitária de Fordham, penso que seja um exercício que funciona melhor com crianças.

Estou exibindo uma pintura toda rosa que criei rapidamente à tarde, e quatro pares de olhos me encaram.

— Pensei que era uma aula de tinta acrílica. Isso aí não é aquarela?

— É, mas a questão é...

— Continuo não gostando — diz um homem carrancudo, com um corte de cabelo militar e botas de construção. — Parece algo que uma criança pintaria, não uma mulher adulta.

Olho para a esposa de Foster, Rebecca, que está sorrindo educadamente. Talvez não tenha sido o melhor jeito de começar a aula, mas eu não estava tão preparada quanto esperava. Passei a última semana tentando expurgar meus pensamentos — a culpa pela tarde com Oliver, a ansiedade que senti por causa das palavras do vidente e o medo de Harrison não querer ter filhos —, fazendo tudo que podia para esquecer o assunto. Cuidei da horta, tirando todas as ervas daninhas que tinham brotado de novo durante as semanas que se passaram desde que Oliver esteve lá. Plantei beterraba, brócolis, cenoura e espinafre, tudo que Jules recomendou. E todo dia separei um tempo para regar, tirar as ervas daninhas e esperar as plantas brotarem. Comprei móveis. Três banquetas da Arara de Olhos Azuis para a cozinha, altas, metálicas e azul-petróleo. Uma poltrona de couro para complementar o sofá. Uma cama de hóspedes para um dos quartos do andar de cima. Uma cortina e um tapete preto felpudo para o banheiro. Pendurei quadros, o do frango sobre a lareira, os tomates (ainda com a etiqueta) numa parede da cozinha e Keanu Reeves no hall de entrada acima da Droga da Mesa de Entrada.

Tudo isso foi principalmente para me manter ocupada, mas, em partes, também era um tipo de penitência. Como se me tornando uma zeladora boa o bastante do solo, uma dona de casa boa o bastante, uma *esposa* boa o bastante, Harrison pudesse mudar de ideia sobre ter filhos. Lá no fundo, eu sabia que não funcionava assim, mas não sabia mais o que fazer.

Então uma coisa estranha aconteceu: em algum momento, no meio do meu processo de decoração, comecei a lembrar por que me apaixonei pela casa quando a vimos pela primeira vez, uma tela em branco só esperando para ser preenchida com minhas ideias.

E outra coisa mais estranha ainda: quanto mais deixo a casa aconchegante, menos tempo Harrison parece querer passar nela.

Está trabalhando mais do que nunca — às vezes não volta para casa antes de uma ou duas da manhã, e vai para o hospital aos fins de semana, mesmo quando não está de sobreaviso. Suas corridas matinais passaram de três a quatro vezes por semana para expedições diárias e, em vez dos cinco quilômetros em vinte e cinco minutos, ele costuma demorar uma hora ou mais antes de eu o ouvir bater à porta dos fundos.

Quando está em casa, é como se estivesse preocupado. Sua mente está em outro lugar. Nem notou o quadro de Keanu Reeves até eu comentar.

— Ah... — começou, naquela noite, na cama. — Ah, sim, ficou ótimo.

Está me evitando. Ou talvez esteja evitando falar sobre bebês... mas, de novo, eu também estou. Porque, se conversarmos sobre o elefante na sala, seremos forçados a decidir o que fazer com ele.

Uma mulher aparece na porta, arrancando-me de meus pensamentos.

— Entre, entre. — Aceno para ela. — Acabamos de começar.

— Desculpe — diz, passando os olhos pela fila de cavaletes. — Estou procurando por "Astronomia no subúrbio".

— Sala 215 — informa o homem com botas de construção.

A mulher perdida faz um gesto de agradecimento, e, quando se vira, volto a olhar para os coitados dos meus alunos, todos me observando, na expectativa, provavelmente pensando em que imbecilidade eu vou dizer a seguir.

— Ok — retomo, batendo palmas. — O curso é de pintura acrílica intermediária, não de aquarela, como um de vocês disse, e com razão. É o que se segue à pintura acrílica para iniciantes, que acho que todos vocês fizeram, certo? — Poucas cabeças se movem em resposta. — Enquanto pegam os materiais, talvez alguém possa me fazer um resumo do que vocês viram no curso anterior.

Rebecca começa a falar sobre misturar cores e menciona algumas técnicas diferentes de aplicação para criar textura.

— E o que vocês pintaram?

— Natureza morta. Frutas.

Tento resistir à vontade de revirar os olhos. É óbvio que pintaram frutas.

— Ok. Bem, podemos pintar natureza morta de novo, se vocês quiserem, mas também podemos tentar algo diferente, como um autorretrato, talvez, ou uma paisagem.

— Ah! — reage uma mulher cujo nome ainda não sei — Tipo Bob Ross?

— Isso — respondo, perguntando-me o que estou fazendo nesta sala de aula. — Qual é o seu nome?

— Marjorie.

Penso em explicar à Marjorie que a arte tem a ver com incentivar a imaginação, o estilo próprio, ver uma árvore e pintá-la do jeito que você a vê, e não copiar o jeito que outra pessoa enxerga. Que o que Bob Ross ensina não é arte, é imitação. Mas Marjorie parece tão feliz, e eu me sinto tão cansada...

— Isso, Marjorie, igual ao Bob Ross. Ok, todo mundo tem internet no celular? — Todos assentem. — Por que vocês não procuram imagens de uma paisagem que os inspire? Depois a gente fala sobre como começar.

Enquanto procuram, vou até a pilha de telas que trouxe e começo a organizá-las para encontrar pinturas de paisagens que possa usar de exemplo. Só há duas que podem ser consideradas paisagens: uma rua coberta de neve na Filadélfia e o enorme panorama do parque de diversões. É tão grande que eu quase não o trouxe, tive de reclinar os bancos detrás para poder encaixá-lo na mala, mas agora estou feliz de tê-lo trazido. Coloco-os em dois cavaletes vazios de frente para os alunos.

— Uau! — faz Marjorie quando me volto para a turma.

— Achou a imagem boa? — pergunto.

Ela aponta para o parque de diversões.

— É lindo. Quero pintar isso.

Os outros três erguem os olhos dos celulares.

— Bem, na verdade eu só o trouxe como exemplo. É só uma obra em que venho trabalhando. Vocês têm que escolher algo que fale com vocês.

— É feliz — afirma Rebecca.

Os outros três sussurram e assentem. Pensei que fosse escuro e meio sinistro... ou talvez fosse assim que me senti quando estava nele.

— Quero pintar esse parque também — declara o homem com botas de construção.

— Bem, hum... É uma pintura bem grande e um pouco detalhada para o tempo que temos. Eu estava pensando que cada um de vocês poderia ter a própria obra de arte original ao fim da aula. — Todos me fitam, na expectativa, obviamente não influenciados por meu raciocínio. — Acho que podemos focar em apenas uma parte então... Talvez a do carrossel, e trabalhar nisso.

As próximas duas horas voam enquanto me atrapalho tentando explicar a importância do esboço e da *underpainting* para a estrutura básica do trabalho, e percebo que há um mundo de diferença entre entender essas habilidades e tentar ensiná-las. Mas a aula finalmente acaba, estamos arrumando tudo e os alunos vão se retirando da sala aos poucos.

Rebecca é a última a sair. Vamos juntas até o ar quente e úmido do estacionamento.

— Você é muito talentosa — comenta ela.

— Ah... — respondo, pega de surpresa pelo elogio.

Nunca consegui recebê-los muito bem quando se trata do meu trabalho. Mas sou pior ainda com as críticas.

— Obrigada.

Ela para quando chegamos ao meu carro e se vira para mim, com a preocupação vincando sua testa de repente.

— Como Harrison está?

Inclino a cabeça, confusa por um momento, então percebo que ela deve saber do aborto. Talvez saiba de todos eles.

— Ah, ele está... Estamos bem, sabe... Um dia de cada vez.

— É, é tudo que dá para fazer. — Ela abre um sorriso gentil. — Bem, até semana que vem.

Eu digo o mesmo e entro no carro, mas, antes de ligar o motor, tenho uma sensação esquisita de que perdi alguma coisa. Alguma coisa vital. Em seguida ela some.

São quase dez da noite quando entro em casa e meu celular começa a tocar. O nome de Oliver surge na tela. Meu rosto fica vermelho.

Eu tinha tudo planejado, o que diria depois do Rodin, depois do anúncio absurdo e ridículo de Isak: *Ele dá bebê para você*. Diria que eu não podia mais fazer isso. Diria que eu era *casada*, pelo amor de Deus. Diria que não sabia por que estávamos sonhando um com o outro, mas teria de ser um dos pequenos mistérios da vida.

Mas não tive notícias dele por dias, e, quando enfim recebi uma mensagem, era só uma foto do livro da Krynchenko, e as respostas que imaginei, de repente, pareceram uma reação exagerada, além de muito presunçosas. Não era como se ele estivesse dando em cima de mim. Nunca tinha passado dos limites, nenhuma vez, e sinceramente não parecia ser do tipo que faz isso. Respondi com um joinha (amigável e casual) e não tive mais notícias dele durante aquela semana. Até agora.

Terminei o livro da Krynchenko.

E?

É interessante. Quer sair pra tomar um café?

Fito as palavras, confusa por um momento.

Quando? Na Filadélfia?

Agora. Em Hope Springs. Estou aqui, acabei de montar um berço para Caroline.

Ah. Ergo o olhar do celular, e observo a sala, a pintura do frango, como se ele fosse ganhar vida de repente e me dizer o que fazer. Mas está em silêncio, assim como a casa, já que Harrison ainda não chegou e provavelmente não vai chegar tão cedo. Minha boca fica meio seca, mas só hesito um pouco antes de responder:

Ok.

O Coffee Bean ocupa um local privilegiado na Waterloo, a única estrada no centro da cidade com vista para o Rio Delaware. A água está calma hoje, refletindo as luzes da rua. Oliver está sentado a uma mesinha dobrável de ferro na parte externa e faz menção de levantar quando me vê. Observo a regata listrada que revela seus braços bronzeados de sol, os chinelos Reef formando um largo "v" de tecido em cada pé e seu cabelo meio arrepiado, e sei que acabou de passar as mãos nos fios. Tento ignorar o frio na barriga, familiar a esta altura, ao vê-lo.

— Oi. — Ele abre um sorriso.

— E aí?

— Vão fechar em vinte minutos. — Ele faz um gesto de cabeça para a mesa mais próxima, que a garçonete está limpando, e eu enxergo por meio da porta de vidro que ela já empilhou as cadeiras em cima das mesas do lado de dentro.

— Ah...

— Se você quiser alguma coisa, podemos pedir para viagem.

É o que faço. Peço um latte para o adolescente com a cara emburrada que claramente já fechou o caixa. De volta ao lado de fora, eu e Oliver começamos a caminhar devagar pelas margens do rio segurando nossos copos de papel com o protetor de papelão em volta.

— E aí, está fazendo suspense de propósito?

Mantenho o tom casual para quebrar a tensão que parece ter surgido entre nós. Talvez seja a escuridão da noite, a quietude das ruas ou só o ambiente naturalmente romântico do rio, mas o ar parece denso em vez de ameno.

Ele dá uma risada e faz um gesto com o copo em direção a um banco com vista para a água embaixo de um poste iluminado. Sento-me, e ele vasculha o bolso detrás com a mão livre, retirando um livro amassado.

— Aqui — anuncia, sentando-se ao meu lado.

Pego o livro da mão dele, relendo o título. "Psicologia espiritual: a ciência por trás dos sonhos." Ele junta as mãos.

— Quer que eu comece pela parte inusitada ou pela parte inusitada pra caramba?

Abro um sorriso.

— Facilite a minha vida. Inusitado básico.

— Tudo bem. Abra na página oitenta, eu acho... Oitenta e um, por aí.

Abro. Ele se inclina para mais perto, com o ombro encostando no meu. Tento não focar no fato de que é firme como granito nem no calor que emana de sua pele nua. Ele passa o indicador pela página e para no meio.

— Esse parágrafo. Começa aqui.

Sonhos recorrentes contendo detalhes históricos — cavalos e carruagens, telefone de disco, peças de armaduras ou até mesmo pessoas que você nunca viu antes — podem ser indicativos de vidas passadas. Algumas pessoas que experimentaram esse tipo de sonho acreditam que estão aprendendo sobre eventos ou pessoas que foram fundamentais em outra vida.

Um dos casos mais famosos é o de Salvador Dalí, que acreditava ser São João da Cruz, um reformista do século XVI, reencarnado. Dalí não só afirmava recordar as noites escuras em uma cela de prisão e os golpes a que São João da Cruz foi submetido em vida, como também tinha um sonho vívido: uma imagem viva de Cristo na cruz. O interessante é que essa era a mesma visão que São João tinha em seu monastério em Ávila. Dalí traduziu esse sonho em uma pintura chamada Cristo de São João da Cruz.

Olho para Oliver.

— Essa é a parte menos inusitada?

Ele sorri.

— Então você acredita que estamos sonhando com uma vida passada na qual a gente se conheceu. E fomos a um parque — digo.

Ele ri.

— Só pra constar, eu não disse isso. Foi Krynchenko.

— Anotado — respondo e faço uma pausa. — Mas o que você acha?

— Que é esquisito. Mas esse negócio todo é esquisito, então, vai saber... — Ele olha para mim. — E você? Você me perguntou, mas não disse, você acredita nessas coisas sobrenaturais?

— É... — Pensando em Isak, prendo a respiração. — Na verdade, fui ver um vidente. Recentemente.

Não planejava dizer isso, simplesmente saiu, e estou quase tão surpresa quanto ele.

— Foi mesmo?

Constrangida, ajeito-me no banco.

— Fui.

— Por causa disso?

— Mais ou menos. Quer dizer, acho que fui mais pela diversão... Mas aí ele trouxe à tona. Disse que eu estava sonhando com um homem e descreveu você. Bem, descreveu um homem de olhos e cabelos castanhos, que na verdade podia ser qualquer um.

Oliver fica atento.

— Uau.

— É.

— O que mais ele disse?

Engulo em seco. Olho para o chão, xingando a mim mesma por ter tocado no assunto. Minha resposta sai num resmungo.

— O quê? — Oliver se inclina para perto.

Pigarreio.

— Disse que você ia me dar um bebê.

— *O quê?* — Sua cabeça dá um solavanco para trás, e ele solta uma gargalhada nervosa. Embora eu esteja muito constrangida para olhar nos olhos dele, consigo enxergá-lo com o canto do olho, enfiando os dedos no cabelo. Está agitado, sua pose de autoconfiança foi temporariamente abalada. Penso que ele raramente fica assim. Gago. Constrangido. Vulnerável. Se eu fosse uma péssima esposa, acharia ridiculamente atraente.

Eu sou uma péssima esposa.

Ele se recompõe rápido.

— O caldo engrossou — diz, rindo.

— Pois é.

Ele meio que dá outra risada, desta vez curvado, com os cotovelos apoiados nos joelhos, encarando a calçada em que está casualmente arrastando os chinelos.

— Acho que Harrison deve ter algo a dizer sobre isso.

Fico tensa ao ouvir o nome de meu marido. Tanto pela lembrança vergonhosa de que tenho um marido enquanto estou sentada aqui com outro homem, quanto por pensar que Harrison teve algo a dizer: ele não quer um bebê. Mas Oliver não precisa saber disso. Expiro longa e lentamente.

— É, deve ter.

De repente, fico mais consciente do que nunca da proximidade de Oliver. Mexo o corpo um pouco para a esquerda, e nossos ombros não estão mais se tocando. Penso em outra coisa para conversarmos. Uma mudança de assunto. Encontro-a na lateral do rosto dele, na raiz do cabelo.

— Ei, onde você arranjou essa cicatriz?

— Oi? — Ele levanta a cabeça, ergue a mão e fricciona o ponto com o indicador, como se tivesse esquecido que estava lá. — Ah, foi numa briga com a cristaleira. A gente tinha uma enorme, que ia até o teto, na sala de jantar. Eu tinha uns três ou quatro anos e botei na cabeça que dava para escalar. Abri as gavetas para servirem de degraus, e meu peso fez a cristaleira tombar. Ela caiu em cima de mim. O vidro quebrado cortou minha cabeça. Deixou minha mãe assustada pra caramba.

— Imagino! Você não tem a cicatriz nos meus sonhos, sabia? Ou, se tem, nunca reparei.

— Você não tem essa tatuagem.

Viro meu pulso, e nós dois encaramos os três caracteres pretos.

— Acha que significa alguma coisa?

— Sei lá — responde ele.

Sei exatamente o que quer dizer — cada teoria só é mais descabida do que a anterior e cada nova revelação só serve para turvar a água em vez de torná-la cristalina.

O retinir distante de um sino soa na noite: o grande relógio da praça principal da cidade. Conto onze badaladas.

— Está tarde. Eu devia ir para casa.

— É, eu também. Vamos, te levo até o carro.

A gente se levanta, e eu estendo o livro para ele.

— Pode ficar. Só vai ficando mais doido.

Coloco-o na dobra do cotovelo e começamos a voltar pelo mesmo caminho por onde viemos.

— Sinto muito pela sua mãe — digo. A história da cristaleira me fez lembrar de Caroline dizendo que sua mãe morreu. Ele balança a cabeça.

— Quantos anos você tinha?

— Treze.

— Deve ter sido difícil.

Ele solta um murmúrio suave.

— Se existir uma palavra que defina o que foi, preciso saber.

Não sei o que responder. "Sinto muito" soa totalmente inútil, e eu já disse, de qualquer forma, então deixo as palavras pairarem no silêncio. Passamos pela cafeteria e viramos na Mechanic.

— Qual é o significado da sua tatuagem?

Penso em Harrison, e meu estômago embrulha com uma mistura de culpa e ansiedade.

— É uma longa história.

— Tenho tempo — retruca Oliver, segurando meu pulso, me fazendo parar. É a primeira vez que me tocou de propósito hoje, e sei disso porque paro de respirar, pois tenho a plena consciência da ponta de seu polegar pousada nos caracteres pretos da minha tatuagem, em minha artéria ulnar. Pergunto-me se ele consegue sentir meu pulso acelerado. Meus olhos encontram os seus, e o jeito que Oliver me olha traduz o que sinto: como se de repente fôssemos as únicas pessoas no mundo.

— Ollie!

Nós dois tomamos um susto, e ele larga meu pulso; a conexão rompida. Viro a cabeça em direção à voz e vejo Caroline se aproximando, com as luzes dos postes criando uma aura em volta de sua cabeça e os olhos fixos no irmão. Quando me vê, diminui o passo.

— Mia... Oi.

— Oi — respondo, com os olhos atraídos imediatamente para a protuberância embaixo de sua camiseta.

Qualquer pessoa teria pensado que ela só comeu vários burritos, mas eu sei. Sinto um aperto no peito. Sua atenção está voltada para Oliver.

— Ei, achei que você já estaria na Filadélfia a essa hora.

— Também achei. Sabe aquele projeto do berço de uma hora? Estava mais pra umas sete.

Ela torce o nariz.

— Desculpe, mas obrigada por ter montado.

— Você está saindo do trabalho só agora?

— É. Esse negócio de desfile de feriado está exigindo mais esforço e planejamento do que eu imaginava. — Ela me olha de novo, os olhos transparecendo um ar de suspeita. — O que vocês estão fazendo?

Sinto Oliver se endireitar ligeiramente ao meu lado.

— Vim pegar um café para a viagem de volta e esbarrei na Mia.

É só uma mentira inocente, mas me incomoda. O fato de que ele sinta a necessidade de mentir. E tudo entra bruscamente em foco.

— Ah, legal — comenta ela.

— Eu já estava indo para casa, na verdade — digo, então algo chama minha atenção atrás de Caroline: um carro. Um carro conhecido estacionado no fim da rua. Um Infiniti prata. E, embora pudesse ser o Infiniti de qualquer pessoa e Harrison supostamente esteja no hospital, sinto meu estômago revirar. — Vou para esse lado.

Aponto em direção ao carro, mesmo que o meu esteja estacionado na direção oposta.

— Foi legal ver vocês.

Sem fazer contato visual com Oliver, aceno, deixando-os na calçada e vou até o fim da rua, meio que me perguntando se estou ficando maluca, mas, quando alcanço o Infiniti e vejo o blazer que Harrison estava usando hoje de manhã no banco do carona e sua gravata-borboleta laranja estampada jogada de qualquer jeito em cima dele, vejo que estou certa.

É o carro de Harrison. Ele não está no hospital. Mas a questão é: onde está?

O automóvel está estacionado em frente à Arara de Olhos Azuis, que está escura por dentro, com uma placa na porta que diz "fechado".

Dou uma olhada para os dois lados da rua. Oliver e Caroline foram embora, e, apesar de haver outros carros estacionados em paralelo ao de Harrison, parece uma cidade fantasma. Mas ouço o estrépito inconfundível de uma porta se abrindo ao longe. Viro a esquina e avisto um bar que nunca havia notado. O Cais. Hesito só por um segundo antes de avançar, decidida, e abrir a porta. O lado de dentro está escuro, mas tem mais gente do que eu imaginava. Estão todos envolvidos em suas conversas, copos de cervejas ou drinques, e ninguém olha para mim. Passo o olho pelas mesas meio ocupadas e pela bancada de pedra-sabão nos fundos do ambiente e o vejo: a curvatura familiar de suas costas, o corte de cabelo liso delineando o contorno furtivo do pescoço. Dou um passo à frente, não necessariamente para *confrontá-lo*. Então ele parou para tomar uma cerveja depois do trabalho sem me avisar. Não é o pior crime do mundo.

Então, ele se vira para a direita para dizer algo à pessoa sentada ao seu lado e fico gelada. Reconheço-a.

A loira petulante que vimos no Sorelli's, Whitney. A paciente cuja vida Harrison salvou. A mulher que está se divorciando.

Dou um passo para trás e quase esbarro em um homem carregando uma bandeja de cerveja.

— Desculpe — digo, com o rosto pegando fogo.

Quando volto a olhar para Harrison, ele ainda está entretido na conversa. Está sorrindo, até rindo, e tento me lembrar da última vez que ele olhou assim para mim.

Então, com o cérebro incapaz de processar qualquer outra coisa — ou talvez seja meu coração prestes a explodir —, eu me viro e saio correndo pra noite escura e silenciosa.

Capítulo 20

HARRISON NÃO ACREDITA EM ALMA gêmea.

Perguntei a ele uma vez, nos primeiros meses de namoro, a caminho daquele casamento no Maine, de Beau e Annie. Depois de quatro horas na estrada de uma viagem de oito, tínhamos devorado um pacote de minhoquinhas azedas, duas Pepsis, um pote de batata Pringles sabor cheddar e uma caixa de Mike & Ike. As evidências se espalhavam pelo chão do carro, aos meus pés.

Harrison riu.

— O que foi?

— É um passo bem grande depois de perguntar por que não gosto de manteiga de amendoim.

— Então, acredita ou não?

— Em alma gêmea?

— É.

— Duas pessoas destinadas a se encontrar e se apaixonar várias vezes em todas as encarnações, passadas e futuras, das almas, por todo o sempre, durante a eternidade?

— É.

— Não.

Negou firmemente com a cabeça, mantendo os olhos cravados na estrada. Tammi Terrell e Marvin Gaye preenchiam os intervalos de nossa conversa, cantando sobre o mundo ser uma supercebola.

— Ah — respondi.

Não estava necessariamente surpresa. Harrison fazia mais o tipo lógico, o médico, o cara da ciência e da matemática para quem tudo requer evidências tangíveis. Olhei pela janela. Estávamos passando pro centro comercial na Massachusetts Turnpike.

— Peraí. Você acredita? — Ele olhou de relance para mim.

— Não, não de verdade.

Pensando bem, devo ter acreditado em algum momento, mas, quando você tem onze anos e sua mãe se divorcia de seu pai e tudo que você pensa que sabe sobre o amor evapora pelos ares, ideias infantis como almas gêmeas sofrem danos colaterais. Aprendi que a felicidade é algo fugaz, que em um minuto está presente e no seguinte escapa, como uma estrela cadente ou um raio lunar, que não podem ser capturados nem trancados numa gaiola.

— Então por que está com essa cara de decepcionada por eu não acreditar?

Pensei.

— Não sei. Acho que eu meio que esperava que um de nós acreditasse. Gosto da ideia, de que fomos destinados a estarmos juntos. Que alguma força universal poderosa nos impulsiona um para o outro, para sempre.

— Hum. Acho o contrário mais interessante, na verdade.

— Como assim?

— A ideia de que, no caos aleatório da vida, você e eu nos conhecemos, de alguma forma. E, de todo mundo que conhecemos no mundo inteiro, escolhemos um ao outro. Todos os dias.

Encarei Harrison.

— E depois você diz que não é romântico.

— Na verdade, é você que diz isso.

Eu ri.

— Você tem razão.

Rodamos pela rodovia por mais alguns quilômetros, passando por árvores, árvores e mais árvores. Tammi e Marvin já tinham começado o próximo sucesso.

— Mas sabe que, nesse negócio de vida passada, eu conseguiria embarcar totalmente. É tão inusitado pensar em... ser outra pessoa, viver uma vida completamente diferente. O que você acha que eu era? Acho que uma coisa bem legal. Tipo um pirata. Ou talvez eu tivesse uma dessas profissões esquisitas que não existem mais hoje em dia, tipo arrumadora de pinos de boliche. Ou acendedora de lampião. Ou planejadora de orgias.

— Quê?

— Planejadora de orgias — repeti.

— Acho que isso nunca existiu.

— Existiu, sim. Na Roma Antiga, era uma profissão de verdade. As orgias não aconteciam sozinhas. Alguém tinha que convidar as mulheres, organizar a comida, chamar o tocador de cítara...

— Você é tão estranha... — disse Harrison, e depois, em um fôlego só: — Case comigo.

Foi a segunda vez que pediu. Na primeira, pensei que estava brincando, e naquela última também, afinal fazia pouco tempo que estávamos juntos e eu ainda nem tinha dito que o amava, mas seu semblante estava tão sério, sem nenhum sinal de brincadeira. Um arrepio me percorreu.

— Talvez eu case — respondi.

Ele fez os pneus saírem do prumo. Soltei um palavrão, me agarrando em qualquer lugar.

— Meu Deus, Harrison!

O carro parou no acostamento. Ele me fitava com os olhos grandes.

— Isso é um "sim"?

Neguei com a cabeça, com um sorriso largo.

— Não! Você é maluco.

— Maluco por você.

Soltei um gemido, mas não consegui não rir. Não consegui parar a corrente de emoção que fluía dentro de mim ao ouvir suas palavras.

Ele se inclinou, pegou meu rosto entre as mãos e me beijou. Senti um frio na barriga — todos os meus membros ficaram moles.

Agora, quando entro em nossa casa escura, tento me lembrar da última vez que ele me beijou daquele jeito. Ou talvez esteja tentando me lembrar da última vez que me senti daquele jeito quando ele me beijou. Embora saiba que é só a progressão natural do relacionamento, que é impossível sustentar esse nível de novidade e empolgação por anos a fio, não posso evitar me perguntar se Harrison deixou de me escolher. Se paramos de escolher um ao outro.

Sem acender nenhuma luz, vou para a sala e me sento no sofá, olhando para o nada e esperando meu marido voltar para casa para que eu possa lhe perguntar.

Mas ele não volta.

Na confusão do estágio estranho entre o sono e o despertar, acho que o gato deve ter voltado. Depois que nos mudamos para esta casa, eu e Harrison ouvíamos toda noite, durante uma semana, um miado queixoso bem atrás da janela do quarto. Mas, sempre que íamos olhar — ou, uma vez, lhe dar um pouco de leite como oferta de paz em troca de silêncio —, ele escapava, como se só estivesse deixando uma mensagem e não pudesse ficar de visita. Era um tipo de boas-vindas esquisito à nossa nova vida, um lembrete de que não éramos mais "gente da cidade grande". De que o tráfego da madrugada e as sirenes da polícia aos quais éramos imunes de repente foram substituídos por animais selvagens — gatos lamurientos, grilos e corujas que apareciam de vez em quando —, que não só piam suavemente, conforme aprendi, mas também matraqueiam como crianças pequenas.

Porém, enquanto começo a me reorientar, percebo que não é o gato. Era eu? Eu estava tendo um pesadelo? Estava chorando durante o sono? Grogue, espio o relógio na mesa de cabeceira de Harrison, que mostra 2h36 no escuro. Então o vejo, sentado na beirada da cama.

— Harrison — murmuro com a voz rouca.

Ele não se vira, e sei que há algo errado pelo jeito que está abatido, sem se mexer. Jogo as cobertas para o lado e me arrasto até os pés da cama, ponho a mão em suas costas. Noto seus ombros tremendo. E suas bochechas úmidas.

Harrison está chorando.

Estou chocada, como se assistisse a um avião caindo com meus próprios olhos. Não sei o que fazer, só quero fazer isso parar.

— Harrison — chamo, movendo agilmente o corpo para me sentar ao seu lado.

A esta distância, consigo sentir o cheiro de álcool exalando dele.

As lembranças daquela noite ressurgem. Harrison no bar. Com *Whitney*. Sinto uma tristeza profunda. Embora a cena parecesse suspeita, parte de mim achava que devia haver uma explicação lógica. Para o motivo de ele estar em um bar com outra mulher, de não ter me dito que ia. Além disso, eu também tinha estado no centro da cidade com outro homem e não havia lhe contado. Mas agora ele está chorando, e acho que não estamos na mesma situação. Não mesmo.

— O que houve? — sussurro, embora não tenha certeza se quero saber nem se posso lidar com as palavras proferidas em voz alta.

Ele não responde.

— Harrison — repito, e ele recua como se eu o tivesse queimado. — Por favor, conversa comigo.

Ele balança a cabeça, mas as palavras são abafadas por sua mão.

— O quê?

— Eu matei uma pessoa — responde, as palavras soando claras e cortantes no ar silencioso.

Fico aturdida por um momento, meu cérebro tentando processar a diferença entre o que eu esperava que Harrison dissesse e o que realmente disse.

— *Quê?*

Mas ele não responde, então eu deixo as palavras se assentarem, tendo me esquecido de todas as outras. Finalmente pergunto:

— O que você quer dizer? — pergunto finalmente.

Ele bateu de carro? Atropelou alguém? Meus olhos examinam seu corpo, procurando machucados.

— Eu o matei. — Ele se engasga com os soluços.

— *Quem?* — pergunto, tomada pelo pânico outra vez. — Harrison, você está me assustando.

Ele apenas balança a cabeça, gemendo.

— Por favor, Harrison!

— Estou bêbado — afirma, entre as mãos.

— Você bateu o carro?

Ele nega com a cabeça. Tapa a boca com a mão, apertando as bochechas, e vai movendo os dedos para o queixo, penteando os pelos grossos da barba desgrenhada.

— Então o que aconteceu? Quem morreu?

Ele inspira fundo, tremendo.

— Noah.

E se perde outra vez em soluços profundos e fortes.

— Noah — repito.

Lembro-me de tudo de uma só vez. O menino na Filadélfia. A apendicectomia de rotina. Harrison não perde pacientes com frequência, principalmente na mesa de cirurgia. É ainda mais raro perder uma criança, já que a maioria de seus pacientes é adulta. Esse caso mexeu com ele, eu me lembro. Foi o motivo que o levou a querer passar o fim de semana em outro lugar. O motivo pelo qual fizemos uma viagem espontânea para Hope Springs.

— Harrison, isso tem meses.

Ele funga e solta a respiração, lenta e audível.

— Foi culpa minha. Ele ter... — Sua voz falha. — Morrido.

— O quê? O que você quer dizer?

Ele solta um longo suspiro.

— Lembra de Boehner?

O cara da fraternidade de avental cirúrgico. É assim que sempre penso no colega de Harrison, um médico poucos anos mais velho do que ele. Era charmoso, mas de um jeito exagerado, e carregava o estereótipo de complexo de Deus como uma medalha de honra. Assinto para a pergunta.

— Bem, a gente tinha essa... aposta com apendicectomias, quem conseguia fazer mais rápido. Quer dizer, a gente fazia um monte! O tempo todo. — Ele estava se embolando um pouco, falando baixo, e minha mente se esforça para entender. — Boehner tinha feito uma em menos de dezesseis minutos e alguns segundos, e eu sabia que podia... — Ele soluça. — Bater o recorde dele.

— Ai, Harrison — digo, me dando conta de repente de onde a história ia dar, mesmo sem sabê-la por completo. — Noah?

Ele assente.

— Estava tudo indo bem. Fiz as incisões, inseri o trocarte. Mas quando cheguei lá... Estava muito inflamado. Não era o pior que eu já tinha visto, mas era ruim. — Ele tropeça nas palavras, como se estivesse falando consigo mesmo mais do que comigo, e chego mais para perto a fim de tentar entender. — Eu tinha que tomar uma decisão em dois tempos: continuo ou troco, de fazer laparoscopia para abrir? — Ele dá de ombros. — Fui arrogante, achei que conseguiria fazer e ainda bater o recorde de Boehner. Mas... — Sacode a cabeça e as lágrimas correm livremente agora, silenciosas. — Eu só... fico revivendo esse momento. Por que não parei? E a mãe... — Espalma as mãos sob os olhos. — A forma como ela chorou quando contei foi desumana, animalesca... — Balança a cabeça de novo. — Às vezes, é tudo que consigo ouvir. Tudo que consigo enxergar.

Ponho a mão no coração, pensando na mãe. No quão horrível foi. Tanto ouvir as palavras quanto ter de dizê-las. Nem consigo imaginar. Não consigo imaginar metade do que Harrison faz no trabalho. Mas o conheço, e, mesmo que estivesse pensando naquela aposta idiota, ele nunca teria arriscado a vida de um paciente se tivesse uma pista de como as coisas acabariam. Parece apenas que ele tinha duas escolhas e fez a errada.

— Harrison. — Respiro. — Por que você não me contou?

Ele joga a cabeça para trás.

— Eu o *matei* — responde, e é tão genuíno, tão cheio de emoção, que, enfim, eu entendo: ele tem andado por aí com isso por meses, *meses*, e eu não fazia ideia.

Seus ombros tremem descontroladamente, e seu rosto é uma mistura da umidade das lágrimas e da coriza. Ponho a mão em seu ombro.

Ele funga.

— Está tudo bem, estou bem — afirma. Sua respiração se acalma, e ele limpa o nariz com a manga da camisa. — Preciso de água.

— Ok.

Fico grata por ter uma tarefa. Com os pensamentos desordenados, corro descalça até a cozinha, só com regata e calcinha, e no escuro abro o armário que contém o jogo de copos. Tateio procurando um, mas não há nada. Merda, não esvaziei a lava-louça. Abro a porta da máquina bruscamente e pego um copo, sem nem precisar erguê-lo à luz do luar que entra pela janela para saber que está manchado com marcas de dedo e de batom. Merda, não liguei a lava-louça. Lavo-o depressa na pia e o encho com água da torneira.

Quando volto para o quarto, o corpo magro de Harrison está estirado na cama, a mão na camisa ainda quase toda abotoada e os pés pendendo na beirada. Ouço soluços guturais a intervalos compassados saindo de sua boca aberta.

Fico parada e o observo por um minuto, deslumbrada com o homem ao lado de quem dormi por oito anos, como se o estivesse vendo pela primeira vez.

Deixo o copo de água na cômoda, ao lado do dinheiro trocado. O ventilador de teto gira preguiçosamente acima da cama enquanto tiro os sapatos de couro de Harrison, primeiro um pé, depois o outro. Os óculos estão postos de qualquer jeito no cobertor próximo ao seu joelho, e eu os pego, dobrando as hastes e colocando-os na mesa de cabeceira dele, onde poderá alcançar com facilidade de manhã. Deslizo a mão por debaixo de seu corpo e puxo a colcha para baixo até ela se soltar, depois o cubro com ela.

Então, congelo, parada ao seu lado, enquanto minha ficha cai. Foi *isso* que mudou Harrison. O peso, a culpa que vem carregando por meses. É a única coisa que faz sentido, que explica sua ansiedade repentina em se mudar para Hope Springs, a barba grande, as longas jornadas de trabalho, as longas corridas e, óbvio, a mudança de ideia sobre ter filhos. Sou inundada pelo alívio, do tipo que só vem com uma percepção repentina.

Embora esteja comovida por ele e pelo que está passando, quando me deito ao lado do meu marido e apago a luz, pela primeira vez em semanas vou dormir com um frio na barriga que não parece desespero, e sim esperança. E ela está crescendo.

Na manhã seguinte, acordo com Harrison sentado aos pés da cama outra vez. Encaro os nós de sua coluna, que se projetam por baixo da camisa — azul-bebê, e não a branca pelo qual estava usando ontem à noite —, e tenho um *déjà-vu* esquisito. Pergunto-me, por um breve instante, se não foi tudo um sonho.

— Harrison — chamo, com a voz pesada de sono.

Ele se vira, seu perfil como em um filme de Alfred Hitchcock.

— Bom dia. Preciso que me leve até meu carro.

Sento-me e fico atenta. Certo. Harrison estava bêbado ontem à noite. Chorando. Noah.

— Onde ele está?

— No centro. Se ainda não foi rebocado.

— Como você chegou em casa?

— Whitney.

Ao ouvir o nome, fico abalada.

— Whitney — repito.

— É aquela paciente...

— Sei quem é — interrompo-o. E, mesmo sabendo que essa é a menor de nossas preocupações agora, na verdade a menor das de Harrison, não consigo deixar para lá. — Então você foi beber com uma paciente?

— Não *com* ela. Só a encontrei lá.

— Ah.

Mesmo assim. Penso no jeito como Harrison olhava para ela. Como seu maxilar tinha relaxado e os vincos em sua testa, suavizado. Como se não houvesse nada com que se preocupar. O completo oposto de como está agora.

— Harrison, tem algo com que eu deva me preocupar...?

— Quê? Mia, não. Isso é ridículo.

Ele olha para mim, e enxergo em seus olhos: não só o fardo que está carregando, mas também que está dizendo a verdade.

Em seguida, se levanta.

— Vou para o escritório.

— Peraí.

Ele para, mas não se vira para me olhar.

— Harrison, ontem à noite, Noah...

Ele ergue a mão.

— Não foi nada, eu não devia ter dito nada.

— Como não é nada, Harrison? Eu quero te ajudar. Converse comigo, por favor.

Ele abaixa a cabeça, e põe as mãos na cintura. Suspira e levanta o queixo.

— Tenho que trabalhar.

Ele se vira e sai do quarto.

— Ok — digo para o espaço vazio agora, mesmo que nada esteja ok. Nada mesmo.

Capítulo 21

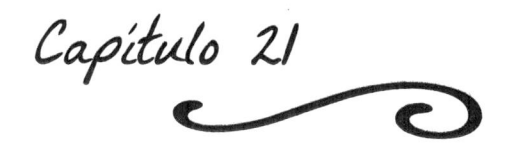

Caroline

Primeiro, Caroline acha que é indigestão. Talvez não devesse ter comido três cachorros-quentes picantes e uma porção de tater tots no jantar, mas tem sentido muita fome ultimamente e pareceu uma ótima ideia na hora. Duas horas depois, quando a dor aumentou tanto que ela não conseguia mais ignorar, liga para o médico.

Depois, liga para Oliver. Odeia incomodá-lo de novo, principalmente por ele ter ido a Hope Springs três dias antes para montar o berço, mas a verdade é que não tem mais ninguém. Com certeza não tem Richard, o pai do bebê, que a dispensou sem cerimônia e ficou com a esposa depois que Caroline contou que estava grávida. Além disso, ainda não tinha exatamente contado a nenhum dos amigos sobre o bebê. Talvez esteja com vergonha, ou talvez não tenha caído a ficha do que está acontecendo. Com ela. Está esperando um filho.

Enfim, por mais patético que seja pensar nisso, ela não sabe o que faria sem seu irmão mais velho, por mais irritante que ele seja na maior parte do tempo.

— Preciso de você — diz, ofegante, quando ele atende.

— O que houve?

— Cólica, não sei. Tem alguma coisa errada. — Ela geme de novo.

— Você ligou para o médico?

— Caiu no serviço de atendimento. Disseram para eu ir para a emergência se as dores não passassem na próxima meia hora.

— Faz quanto tempo?

Ela pausa, olhando para a televisão, um episódio antigo de Law & Order. Tenta lembrar se é o mesmo episódio que estava passando quando ligou para o médico. Chega à conclusão de que é.

— Uma hora, talvez?

— Chame um Uber. Vá agora — recomenda Oliver, assumindo sem esforço o papel de irmão mais velho. — Te encontro lá.

— Ok — responde. E vai.

Uma hora e meia depois, quando Oliver chega correndo à emergência, Caroline já estava lá havia mais de uma hora. Tinha passado o tempo distribuindo mentalmente diagnósticos a todo mundo na sala de espera. Um jovem de olhos inchados e nariz vermelho segurando o cotovelo e ao lado de uma mulher que aparentava ser sua avó (fácil: braço quebrado). Um idoso cochilando em uma cadeira de rodas (desorientação, possível ataque isquêmico transitório), ao lado de um homem mais jovem com a mesma estrutura facial e menos rugas, olhando atento para o celular (o filho, dando apoio). Uma mulher de salto e batom rosa esparramada em uma cadeira, no canto mais longe (verruga genital: isso é uma emergência?).

Ela acena para Oliver.

— Tudo bem? Já foi atendida? — pergunta, preocupado por causa do semblante da irmã.

— Ainda esperando. Mas me sinto um pouco melhor. Faz alguns minutos que não sinto cólica.

Oliver a examina.

— Tem certeza de que não é alguma coisa que você comeu? Talvez seja só uma indigestãozinha, ou algo do tipo. Parece que piora com a gravidez, né?

— Ah, você é médico agora? — retruca ela, irritada por um instante, embora também tivesse pensado mais cedo que podia ser indigestão. — Não, Oliver. É óbvio que eu não acho que seja uma *indigestãozinha*. Senti uma dor muito forte. Dá pra me levar a sério, por favor?

Ele levanta as mãos, rendido.

— Foi mal. Você tem razão. Precisa de alguma coisa? O que posso fazer?

— Só senta aí. Espere comigo.

Ele se senta, pousando os cotovelos nos joelhos e sacudindo a perna, impaciente. Caroline dá uma fungada.

— Esse cheiro é você?

Oliver olha para a própria camisa.

— É. Estou trancado há quatro dias no apartamento, escrevendo sem parar. Entrei em pânico quando você ligou, não deu tempo de tomar banho.

Ela torce o nariz.

— Espero que eu esteja esperando uma menina, meninos são tão porcos.

Ele dá de ombros. Caroline pega uma revista da mesa ao lado. Folheia-a.

— Como vai o trabalho? — pergunta ele.

— Bem — responde ela, tirando os olhos da página que está lendo. — Correria. Esse desfile ganhou vida própria. Hope Springs tem tanto dinheiro de turismo que o orçamento é enorme. Acabei de comprar seiscentas luzinhas de Natal.

Ela sorri, pensando como a praça da cidade vai ficar uma graça depois do desfile, e compartilha mais detalhes com o irmão: uma atmosfera muito festiva e completa, com barracas de chocolate quente, um coral profissional cantando músicas natalinas e um show de fogos de artifício.

— Fogos? Isso não tem mais a ver com Quatro de Julho? Ano-novo?

— Eles têm a ver com celebrações. Combinam com todos os feriados.

— Bem, não *todos*. Ninguém solta fogos na Páscoa.

— Sinceramente, hein, Oliver... — E então: — Ai! — Ela põe a mão do lado esquerdo da barriga fecunda.

— Tudo bem? — pergunta ele, sentando-se ereto.

— Tudo — responde, expirando.

Olha para Oliver. Sua perna ainda está sacolejando, e ele está olhando ao redor como se esperasse alguém aparecer. Caroline repara.

— Ollie.

— Oi?

— Está procurando alguém?

— O quê? Não.

— Tem certeza? Porque, se eu estivesse dormindo com Mia, estaria superpreocupada em esbarrar com o marido dela.

Ela passou a desconfiar quando os encontrou no centro naquele dia, mesmo Oliver tendo dito que não era nada.

Os olhos dele cravam-se nos da irmã.

— Quê? Fale baixo. Não estou dormindo com Mia.

— Está fazendo o que então? Sei que está rolando alguma coisa.

Oliver sustenta por um instante e depois baixa o olhar, assim como os ombros.

— É complicado.

— Eu sabia. E ainda por cima você me deu aquela merda de sermão sobre Richard. Como foi mesmo? Um caso fora do casamento sempre termina igual ao Titanic: afunda e leva todo mundo junto.

Sendo bem sincera, Caroline está sentindo um prazer perverso por seu irmão estar provando ser um hipócrita, mas, sobretudo, está triste. Oliver nunca foi um santinho, mas, mesmo assim, é um cara bom e decente. Não roubava nem no Banco Imobiliário quando eram crianças. E os homens bons e decentes estão em extinção — ela já deveria saber disso.

— Eu só... Isso está me deixando maluco, pra ser sincero, Care. Não consigo parar de pensar nela.

— Ah, Ollie... — diz ela, e dá para ver que ele está dizendo a verdade. Fica em silêncio, mas acha que talvez seja mesmo uma boa Oliver ir para a Finlândia em setembro com aquela organização estranha de trabalhadores rurais voluntários que ele adora.

Oliver ainda está perdido em seus pensamentos quando a enfermeira chama Caroline, e a irmã o deixa esperando, solitário, e desejando que haja algo que ela possa fazer.

Mas, na sala de exames, todos os pensamentos sobre o irmão desaparecem enquanto ela encara a tela granulada do ultrassom. Dr. Leong a examina, fazendo perguntas, mas Caroline só fica embasbacada. Está olhando para um bebê. Um bebê de verdade, vivo, com uma cabeça redonda, um narizinho e dedinhos nas mãos. É óbvio que não é a primeira vez que o vê. Mas antes parecia mais um alienígena, e por alguma razão o cérebro dela não fazia a conexão — ou escolhia ignorar completamente — de que aquele ser estava realmente no ventre dela. Dr. Leong dá um tapinha em sua perna, arrancando-a de seus devaneios.

— Parece estar tudo bem, mãe. Que tal menos cachorro-quente picante da próxima vez?

Mãe.

Mãe.

Caroline rasga a camisola de papel e a tira com mais força que o necessário, depois enfia a camiseta pela cabeça. Quando volta para a sala de espera iluminada, encontra Oliver.

— Vamos. Já podemos ir — diz.

Ele a olha.

— Já acabou? Está tudo bem?

Ela resmunga alguma coisa, dando meia-volta, ansiosa para ir embora o mais rápido possível.

— O quê?

Oliver dá um salto e a segue. Ela se vira bruscamente.

— Eram só gases.

Oliver fica de queixo caído e, em seguida, seus lábios se curvam num sorriso. Ela ergue uma sobrancelha e aponta o indicador para ele.

— Não — ameaça, ajeitando a alça da bolsa no ombro. — Nem se atreva.

Só bem mais tarde, quando Caroline está descansando na cama e Oliver na metade de sua viagem de volta à Filadélfia, a ficha de tudo que sentiu na sala de exame cai.

Ela vai ser mãe.

E não tem muita certeza se quer ser.

Capítulo 22

HARRISON SEGUE CUMPRINDO SUA ROTINA normalmente, acordando com o despertador, saindo para correr, indo para o trabalho, voltando tarde para casa e se levantando para fazer tudo de novo. Eu o observo, como se olhasse um animal enjaulado, esperando... Mas pelo quê? Não tenho certeza. Não penso até três dias depois, quando o estou fitando e me dou conta de que estou me perguntando onde foi parar meu marido, embora ele esteja no mesmo cômodo que eu. Não tenho apenas olhado para ele, tenho *procurado* por ele.

Tenho procurado pelo Harrison que sorria de orelha a orelha, segurando uma touquinha de tricô com listras azuis e cor-de-rosa que tinha surrupiado do berçário do hospital um dia depois do meu primeiro teste positivo de gravidez.

Tenho procurado pelo Harrison que beijava minha barriga, cochichando sobre como nos conhecemos para o nosso segundo bebê, que ainda não viria a se tornar nosso primeiro.

Tenho procurado pelo Harrison alto-astral e sorridente que imitava os três porquinhos para Finley e Griffin na hora de dormir.

Faz semanas, meses até, que me pergunto para onde foi aquele Harrison. Mas agora sei a resposta. Noah não foi a única coisa que ele perdeu naquele dia. Harrison desconversava toda vez que eu tocava no assunto desde sua confissão bêbada, mas cismei com aquilo, tentando, de todos os jeitos, entender pelo que ele está passando e como consertar. Como trazer o Harrison que conheço de volta para mim.

Enquanto ele está no trabalho, passo horas na internet, pesquisando. Procurei no Google sobre como os médicos lidam com a morte. Uma foto de um cirurgião de jaleco branco agachado, apoiando-se numa parede de concreto, de cabeça baixa, solene, foi o primeiro resultado que apareceu. É uma imagem que viralizou: a rara visão das emoções genuínas de um médico que perdeu um paciente de dezenove anos na emergência. Revirei o Reddit, o Quora e o Tumblr, lendo múltiplas versões da mesma história, cirurgiões lidando com a morte de pacientes. Um deles diz: Não somos treinados para isso no curso de medicina. Você aprende a salvar uma vida, não a perdê-la.

Outro: Isso nos abala, queima nossa alma. Você nunca mais é a mesma pessoa.

Na quarta-feira, sinto-me confiante o suficiente com minha pesquisa para abordar novamente o assunto com Harrison.

Depois da aula de artes, espero-o chegar em casa, sentada no sofá. A chave é virada na porta, ele entra e, antes que consiga me despistar, ir tomar banho, resmungar que está cansado e ir dormir, eu falo:

— Acho que você está com depressão situacional.

— Bom te ver também — responde ele, na divisão entre o hall de entrada e a sala.

— Estou falando sério. Perder um paciente do jeito que você perdeu Noah não é fácil.

Uma risada incontida escapa de seus lábios, mas ele não está sorrindo.

— Só estou querendo dizer que é normal passar pelo que você está passando. Acidentes acontecem. Médicos não são perfeitos. Vocês são humanos. Existem muitos cirurgiões que passam por esse tipo de conflito, é tipo uma epidemia invisível. Você sabia que médicos do sexo masculino cometem suicídio numa média de setenta por cento a mais do que outros profissionais?

Harrison me fita, inexpressivo.

— Desculpe. Isso deveria me ajudar?

— Não sei... Provavelmente não estou falando da forma correta, só achei que você deveria saber que não está sozinho.

— Certo. Ok. Acho que vou pra cama.

Ele dá um passo em direção ao corredor.

— Não. Peraí, Harrison. Superar uma coisa dessas leva tempo. E eu acho que você deveria procurar ajuda. Um psicólogo. Um terapeuta.

Ele responde com sarcasmo:

— Tempo? *Tempo*? O tempo vai trazer Noah de volta?

— Bem, não, mas...

— Eu matei uma criança, Mia. — Ele cerra os punhos. — Isso não é *normal*. Por favor, deixe isso quieto.

— Não posso deixar quieto, Harrison! Você não está vendo? Eu entendo. Você está desnorteado, se sente responsável. Mas não pode parar de viver *sua* vida. Sei que é por isso que você não quer mais ter um filho. Talvez você sinta que não merece ou, sei lá, que não merece ser feliz ou algo do tipo. Mas você merece...

— Então é tudo por causa *disso*? Meu Deus, eu devia ter adivinhado.

— O que quis dizer com isso?

— Nem tudo é sobre você! — vocifera ele.

Seu corpo ainda está voltado para o corredor. Uma veia salta em seu pescoço. Acho que quase consigo ouvir o sangue correndo por ela no silêncio que se segue às suas palavras.

Hesito, digerindo o peso das palavras. Meu rosto queima, não de constrangimento, e sim pela surpresa de Harrison me achar egoísta. E depois pela vergonha de achar que talvez ele esteja certo.

Ao longo das próximas semanas, vario entre ficar brava com meu marido e repleta de amor e pesar por ele, querendo envolvê-lo em meus braços, trazê-lo para perto e sugar sua tristeza como se faz com o ar de um balão.

A pior parte é no meio da noite, quando ele está roncando de leve ao meu lado. Às vezes, observo seu semblante tranquilo e envio um desejo silencioso e fervoroso para a escuridão de que ele possa encontrar a mesma tranquilidade quando acordar. Que eu possa brandir uma varinha mágica e fazer com que tudo isso — Noah, a culpa e a depressão — suma.

Outras vezes, sinto a raiva me pressionar tanto que qualquer inspiração e expiração tranquila da figura adormecida de Harrison é uma afronta pessoal. Ele acha que *eu* sou egoísta? É ele que anda *distraído*, consumido por isso há *meses*, e não pôde nem se dar ao trabalho de me contar o que era. Deixou-me acreditar que era só a minha saúde e os abortos que o preocupavam, que era o medo de outro aborto que o fez mudar de ideia sobre querer ter filhos. É nesses momentos que os anos futuros de minha vida parecem intermináveis e terrivelmente curtos ao mesmo tempo. É dessa forma que vou vivê-los? Em uma casa silenciosa, com um marido fechado que só trabalha e um ventre vazio? É nesses momentos, quando me sinto um peixe fora da água, que Harrison assume o papel do pescador insensível, e tenho de dar tudo de mim para não empurrar seu corpo pesado para fora da cama e ouvir o som satisfatório do baque no chão.

De dia, Harrison trabalha e corre, e eu rego a horta, pinto e dou minhas aulas de artes. Tento conversar com ele. Chamo-o para jogar Boggle. Assistir a um daqueles filmes de super-herói que ele adora. Praticar stand up paddle. Até me arrisquei na cozinha um dia desses.

— Estou tendo uma miragem? — pergunta ele ao entrar na cozinha e deparar-se comigo salteando camarão na frigideira.

— Pensei que fosse "vendo uma miragem".

— Minha mãe sempre disse "tendo". — Ele dá de ombros. — Deve ter algum motivo cubano aí.

É o máximo de troca que a gente tem em dias.

Sei que é a depressão, mas não consigo não levar para o lado pessoal, como se ele estivesse me punindo. Parte de mim sente que mereço a punição. Gostaria de dizer que tudo que tenho feito nas últimas semanas é focar em meu marido, em meu casamento, em consertar o que está quebrado, mas não seria verdade. Tenho falado com Oliver também. Começou certa noite quando saí para regar a horta e vi os primeiros brotos verdes das sementes que plantei despontando da terra. Fiquei tão orgulhosa que quis contar a alguém. Tirei uma foto, mas em vez de mandar para Harrison, para meu marido, mandei para Oliver.

Responde ele:

> Mande foto do polegar também, eu tinha certeza que você tinha dedo ruim para isso.

Temos trocado mensagens desde então, e, embora as conversas sejam inocentes — piadas e momentos engraçados do dia —, sei que o ato em si não é. Sei que essas são as conversas que eu devia estar tendo com meu marido e não estou. Mas também não consigo parar. Por pior que seja admitir, conversar com Oliver se tornou o auge do meu dia, e, apesar de eu saber que isso significa que Harrison está certo — que sou mesmo egoísta —, também sei que é a única coisa que me impede de ficar tão depressiva quanto meu marido.

Numa manhã de quarta-feira, na segunda semana de setembro, em vez de rolar para o outro lado quando o despertador de Harrison toca, forço os olhos a se abrirem e o corpo a se sentar. Vou até a cômoda e vasculho o fundo da gaveta do meio, onde tenho certeza de que há um velho short de ginástica.

— O que está fazendo? — pergunta Harrison. Está sentado do seu lado da cama, pensando na vida antes de enfiar os pés nos tênis.

— Vou com você.

Foi a última ideia que tive para me aproximar dele. Impedir que literalmente corra de mim todas as manhãs. Vou correr com ele.

— Correr — diz ele.

— É.

— Você não corre.

— Acho que vou começar.

Ele não responde.

No silêncio, meu olhar desvia de seu rosto e vai para a mala feita de lona no chão.

— Para que isso?

— Meu pai vai fazer aquela cirurgia no joelho? É essa semana.

— Ah, é.

Perdida em meu próprio mundo, tinha me esquecido disso. Mas, mesmo assim, Harrison não tocou no assunto nos últimos dias. E fico ocupada com as aulas. Nunca faltei a nenhuma e fico pensando se posso procurar um substituto ou se vou ter de cancelar. Fico tonta pensando em tudo que tenho de arrumar para poder ir.

— A gente vai hoje? Acho que preciso tomar um banho. E fazer minha mala.

Ele não responde de imediato.

— Na verdade, eu pensei em ir sozinho.

— Como assim? — pergunto, embora não haja muita margem para interpretação em sua fala. — Não quer que eu vá?

Seu silêncio é a resposta.

— Você não quer que eu vá — repito, desta vez afirmando.

Ele pigarreia.

— Só preciso...

— Harrison, o que você *precisa* é falar com alguém. Um terapeuta ou algo do tipo. — Sei que estou falando igualzinho à Vivian, mas não ligo. — Não sei mais o que fazer! Você não tem sido você. Nem um pouco. E eu entendo, você está deprimido. Profundamente deprimido. Mas não é possível que seja o primeiro médico a lidar com esse tipo de coisa. Podemos ir juntos. Vamos dar um jeito.

— Eu não preciso de terapia! — vocifera ele, assustando-me. Em seguida, mais suave, mas com firmeza: — Você não está escutando, eu *estou* diferente. O que aconteceu com Noah me mudou. Pensei que vindo para cá, para longe da Filadélfia, para longe do que aconteceu, eu superaria. Que eu esqueceria aos poucos. E, no início, comecei mesmo a me sentir melhor. Mas sempre está lá, *ele* está lá, no fundo da minha mente. E só tem piorado.

— Mas se você...

— Mia. — É um aviso. Seus ombros desabam com o peso do fardo que está carregando, e não sei como levantá-los.

Mudo de assunto.

— E o trabalho?

Ele pausa.

— Tirei uma licença.

— *Quê?* Quando você tomou essa decisão?

Ele engole em seco.

— Eu... tenho feito tudo errado ultimamente, não consigo me concentrar. Foster também acha que é melhor assim.

— Peraí... Você contou para Foster?

De repente, me sinto mais afastada ainda da vida dele. No escuro. E me lembro de Rebecca no estacionamento. *Como vai Harrison?* Eu era a última pessoa a saber? Ou talvez seja a pior: sou a última pessoa a notar.

— Ele não sabe... de tudo. Olhe, só preciso me afastar, por um tempinho.

Eu o encaro, assimilo suas palavras, o que *realmente* está querendo dizer.

— Se afastar de mim?

Seus olhos se fixam nos meus por um instante, e sei que é verdade.

— Diga — desafio.

— É *isso* — revida ele. — Preciso me afastar do jeito que você está me olhando agora, do jeito que tem me olhado há meses. Como se eu fosse uma decepção ainda maior do que eu já sinto que sou.

Eu o encaro, chocada. Sei que devia dizer que ele não é uma decepção, que não estou decepcionada. Mas a verdade é que estou. Ou melhor, estou arrasada. E nós dois sabemos disso.

Quando fala de novo, sua voz está mais branda, triste.

— Sinto que estamos vivendo nesse limbo e nenhum de nós quer admitir. Sei que você está esperando que eu mude de ideia. Que eu mude. Mas não vou mudar.

— O que está querendo dizer? — pergunto, com um nó se formando em minha garganta.

— Só estou dizendo que... — começa, depois para. — Acho que nós dois precisamos de um tempo.

O silêncio se prolonga. Até que ele se levanta e pega a mala.

— Você está indo agora? — Minhas costas se enrijecem. — Pensei que fosse correr.

— Tenho que pegar a estrada. O caminho é longo.

— Ok — respondo, com o desespero subindo pela garganta e a realidade me atingindo com um golpe só. Observo, desacreditada, enquanto ele se aproxima. Harrison levanta meu queixo e me beija de leve na boca.

— *Dios Mia* — sussurra, seu hálito fazendo cócegas acima dos meus lábios.

Ele sai, primeiro do quarto, depois da casa, deixando a porta se fechar com um clique. Continuo parada, muda, atônita. Como uma escultura de Rodin: *A mulher cujo marido a está abandonando.*

Capítulo 23

S<small>EMPRE ACHEI QUE, SE MEU</small> casamento acabasse, seria uma explosão: uma rajada feroz de brigas e gritos, um prato de macarrão atirado na parede. Da mesma forma que meus pais terminaram. Não sabia que podia terminar aos pouquinhos. Um cano debaixo da pia vazando sem que ninguém perceba até que um dia toda a estrutura desaba no chão inundado.

É isso que está acontecendo? Meu casamento está acabando? A pia já desabou ou ainda dá tempo de consertar o cano?

"As pessoas mudam." Harrison me disse meses atrás.

Ele tinha razão quando disse hoje de manhã que tudo que tenho feito é esperar que ele mude e volte ao que era antes. Como se ele fosse um experimento de ciências da escola. Água que passa de sólida a líquida e depois volta para o estado sólido. Mas agora acho que ele está mais para um pedaço de papel que foi rasgado em mil pedaços. Dá para colar com fita adesiva, mas nunca será o que era antes.

E talvez seja egoísta da minha parte, mas, se esta é a pessoa que Harrison é agora, o que será da gente? O que será de mim?

Depois que me levanto da cama, ando pela casa e sigo a rotina: tomo um iogurte, coloco a roupa na máquina, lavo a louça e ocupo a mente com qualquer tarefa. Mais tarde, quando não consigo pensar em mais nada para fazer, ligo a televisão, mas está chiando muito, então coloco no mudo e fico apenas fitando a tela, na qual Steve Harvey gargalha silenciosamente com a competição de duas famílias em *Family Feud*. Mas, depois de um tempo, o silêncio se torna opressivo. Um lembrete constante de que meu marido se foi.

É engraçado. Na Filadélfia, nosso apartamento era pequeno demais para uma pessoa, que dirá para duas, e, sempre que eu ficava sozinha, no fundo, curtia a solidão. A liberdade de comer um enroladinho de queijo, depois um doce, depois um pouco de tirinhas de pimenta vermelha com hummus e, por fim, um prato do macarrão que sobrou, sem Harrison caçoar levemente de meus estranhos hábitos alimentares. Ou a possibilidade de colocar um programa de televisão ou Fleetwood Mac para tocar no último volume, sem o medo de interromper sua concentração intensa nos livros e revistas de medicina.

Agora, aqui, mesmo que ele tenha ido embora há menos de uma hora, só me sinto sozinha.

Em algum momento, Vivian me liga, meu celular tocando no baú à minha frente, mas não consigo me forçar a falar com ela — com ninguém — por enquanto, então coloco o aparelho no mudo e jogo-o no chão.

Deito-me com a cabeça no braço do sofá e, quando meus olhos vão ficando pesados, deixo que se fechem, grata pelo repouso do sono.

Mais tarde, acordo assustada e pisco, atordoada de sono. Sento-me devagar no sofá e processo o ambiente à minha volta. A julgar pela luz entrando pela janela acima da televisão, deve ser umas 11h e pouco. Então, escuto passos se aproximando. Uma batida de porta de carro, foi isso que me acordou. Levanto-me e corro até a porta. É Harrison. Sei que é. Ele voltou. Vai me abraçar, me pedir para ir com ele, me dizer que vamos dar um jeito. Estou quase chorando de alívio quando chego à porta e a abro de supetão.

O mundo para.

Não é Harrison.

É Oliver.

Fico imóvel.

— Oi — digo.

Volto a respirar, atônita. Mas também confusa com o misto de emoções competindo umas com as outras dentro de mim. Decepção por não ser Harrison e um embrulho no estômago que, para ser sincera, não é só pela surpresa.

— Tentei te ligar — declara ele, e ouço o toque incontido de desespero.

Ele parece cansado, tão cansado quanto eu depois de meu cochilo interrompido e minha manhã emotiva.

Dou uma olhada dentro de casa.

— Ah, deixei no silencioso.

— Você conhece Beau Hartman?

— Quê?

Ele saca o celular do bolso, desliza o dedo na tela e a mostra para mim. É a foto de uma foto. Minha. Usando um vestido verde-água e segurando uma vela laranja, o brilho alaranjado refletindo em meus olhos. Pego o celular, sinto um arrepio na nuca. E então me lembro, Beau, de *Beau e Annie*.

— Eu fui ao casamento dele.

— Você foi ao casamento dele.

Meu coração palpita. Beau e Annie. *Nós* estávamos no casamento deles, Harrison e eu.

— Onde você achou isso?

Oliver passa a mão no rosto e expira, como se não soubesse por onde começar.

— Posso entrar?

— Pode, claro.

Dou um passo para o lado, Oliver passa por mim e entra na sala. Ele se joga na poltrona de couro e esfrega o rosto de novo, desta vez com as duas mãos. Retorno para meu lugar no sofá e o observo, esperando.

Ele, enfim, ergue o olhar.

— Beau é meu melhor amigo. Ele está se divorciando. Está muito mal com isso, e tenho tentado dar um apoio a ele. Ontem à noite, fui ao apartamento que ele está alugando na zona oeste. Eram só cinco horas da tarde, e ele já tinha entornado uma garrafa de gim, chorando e vendo o álbum de casamento. Não falava coisa com coisa, e eu não tinha muito o que fazer além de olhar as fotos com ele. E foi assim que te vi.

Meus olhos estão fixos nos dele. Foi um casamento grande, mais de quatrocentas convidados, mas, mesmo bêbado, acho que o teria notado se ele estivesse lá.

— Então você estava...?

— Não, eu estava no Peru. Eu ia vir de avião, mas rolou uns problemas mecânicos e fiquei plantado numa cadeira por sete horas. Quando cancelaram e remarcaram meu voo para o dia seguinte, já era tarde demais.

— Mas era para você estar lá.

— Era para eu estar lá.

Mordo o lábio, tentando deixar o choque de lado, engolir a ansiedade e analisar a informação de forma lógica, mas não parece ter nada de lógico nessa situação. Fito meus pés descalços e percebo que, se eu mover o esquerdo dez centímetros para a frente, encostaria no dele. Não sei por que reparei nisso. Nem por que quero desesperadamente mover o pé esquerdo dez centímetros para a frente.

Foco.

Oliver.

O casamento de Beau e Annie.

Parece que estamos jogando aquele jogo dos seis graus de separação (*É óbvio que nos conhecemos. A gente deve se conhecer, certo?*), e finalmente encontramos uma conexão, não que ela sirva para alguma coisa.

— Quer dizer, eu não *conheço* Beau. Fomos convidados para o casamento do nada.

Oliver assente como se já desconfiasse, mas está me olhando intensamente.

— Já ouviu aquela frase, acho que é de Yogi Berra: "É muita coincidência para ser coincidência?"

Nunca tinha ouvido, mas, assim que ele diz, eu estremeço e fico toda arrepiada. Sei exatamente o que ele quer dizer. É assim que tudo isso parece desde quando o vi pela primeira vez.

— Talvez seja só uma coincidência — objeto sem convicção, mas sei que não é. Porque não explicaria o motivo pelo qual sempre sou inundada pela mesma sensação estranha, a mesma que me dominou no porão sinistro do vidente. *Ele dá bebê para você.* Não foram só as palavras que mexeram comigo, foi a convicção com que Isak as proferiu, como se tudo estivesse escrito em pedra, inevitável, um trem em movimento cujo freio não está funcionando.

Percebo que Oliver ainda está falando.

— E continuo tendo aquele pesadelo. O parque de diversões. Está ficando cada vez pior, e não consigo parar de pensar nele. É horrível.

Eu o examino, notando as olheiras. Oliver não parece apenas cansado, parece que está há dias sem dormir.

— E aquele livro. Não consigo parar de pensar naquele livro — murmura. E, de repente, está falando de física quântica.

Abro a boca para contar que estou tendo dificuldade para dormir também. Que os sonhos são *mesmo* horríveis. Para perguntar por que ele está falando sobre física quântica. Mas o que sai é:

— Não posso fazer isso agora.

— O quê?

Os olhos de Oliver encontram os meus.

— Não posso fazer isso — repito, mas desta vez deixo de fora o "agora".

— Mas... — Ele se inclina para mim, com a confusão obscurecendo sua expressão. — Mas parece que estamos nos aproximando.

Sei que ele quis dizer que estamos nos aproximando *da resposta*, mas não é o que disse, esse é o problema. Amo meu marido. Amo Harrison, ou amava o Harrison que ele era? Só tenho certeza de que estou magoada e sensível, mas, sobretudo, estou confusa, porque também tenho sentimentos por Oliver. Não sei o que são ou o que significam, mas sei que estou à beira de um precipício com ele nesta sala e, se eu der um passo, se eu mover meu pé dez centímetros para a frente e encostar no dele, não vai ter volta.

Não posso me aproximar mais. Já estou próxima demais. Eu me inclino para trás, afastando-me dele, antes que nos toquemos, antes que eu tenha a chance de mudar de ideia.

— Desculpe — digo e me levanto. — Isso tudo é... demais. E preciso de tempo. Para pensar. Não consigo pensar em nada direito.

— Sim — responde Oliver devagar. — Ok.

Consigo sentir seus olhos em mim, mas não consigo olhar de volta. Nem me permitir questionar por que me sinto como se estivesse terminando com ele.

Ou por que sinto como se parte de mim não quisesse.

De alguma forma, consigo encarar a aula de artes naquela noite com um sorriso e olhos arregalados para prevenir que as lágrimas se formem. Levo muito mais tempo do que o habitual para lavar os pincéis, empilhar os cavaletes e recolher as pinturas. Ainda estou trabalhando quando um homem entra na sala, de macacão azul, com uma vassoura em uma das mãos e um saco de lixo grande na outra. O faxineiro. Trocamos um "oi" e seguimos com nossos deveres em silêncio. Estou muito absorta em meus pensamentos para começar a bater papo com um estranho.

Conforme prometido, Harrison me mandou uma mensagem à tarde quando chegou à casa dos pais, nos arredores de Buffalo. Digitei e deletei mil vezes antes de finalmente enviar um "ok". Depois, alternei entre me virar para lá e para cá no sofá e na cama, com minhas emoções mudando a todo instante. Harrison. Oliver. Sonhos. O álbum de casamento de Beau. Filhos. Só tinha certeza de uma única coisa: isso tudo é demais para mim e não sei nem por onde começar a processar alguma coisa.

— Pintura maneira.

— Oi? — Ergo o olhar para ver o faxineiro examinando o parque de diversões que ainda tenho de tirar do cavalete. — Ah, obrigada.

— É sua?

Assinto.

— Lake Cedar, né? Você é de lá?

Fico letárgica, dou um passo para trás, exausta com a miríade de eventos do dia, e levo um minuto para compreender o que ele disse.

— O quê?

— É o parque de diversões de Lake Cedar, em Altoona, não é?

Meu coração acelera enquanto volto a mim, à sala, às palavras dele.

— Você conhece esse lugar?

— Claro, eu cresci lá. Ia todo verão.

— Tem certeza?

— Que eu ia todo verão? — Ele coça o cabelo amarelado fino. — Devo ter pulado um ou dois, eu acho, mas geralmente...

— Não, quero saber se tem certeza de que é Lake Cedar.

Ele examina a pintura.

— Bem, sim. Tem a girafa e o golfinho no carrossel. Eu brigava com meu irmão por causa dele. Também tem as luzes do arremesso de argolas que ficava bem ali do lado. O Tilt-a-Whirl. Uma vez, vomitei nesse. Estava cheio de refrigerante e bolinho de funil.

Eu o encaro, agora com o coração acelerado.

— Peraí, por que está perguntando se tenho certeza? — Ele semicerra os olhos para mim. — Não foi você que pintou?

— Foi. Eu só...

— Então você não sabe o que pintou?

Olho para a pintura, depois para ele.

— Não — respondo com sinceridade —, não sei.

Mas me pergunto se agora sei.

Capítulo 24

À NOITE, ESTOU TOTALMENTE DESPERTA na cama, pensando em milhares de coisas, um pensamento esbarrando no outro, todos originados de três assuntos principais:

Harrison.

Oliver.

Lake Cedar.

Não consegui encontrar muitas informações sobre o parque na internet. Nenhuma foto, só um artigo breve da Wikipédia reconhecendo sua honra em ser o lar da montanha-russa mais antiga do mundo, Leap-the-Dips, agora um marco histórico nacional. Não tenho certeza do que estou tentando encontrar, talvez algo que revivesse uma lembrança, me fizesse dizer: "Ah, é isso!" Mas nunca fui a Altoona, não que eu me lembre, pelo menos.

Uma parte de mim queria mandar uma mensagem para Oliver, mas era como uma caixinha de surpresas que eu não estava pronta para reabrir, principalmente considerando o limbo em que estava meu casamer.o.

Então, me lembro do livro. Eu me sento e acendo a luz, semicerrando os olhos por causa da luminosidade repentina. Abro a gaveta da mesa de cabeceira, pego-o e releio o título: "Psicologia espiritual: a ciência por trás do sobrenatural."

Abro no sumário e passo os olhos pelas palavras até achar um capítulo sugestivamente intitulado "Visões, sonhos e profecias". Ao abrir na página correspondente, escaneio as duas primeiras frases e parágrafos, sem encontrar nada que faça sentido para mim. Até que, na página 97, duas palavras saltam aos meus olhos: Abraham Lincoln.

De novo o presidente? Mais duas palavras: física quântica.

Deve ser disso que Oliver estava falando.

Enquanto alguns sonhos são pura imaginação ou irrelevantes, os sonhos pré-cognitivos, como o de Lincoln, tangenciam outro tempo e espaço. Como isso é possível? Duas palavras: física quântica. Frequentemente, pensamos no tempo como uma seta, uma linha reta: passado, presente e futuro. Mas a física quântica visualiza o tempo como outra dimensão, como o espaço. Existe cima, baixo, leste e oeste, é mais do que bidirecional. E, quando pensamos no tempo dessa maneira, o futuro já existe. Contudo, nosso cérebro nos permite focar somente no aqui e agora — da mesma forma que você só consegue enxergar o quadradinho de terra no qual está, mesmo que exista um mundo inteiro ao redor dele. Diversos povos nativos encaram isso de forma intuitiva em sua cultura. Enxergam o tempo como um ciclo, em que tudo está acontecendo ao mesmo tempo. Para eles, não é nenhuma novidade que você possa sonhar com o futuro.

Leio o parágrafo outra vez. E então uma terceira, tentando entender. *O futuro já existe?* Parece maluquice, tipo algo que Raya diria. Continuo lendo mesmo assim, até as linhas ficarem embaçadas e meus olhos, pesados.

De manhã, acordo com a luz do sol pintando o quarto de amarelo em vez do barulho incessante do despertador de Harrison, o que, em outras circunstâncias, poderia ser agradável, mas hoje só enfatiza o fato de que ele não está aqui. Imagino-o acordando ao meu lado. Seu corpo quente no meu, sua pele cheirando a sono e ao suave desodorante de pinho. Ele se sentaria em seu lado da cama, com os ombros arqueados, despertando, depois se alongaria, grunhindo de leve, os braços longos em direção ao teto.

Então, enfiaria os pés nos tênis e sairia para correr.

Tantas corridas. Quilômetros e quilômetros correndo. E para quê?

Recebo uma notificação de mensagem. É Raya.

Que horas você vem no sábado?

Meus olhos estão grudentos de sono. Esfrego um deles e bocejo.

Como assim?

Prêmio de Mulher Visionária. Esqueceu?

O evento em minha ex-universidade homenageando Prisha. Tinha esquecido mesmo. E não quero ir. Quando ainda estava na faculdade, sempre pensei que um dia seria contemplada com o distinto prêmio de Mulher Visionária da Moore. Acho que toda graduanda de lá tem o mesmo sonho. Mas só agora cai minha ficha do quanto eu acreditava que ganharia e do quanto minha carreira está tão sem rumo que é muito improvável que isso venha a acontecer. Então, meu celular toca e sei que é Raya, impaciente pela resposta. Deslizo o dedo, sem olhar para a tela.

— Nossa, eu já ia te responder.

— Mia?

— Ah...

É Vivian. Ao ouvir sua voz, começo a chorar.

— Mia? — chama ela outra vez, com a voz agora preocupada. — O que houve?

— Harrison me deixou — respondo, e minhas lágrimas jorram, afogando qualquer palavras que eu possa dizer.

— O quê?

Quando me acalmo, Vivian escuta pacientemente enquanto explico.

— Querida, foi só para ajudar com a cirurgia do pai dele... É temporário, não é? Ele vai voltar.

— Eu não sei — respondo, sem mais certeza de nada. — Você acha que sou egoísta?

— Não, acho que você é humana. E acho que quer muito ter um filho.

— Eu quero muito ter um filho — concordo, por meio das lágrimas que se renovam. Dou voz ao meu outro grande medo: — E se eu for igual à nossa mãe? E se for hereditário?

— E se o quê for hereditário?

Trair, quero responder, mas não contei nada a Vivian sobre Oliver e não consigo contar agora.

— Não ser boa em casamentos.

— Ah, Mia. Ninguém é bom nisso. Casamento é difícil.

É um clichê. Daqueles que já ouvi Vivian dizer várias vezes: quando contei que estava noiva de Harrison, e, mesmo ele tendo passado meses pedindo minha mão, ela achou que estávamos indo muito rápido. Mas aí é que está: eu não acreditava nisso. Não tanto quanto ela. Ou acreditava, mas pensava que não se aplicava a mim. A Harrison. A *nós*. Pensei que o casamento só fosse difícil para outras pessoas. Pessoas que obviamente não tinham escolhido o parceiro certo. E, pela primeiríssima vez, realmente cogito: sou uma dessas pessoas?

O que foi que o dr. Hobbes disse mesmo? Que Harrison e eu estamos experimentando um *desencontro*. Um nó se forma em minha garganta.

— Alguma vez você já se perguntou como seria sua vida se tivesse se casado com outra pessoa? — pergunto a Vivian.

— Já — responde, sem hesitar. — Toda vez que vejo Armie Hammer na *Us Weekly*.

— É sério, Viv.

— Estou falando sério, Mia, aquele homem é muito gostoso.

Solto um suspiro.

— Isso não me ajudou muito.

— Eu sei. Mas, por incrível que pareça, não tenho todas as respostas.

Suspiro de novo.

— Nem eu.

A última coisa que Vivian me disse antes de desligarmos foi: "Saia de casa! Não vai te fazer bem ficar sentada aí sozinha enxugando as lágrimas."

Sei que ela está certa. Não posso passar nem mais um dia sequer indo do sofá para a cama. Lavo meu prato, pego as chaves e o celular, e saio.

De acordo com o Google Maps, o caminho para Altoona, Pensilvânia, leva pouco mais de quatro horas. Primeiro tento apreciar a vista: as folhas das árvores que margeiam a I-66 acabaram de iniciar sua metamorfose de verde para amarelo, laranja e vermelho. Tento fingir que é um dia divertido de viagem, uma exploração do estado, uma aventura em que estou embarcando para passar o tempo. Mas, quanto mais perto chego, mais meu estômago embrulha, mais seca minha garganta fica.

O que é ridículo. Estou indo a um parque de diversões.

Mas não consigo me livrar da sensação esmagadora de que, se for *o* parque, algo importante vai acontecer. De que Oliver vai estar lá. De que tudo vai acabar igual aos nossos sonhos. E estou dirigindo conscientemente até isso.

O futuro já existe.

Reviro os olhos, ignoro o arrepio que sinto e ligo o rádio.

Quando finalmente viro à esquerda, na placa de madeira entalhada que anuncia o parque de diversões de Lake Cedar, e entro no amplo estacionamento, uma coisa fica nítida: está completamente deserto. Meu coração murcha aos poucos como os últimos raios de sol da tarde pairando acima do topo de uma montanha-russa e um grupo de árvores. Manobro o carro no asfalto, parando em frente a uma cerca alta e uma corrente com um cadeado pesado protegendo o portão. Uma placa amarela de metal anuncia que estão em obra. Fito-a e abro a porta, pondo um pé no chão antes de me levantar. Como se enxergar sem a intrusão do para-brisa fosse mudar o que vejo.

Não muda. Atrás do portão, há uma monte de coisas que imaginamos encontrar em um parque de diversões: consigo enxergar quatro toboáguas em tons de azul lado a lado, desembocando em uma piscina vazia. Um brinquedo que parece uma aranha, com assentos vermelhos dispostos em um círculo e ligados a um dispositivo central por eixos de metal. Uma franquia de lanche com madeira compensada pregada no topo. A parte de cima de uma roda-gigante pairando acima da paisagem.

Mas não vejo o carrossel.

Uma brisa leve sopra algumas mechas de cabelo em meu rosto, trazendo os sons longínquos de metal retinindo no metal. De repente, estou possuída pela determinação. Não vim até aqui para dar meia-volta e voltar para casa. Tenho de saber se este é o parque. Deixando a porta do carro aberta, ando até o portão e enfio os dedos nos elos de metal em forma de diamante da cerca. Puxo-a com certa esperança de que vai se abrir em um passe de mágica, apesar da tranca industrial, mas ela não cede, oferecendo somente o retinir da corrente como resposta.

Meu olhar viaja até o topo da cerca, e penso se consigo escalá-la quando capto um movimento com o canto do olho. É um homem dentro do parque, a quase trezentos metros de mim, indo em direção a uma barraca que não funciona mais. Parece ser daquele jogo de acertar balões com dardo, ou o de acertar cavalinhos com uma arminha de água ou o de derrubar garrafas de leite.

— Ei! Eiiiiiii! — grito, balançando os braços.

O homem para, olha em minha direção e — isso! — começa a se aproximar. Um colete laranja florescente está apertado em sua barriga avantajada enquanto um cinto de ferramentas segura suas calças na cintura larga. Seu rosto redondo e castigado pelo sol termina em um cavanhaque grisalho.

— Está perdida? — pergunta ao chegar perto.

— Não, preciso entrar aí.

— Aqui? Está fechado — retruca, como se não fosse óbvio.

— Está em obra?

— Demolição. Estamos derrubando tudo. Vai virar um centro empresarial.

— Ah, que droga... — afirmo, pensando rápido. — Eu sempre vinha aqui quando era criança.

Ele me estuda.

— Você mora por aqui?

— Não, não mais. Vim pelos velhos tempos.

— Ah...

— O que aconteceu?

Ele dá de ombros.

— Está com pouco movimento faz anos. Eu realmente achei que fosse voltar à moda, sabe, que nem as lojas de discos e feiras orgânicas, as pessoas querendo tempos mais simples. Mas acho que o parque é muito ultrapassado. Aquela Leap-the-Dips velha está longe de ser algo empolgante para crianças que vão na Superman, na Intimidator 305 ou na Millennium Force.

Uma citação de filme surge em minha mente.

— "Viagens à Europa, é isso que as crianças querem" — sussurro.

Ele me examina, sem entender.

— É de um filme. *Dirty Dancing*.

Seus olhos brilham.

— Ah, minha esposa adora. "Ninguém deixa a Baby excluída", não é mesmo?

Vejo uma abertura.

— Então, você acha que eu consigo dar uma olhada bem rapidinho? Eu ia amar ver o parque de novo, principalmente o carrossel.

— Não posso.

— Ah, por favor... Dirigi quatro horas para chegar aqui. Vou ser muito rápida.

Ele hesita.

— Não tenho as chaves.

— Bem, como você entrou?

— Pela entrada dos funcionários, do outro lado.

Sustento seu olhar.

Ele suspira.

— Me dê dez minutos. Te encontro lá.

Doze minutos depois, na entrada dos funcionários, ele me entrega um capacete branco de obra idêntico ao dele.

— Meu nome é Hank. Se alguém perguntar, você é minha sobrinha.

Sigo o colete florescente do homem em direção ao interior do parque, o barulho da obra está mais alto deste lado, mas não vejo uma vivalma sequer e fico impressionada com a semelhança absurda com meu sonho — o deserto parque de diversões. Os pelos da minha nuca se eriçam em alerta, e meu coração quer competir com o volume do som da obra. Tenho aquele sentimento de novo, de que estou indo em direção a alguma coisa, mas não sei o que é, e o não saber é que está me matando.

Viramos uma esquina e, de repente, o vejo. O carrossel. Com a parte de cima vermelha, os eixos listrados, o golfinho, a girafa e os cavalos. Paro e processo a imagem. E espero. Não tenho certeza pelo quê. Algum tipo de insight? Um momento épico de "a-rá!"? Um lapso de reconhecimento?

Mas nada acontece. O brinquedo se assemelha vagamente ao carrossel que pintei, mas é só isso. Não *sinto* mais nada. Nem que já tenha estado aqui ou que tenha alguma conexão com este carrossel.

— Está à venda.

Volto à realidade, tendo esquecido completamente de que Hank estava atrás de mim.

— O quê?

— O carrossel. Na verdade, a maioria das coisas. Menos a montanha-russa. Acho que vão desmontar e só vender as peças, como lembranças, ou coisa do tipo. Estão tentando realocar o máximo que podem. Seria uma vergonha destruir o brinquedo.

Ele está distraído, falando outra vez de antigamente, e espero, paciente, até que eu possa interrompê-lo e agradecê-lo por seu tempo e por me deixar entrar.

— Quer que eu tire uma foto sua com ele ou algo assim?

Considero a ideia.

— Não, tudo bem. Ver foi o suficiente.

Faço uma pausa e olho para a direita, para um daqueles balanços altíssimos.

— Tinha um Tilt-a-Whirl por aqui?

— Não que eu me lembre. O Tilt-a-Whirl sempre ficou do outro lado do parque.

— Ah, pensei que fosse bem aqui.

— A memória é um negócio engraçado, né?

— É, acho que sim.

Agradeço a Hank, devolvo o capacete quando chego ao portão e dirijo de volta para casa, sentindo-me um pouco idiota e um pouco mais aliviada, e não tenho ideia do porquê.

Capítulo 25

No sábado, Raya abre a porta com um macacão verde-escuro brilhoso, longo, de manga e um decote em "v" revelando a pele dos seios fartos até a altura do umbigo. Seu cabelo vermelho-fogo cai em cachos soltos em seus ombros, e está com um delineado nos olhos.

— Droga. — Olho para a camiseta com a qual dormi e as calças de moletom que Harrison me deu. — Acho que estou malvestida.

— Mia, por que você *não* está arrumada? Temos que sair em vinte minutos.

— Eu não vou — respondo, passando rápido por ela e me jogando no sofá.

— Vai, sim.

— Não vou, não.

— Mia, qual é o sentido de sair da sua casa pra ficar na minha?

Dou de ombros.

— Vamos, temos que comemorar.

— Prisha não vai sentir minha falta.

— Não, na verdade, vamos comemorando algo meu também — explica, tímida, o que por si só já é um acontecimento, já que Raya não faz nada com timidez.

— Algo seu?

Levanto a cabeça e a observo.

— Recebi uma encomenda de quatro obras — responde com o rosto radiante.

— Sério?

— Do Aeroporto da Filadélfia.

Sento-me, atenta.

— *Quê?* Quando?

— Faz séculos que mandei meus esboços e soube no mês passado que era finalista, mas não achei que fosse ganhar. Acabei de receber a ligação, foi hoje à tarde. Querem quatro originais da minha série "Peixe fora d'água".

— Ai, meu Deus! É a minha favorita!

São esculturas de metal enormes e intrincadas de peixes pilotando vários meios de transporte: uma bicicleta, um carro antigo, um para-pente.

— Raya! — Eu me levanto com lágrimas nos olhos e dou um abraço em minha amiga. — Vamos comemorar.

— Vamos! — Ela para e vira-se para mim. — Mas, hum... vai tomar um banho primeiro.

As paredes brancas do salão de festas do Wilson Hall foram revestidas de cortinas também brancas do chão ao teto, com luzinhas penduradas por trás, criando uma atmosfera celestial. Uma moça com uma camisa social branca passa segurando uma bandeja com taças de champanhe, pego duas e entrego uma para Raya.

— Ah, ainda não terminei a minha — diz ela, então fico com as duas.

Já tomei duas, e quatro parece um número bom.

— Saúde! — exclamo, tocando minha taça na dela.

Estamos em um círculo com alguns acadêmicos e professoras das turmas de graduação, discutindo os dois milhões de dólares pelos quais o último Jeff Koons foi leiloado na Christie's.

— É alumínio pintado, mas parece um brinquedo da Play-Doh. Incrível.

— Sabiam que tem mais de três metros de altura? Tiveram que ampliar a porta e usar um guindaste para que a obra entrasse no leilão.

— Imagina se deixam cair. Ninguém ia querer estar na pele dessa pessoa.

— Ele teve a ideia com seu filho pequeno, nos anos noventa. E eu adoro a simplicidade nisso, sabe?

— Ah, não. Koons te infectou — desdenha uma professora que dava aula de história da arte e estudos de curadoria quando eu estava na graduação. — Simplicidade é o que legitima a boa arte agora?

— Mas é tecnicamente complexo. Ele levou décadas para terminar. É uma dicotomia interessante, não acha?

Geralmente, eu daria minha opinião de que a única coisa interessante em Koons é como tantas pessoas o veneram, chamando-o de o próximo Duchamp. Quando, na verdade, o poder (e legado) de Duchamp foi seu desejo de desafiar o que é a arte e o que não é. Koons não desafia nada, a não ser a conta bancária das pessoas.

Em vez disso, porém, entorno a quarta taça de champanhe, coloco as duas que estavam em minhas mãos na bandeja que está passando e puxo o body preto de renda que agora me arrependo de ter pegado emprestado com Raya. Coça, é desconfortável e eu queria poder arrancá-lo.

Enquanto a resposta da professora se transforma numa palestra sobre a arte ser célebre e a confluência do capitalismo e da cultura, passo os olhos pela multidão quase toda formada por estranhos, com apenas alguns rostos conhecidos: algumas colegas da época ou pessoas com quem tenho uma amizade superficial no Facebook; outros eu reconheço, mas teria de me esforçar muito para lembrar o nome.

Então, meu olhar é atraído para um convidado específico: um homem com o cabelo preto meio bagunçado. Pisco uma vez. Duas. Encaro-o, esperando que meu cérebro organize todas as diferenças entre o homem na minha frente e Oliver. Mas só consigo achar uma: em vez da camiseta de malha de sempre, ele está usando um terno de alfaiataria.

De repente, percebo que realmente é Oliver. Ele ergue as sobrancelhas, sua surpresa refletindo a minha. Meu coração palpita. O que ele está fazendo aqui?

Mas não tenho muito tempo para pensar, porque a voz do mestre de cerimônias anuncia no autofalante que o jantar será servido em dez minutos e que os convidados podem, por favor, encaminhar-se às suas mesas, e a multidão ao meu redor sutilmente me leva. Permito-me ser empurrada com um esbarrão e vou flutuando até ele, percebendo que não poderia nadar contra a corrente nem se quisesse.

Um pouco antes de alcançá-lo, um vulto humano feminino passa correndo entre nós, jogando-se nos braços dele.

— Ollie!

Ele abraça a pequena estatura.

— Nossa, que bom ver você! — declara ele com o queixo no ombro dela. Mas seus olhos estão em mim.

Ele dá um passo para trás e volta a focar em Prisha enquanto eu congelo ao entender o que está acontecendo. Oliver a conhece.

— Bem, se você não ficasse viajando pra lá e pra cá o tempo todo, talvez eu te visse mais vezes.

— Eu? Ok, Senhorita Viajante Internacional. Como vai Izzy? Ela está de boa com toda essa sua fama?

— Aff, você conhece Izzy. A gente estava em Praga. Praga! E ela reclamava de tudo. Muito frio. O castelo não era impressionante ao vivo. O *tartare* estava muito cru. *Muito cru!* Como uma coisa que não se cozinha pode estar muito crua?

Ele ri.

— Então ela continua exatamente a mesma.

— Exatamente — concorda Prisha. — Só Deus sabe por que eu a amo, mas eu amo. Ela está aqui, em algum lugar. Não deixe de dar um "oi" Sei que ela vai adorar te ver. E Naomi, você a trouxe?

— Hum... a gente terminou — responde ele, com o olhar captando o meu.

— De novo? — Seu tom é impassível, provocativo.

— Sim. Obrigado. De novo.

Neste momento, Prisha me nota.

— Mia! — diz enquanto noto o familiar cabelo enorme e sedoso, e o piercing no septo como um touro. Ela alterna o olhar entre mim e Oliver. — Peraí, como vocês se conheceram?

— Ah, é... — Minhas bochechas ficam vermelhas enquanto tento pensar na melhor forma de responder.

— Não é nenhum babado, né? — reage Prisha, notando minha reação.

— Não! Não, não. — Rio de forma meio forçada. Oliver me olha achando graça, e sinto um lampejo de irritação por ele me deixar me debatendo e não pular para me salvar. — A gente se mudou para Hope Springs, eu e Harrison. E conhecemos Caroline, a irmã de Oliver. — Faço um aceno como se o resto fosse autoexplicativo. — Blá-blá-blá.

— E onde está aquele pedaço de mau caminho? — Ela olha em volta. — Ele veio hoje?

— Ah, não. Ele tinha uma... coisa de família.

— Que droga... — Ela se vira para Oliver. — Sabia que Mia e Harrison só estão juntos por minha causa?

Ele franze o cenho.

— É mesmo?

— De onde vocês se conhecem? — intervenho. Não estou a fim de fazer uma viagem pelas memórias do meu casamento agora.

— Da loja de discos. Prisha sempre ia quando eu trabalhava lá. Ela tinha o pior gosto musical do mundo — explica Oliver.

— Mas ele dava em cima de mim descaradamente mesmo assim.

— Eu não.

— Dava, sim! A culpa é minha. Fiz ele acreditar que teria realmente uma chance para poder continuar ganhando o desconto de funcionários.

— Enfim, ela estava lá quando chegou a primeira edição de *The Ghost of Tom Joad*, do Springsteen. Surtou mais do que eu. Fiquei chocado que ela era fã. — Ele sorri para Prisha. — Acontece que as lésbicas são iguais a nós.

Ela dá um soco no ombro dele.

Então, Raya aparece, gritando o nome de Prisha e lhe dando um abraço de urso. Depois, recua de repente.

— Peraí — diz, dando uma olhada em volta. — Seus seguranças não vão vir atrás de mim, né?

Prisha revira os olhos.

— Você é ridícula.

Elas continuam conversando, mas não estou escutando. Meu olhar está preso no de Oliver, a respiração entrecortada, a mente girando.

— Vem — chama Raya, puxando meu braço e literalmente me arrancando do transe. — Já vai começar.

Ela me leva para longe de Prisha e de Oliver, e eu não tenho escolha senão segui-la.

— Quem era aquele? — pergunta Raya enquanto nos acomodamos em uma mesa do outro lado do salão.

Assim que me sento, começo a procurar Oliver, mas não consigo encontrá-lo naquele mar de gente.

— Oi?

— O cara. Aquele ridiculamente atraente. Nem me apresentou.

Olho para ela.

— É o Oliver.

— O quê? *Meu Deus*, agora entendi por que sonha com ele.

Meu celular vibra no bolso da saia de gala que Raya me emprestou para usar com o body. Eu o pego.

Lobby? Dois minutos.

Passo o olho no salão de novo, mas não o vejo e imagino se ele já está lá.

— Vou ao banheiro.

— Uhum... — faz ela, desconfiada, mas não tenho tempo para esquentar a cabeça com o que Raya acha.

Saio à francesa do salão de festas e vou até o lobby cujo carpete tem um tom de diamante vermelho. Quando o barulho ruidoso acusa que a porta pesada fechou, tudo para, o burburinho da festa é abafado pelas portas grossas. Avisto um chafariz e, de repente, sinto sede. Eu me aproximo, me inclino e deixo a água fria molhar minha boca, depois molho um pouco o rosto. Quando me ergo, secando as bochechas com as mãos...

— Mia?

Ajeito a postura e me viro, devagar, em direção à sua voz, desejando que meu coração siga o mesmo ritmo. Mas, em vez disso, ele acelera ao vê-lo vindo em minha direção. Mantenho a mão no chafariz para trazer certo equilíbrio.

— Oi.

Ele para a poucos passos de mim, e percebo que posso estender o braço e tocá-lo se quiser. Estamos sozinhos, embora haja centenas de pessoas a poucos metros de distância. E há algo de íntimo nisso. De emocionante. Assustador. Minhas terminações nervosas estão incendiando, alertando-me dessa proximidade.

— O que você está fazendo aqui? — sussurra ele.

— Você acabou de me mandar mensagem — respondo com um tom neutro, tentando dissipar a tensão. — Esqueceu?

Ele não reage, eu facilito.

— Estudei aqui. Conheço Prisha há anos.

— Outra amiga que temos em comum.

Ele me olha nos olhos, como se me instigasse a desafiá-lo, a dizer que é coincidência. Então me lembro.

— Ai, meu Deus! É dela a única obra de arte que você tem?

Ele assente.

— Eu perdi a noite de estreia de uma exposição dela. Faz anos. Caiu um toró, e a loja de discos encheu. Fiquei preso tentando salvar os discos, limpar a loja. No dia seguinte, comprei uma foto para me desculpar. Custou quase meu salário todo.

Fico zonza.

— Qual noite de estreia? — pergunto, embora já saiba. Nunca vou esquecer aquela tempestade. Aquela noite.

— Como assim?

— Foi a primeira? Naquela galeria minúscula na Fourth Street?

— Foi — responde ele, e balança a cabeça como se acreditasse sem acreditar. — Você estava lá.

Assinto, pois não consigo formular palavras. Não estou pensando com clareza. Coloco a mão para trás para encostar no chafariz de novo, mas esbarro na parede. Ela sempre esteve tão perto? E Oliver? Apenas centímetros nos separam.

— Na verdade... — Minha voz falha. — Aquela foi a noite em que... — Paro. Parece que meu coração está batendo fora do peito. À mostra.

— A noite em que o quê?

Engulo em seco.

— A noite em que conheci meu marido.

Ele dá um passinho para trás, como se eu tivesse lançado as palavras nele, uma bola de boliche se esforçando para acertá-lo. Ele enfia os dedos no cabelo, e sei no que está pensando porque estou pensando a mesma coisa.

— É muita coincidência para ser coincidência — murmuro.

— É.

Ele dá bebê para você.

É tudo que consigo ouvir. Isso e o som das veias pulsando em minha cabeça. Não sei se é por ele estar tão perto de mim, ou se por suas palavras, ou se são as quatro taças de champanhe que entornei em uma hora, mas, de repente, fico tonta.

— Preciso me sentar.

Quando tombo para a frente, Oliver me segura pelo braço, enviando ondas de choque por meu corpo, mas não me esquivo. Deixo-o me conduzir até um banco e minha saia se desarruma quando me sento.

Oliver tira o paletó e cobre meus ombros. É só então que percebo que estou tremendo. Encaro o chão, minha mente parece um rolo de filme escangalhado de lembranças, as palavras de Isak ecoando sem parar.

Ele dá bebê para você.

Ele dá bebê para você.

Ele dá bebê para você.

— Mia, você está bem?

Faço que sim com a cabeça, depois que não.

— Não sei.

Lágrimas brotam dos meus olhos e uma delas escorre por minha bochecha. Não me dou ao trabalho de enxugá-la.

— Sabe — diz ele, com a voz tão baixa que preciso me inclinar para mais perto para ouvir. Tão perto que consigo sentir o calor de sua respiração em meu ouvido. — Eu não acredito em nada. Minha tia-avó, Cici, era presbiteriana. Ela fazia a gente ir para a igreja todo domingo. Estava sempre dizendo coisas do tipo: "Um dia você vai ver sua mãe de novo." Sempre achei que era só uma coisa gentil de se dizer, um jeito de fazer com que o fato de ela ter morrido fosse menos triste. Não acredito em Deus. Não muito. Nem em alienígenas, nem no Pé-Grande, mesmo que, para ser sincero, não ache que seja tão fora da realidade quanto as pessoas fazem parecer. Um homem cabeludo enorme se escondendo nas florestas mais furtivas do Canadá.

Levanto a cabeça para olhar para ele, tentando encontrar sentido no que está dizendo. Oliver segura minha mão, e parte de mim quer puxá-la enquanto a outra quer entrelaçar meus dedos nos dele e não soltar nunca mais. Não faço nenhuma das duas coisas, e deixo minha mão, inerte, na dele.

— Não sei por que comecei a sonhar com você. Nem por que te conheci. Nem por que nossas vidas estão interligadas. Talvez seja física quântica ou só alguma coisa grande e complicada demais para que meu cérebro consiga compreender. Mas não acho que não seja nada.

Minha respiração está entrecortada.

— Sei que você é casada. E isso é confuso, e, vai por mim, essa é a última coisa que pensei que faria, mas... acredito que isso tudo significa *alguma* coisa. Que tem algo aqui... — Ele faz um gesto com a mão livre, entre nós. Como se fosse simples assim. Uma linha reta que nos conecta. O ponto A ao ponto B. — Não acho que seja coisa da minha cabeça.

Oliver olha para baixo e, ainda segurando minha mão, afaga de leve meu pulso com o polegar, minha tatuagem. Penso em Harrison.

— Ou é? — termina ele, com a voz melancólica e seca.

Quero dizer que não, que não é coisa da cabeça dele, que eu sinto a mesma coisa. Mas não consigo pronunciar as palavras. Em vez disso, respondo:

— Estou tão confusa... — As lágrimas estão vindo com força agora. Seu polegar para em meu pulso.

— Quer que eu vá embora? — pergunta, com delicadeza.

— Não — digo, só porque não acho que consiga aguentar outra pessoa me abandonando neste exato momento. — Harrison e eu... — minha voz falha — estamos tendo uns problemas.

Ele endireita a coluna, escutando.

Enxugo as lágrimas e respiro fundo, trêmula.

— É que... eu quero ter filhos. Quero muito. A gente... perdeu três. E agora ele não quer mais tentar.

— Mia, eu não sabia. Sinto muito — sussurra ele.

Eu assinto e tiro a mão da dele para enxugar ambos os olhos com os dedos. Encaro sua figura, a visão familiar, o cabelo, as orelhas, os lábios para os quais sinto inexplicavelmente que estou olhando por muito tempo. Ele está esfregando a palma das mãos na calça, e o gesto, o quão vulnerável ele parece, aperta meu coração. Respiro fundo.

— Não é coisa da sua cabeça — afirmo. Ele ergue o olhar. — Eu sinto... algo também.

— Sente?

— Mais do que tudo, me sinto culpada e confusa. — Abro um sorriso triste. — Mas... também sinto outras coisas.

A gente se encara, e, meu Deus, imagino como seria beijá-lo.

— Viajo amanhã. Para a Finlândia.

— Quê?

O mundo encolhe, minha mente focando apenas nessa frase.

— Meu voo é meio-dia.

— Ah — faço, com a respiração ficando presa na garganta.

— Eu não tenho que ir. Se você quiser que eu fique, eu fico.

— Você faria isso? — Examino-o. — Ficaria por mim?

Lembro-me de nossa conversa no bar, sobre sua ex-namorada. Como ele foi embora mesmo quando ela pediu que não fosse.

Ele assente.

— Faria. — Ele ajeita a postura e tenta começar várias vezes a próxima frase: — Ou você poderia ir comigo, poderíamos viajar pelo mundo, você não disse que queria? Poderíamos ser tipo... Hemingway e Gellhorn.

Semicerro os olhos.

— Ele não se matou?

Ele ri.

— Antes disso.

Encaro-o, pensando em como a ideia é tentadora. Simplesmente jogar tudo para o alto e fugir. Como Harrison fez.

— Eu não... É tudo tão...

— Eu sei — intervém ele, curvando-se novamente. — Foi mal. Isso foi ridículo...

— Não, é... É legal. Só preciso de tempo. Preciso pensar.

Ele assente.

— Vou passar na casa da minha irmã de manhã, para deixar Willy, se você... precisar de mim. Precisar de qualquer coisa. Mesmo que seja só conversar... — Ele faz uma pausa, procura meus olhos. Eu me pergunto se consegue enxergar o desejo contido neles. Embora eu esteja em silêncio, sinto-me despida, sinto que ele pode ler minha mente. Ele baixa os olhos para os meus lábios, só por um instante, mas eu o capto; então, seus olhos voltam aos meus. Fitamos um ao outro, meu coração martelando no peito, nenhum de nós movendo um músculo. Parece que nossas vidas inteiras estão entrelaçadas neste único momento. Talvez estejam.

— Vou indo então — declara, sem quebrar o contato visual.

Desvio primeiro e mordo o lábio para me abster de pedir a ele que fique. Então, escuto aplausos abafados vindo do lado de dentro e me lembro de onde estamos.

— E Prisha? O prêmio.

Ele afrouxa a gravata, uma mão por cima da outra.

— Ela vai entender.

Oliver hesita e, em seguida, se inclina, beijando minha testa e levantando tão rápido que eu nem tenho tempo de assimilar o que aconteceu, o que senti, de desfrutar do calor de sua respiração na raiz de meu cabelo.

— Peraí, seu paletó.

Mexo-me para tirá-lo dos ombros, mas ele ergue a mão.

— Pode ficar. Você me devolve na próxima vez que a gente se vir.

Encaro como uma promessa, ou pelo que acho que Oliver quis dizer: uma garantia de que vamos nos ver de novo.

Observo-o ir embora, sem hesitar, até virar a esquina e eu não conseguir mais vê-lo.

Expiro como se estivesse prendendo a respiração por horas e desabo na parede. Deveria voltar para o jantar, mas não tenho vontade nem de me mexer. Então fico sentada, enquanto os segundos, os minutos e as horas passam. Em algum momento, Raya aparece.

— Te achei! — exclama ela, e, com essas três palavras, começo a chorar tudo de novo.

— Você realmente acredita no que me disse umas semanas atrás? — pergunto a Raya.

— O quê? Eu falo um monte de merda.

Estamos de volta ao sofá dela, ambas já sem as roupas de gala. Raya ainda está com a cara cheia de maquiagem, o que não condiz com sua camiseta e short largo.

— Que, quando o universo tenta nos dizer algo, temos que escutar.

Não consigo parar de pensar no que Oliver disse, que os sonhos, os desencontros por pouco, nossas vidas estarem interligadas, tudo aponta para uma única conclusão: era para estarmos juntos. Jogo a cabeça para trás, na almofada, fincando os pés no sofá. Estou esgotada. Exausta. E meu cérebro está mais tumultuado e confuso do que nunca.

— Bem, acredito... Eu acho. Quer dizer, realmente acho que o universo fala com a gente o tempo todo. Mas como a gente interpreta o que ele está dizendo... É aí que a coisa pega, né?

— Como assim?

— É que a margem de erro do ser humano é imensa. — Ela toma um golinho do uísque que está segurando. — Tipo, pegue qualquer pintura, qualquer escultura. Ponha duas pessoas na frente dela e pergunte sobre o que é, o que o artista estava tentando dizer. Nove em cada dez vezes vão dizer duas coisas diferentes. Todo mundo tem sua visão de mundo, certo? Sua experiência de vida, seu repertório, suas emoções, as coisas pelas quais estão passando no momento, tudo isso influencia as respostas. — Olho boquiaberta para ela. — O que foi?

— Essa é uma das coisas mais inteligentes que já ouvi você falar.

Ela joga uma almofada em mim, acertando minha cabeça.

— Então peraí, que essa aqui vai superar.

Espero. Ela toma outro gole de uísque e fixa os olhos nos meus.

— Desde que isso começou, desde que você viu Oliver, tem falado em hipóteses: o que tudo isso *supostamente* significa, onde Oliver *supostamente* devia estar, com quem você *supostamente* tem que ficar. Mas, Mia, essa não é você.

Inclino a cabeça.

— Como assim?

— Quando eu te conheci, na primeira semana de aula na Moore, você me disse que seu pai não queria que você estudasse artes porque nunca ganharia dinheiro com isso.

— Sinistro, ele previu o futuro — ironizo.

Ela não acha engraçado.

— Mas você não ligava para o que ele pensava. Foi para Moore porque *queria*. No fundo, sabia que era esse seu caminho, e não deixou ninguém te tirar o foco dele.

— Mas é exatamente isso que estou tentando dizer! Não sei o que meu coração está dizendo nem qual *caminho* devo seguir. Estou confusa.

— Não acho que esteja.

— O quê? É óbvio que estou.

— Não. Acho que seu cérebro está confuso. Você continua tentando descobrir o que *devia* fazer. Como se a vida fosse um reality show com respostas certas e erradas. Não funciona assim. Você tem que ignorar isso para lá e realmente se perguntar: o que eu *quero*? É simples. Quem você ama? Com quem quer estar? Esqueça todo o resto.

Eu a encaro. E a encaro mais um pouco. Repasso suas palavras várias vezes na cabeça, enquanto me deito no sofá para tentar dormir, e, já que não consigo, em toda a viagem de volta para Hope Springs. Quando entro em casa, sei exatamente o que fazer, com a mente em paz, de um jeito que não ficava há meses.

E começo a fazer minha mala.

Capítulo 26

No DOMINGO DE MANHÃ, ESTOU em pé no alpendre familiar, segurando a mala.

Bato e, como minutos se passam sem que ninguém responda, bato mais forte na madeira, com o coração palpitando no peito. Será que demorei muito?

Finalmente, a porta se abre com um rangido, mas, em vez dele, é ela, encarando-me de cara amarrada, cachos castanhos pendendo soltos no rosto.

A mãe de Harrison.

Um flash da primeira vez que a encontrei, neste alpendre, quando viemos para o Dia de Ação de Graças, passa pela minha cabeça. Passei semanas com a Rosetta Stone, querendo conversar com a mãe dele em sua língua nativa, ou pelo menos dizer algumas palavras.

— *Hola, señora Graydon, encantada de conocerte* — dissera eu quando do Harrison me apresentou.

Ela me avaliou com um olhar penetrante. Seu rosto era largo, as maçãs do rosto, altas e cheinhas, as sobrancelhas, uma grossa linha marrom.

— Eu falo inglês... — dissera.

— Ah, eu sei. — interrompera eu, um pouco constrangida. — Eu só estava...

Ela erguera a mão para que eu me calasse.

— Melhor do que você fala espanhol. Então vamos falar em inglês.

Harrison não se dera ao trabalho de conter o sorriso.

— Oi, Del — digo agora.

Ela me examina, arqueando as sobrancelhas pintadas com lápis em julgamento, enquanto prendo a respiração, esperando. Então, ela resmunga e murmura alguma coisa em espanhol, e, por um instante, o pânico toma conta de mim. Não vai me deixar entrar? Harrison não quer me ver? Estou na estrada desde às três da manhã. E não consigo suportar a possibilidade de ter vindo até aqui para nada. Mas, então, a linha severa de sua boca se curva para cima, e ela dá um passo em minha direção, abraçando-me com seus braços gorduchos.

— Ele está lá atrás — declara, depois de deixar a marca do batom malva na minha bochecha.

Ando pela casa, impressionada ao ver que nada mudou desde a primeira vez que vim aqui para passar o Dia de Ação de Graças, há oito anos. Embora o piso laminado da cozinha se apresente ligeiramente mais gasto, as roupas nas fotos de família penduradas nas paredes estão mais fora de moda. Quando chego à sala iluminada, com janelas e parte do teto de vidro, vejo a mesma mobília de vime com almofadas rosa, ainda mais claras por causa da luz do sol. Harrison está jogado debaixo das cobertas no sofá, vendo Jane Pauley dando um bom-dia aos telespectadores no *This Morning*, da CBS.

Ele vira a cabeça, os olhos surpresos ao me ver.

— Mia — diz, sentando-se. — O que você está fazendo aqui?

Penso em tudo que queria dizer a ele, organizando todos os pensamentos que tive no caminho para cá, como fiquei, sim, distraída por Oliver, o quanto sinto muito, que esposa terrível tenho sido... mas vamos ter tempo para isso depois. Então, começo por aquilo que é mais verdadeiro, seguindo minha intuição:

— Te amo.

Não foi só o conselho "ouça seu coração" que me atingiu quando Raya estava falando ontem à noite. Foi a parte das "suposições" também. A ideia que eu continuava insistindo: de que Oliver *deveria* estar lá, no casamento de Beau, na noite em que conheci Harrison. E, hoje cedo, em um trecho escuro da estrada, em algum lugar entre Filadélfia e Hope Springs, tive um estalo: em todos os lugares que Oliver *deveria* estar, ele não estava.

Oliver não estava lá.

Harrison estava.

Então, pensei em todas as outras vezes em que Oliver não esteve. Em todos os momentos dos últimos oito anos que dividi com Harrison: os pequenos, como quando havia tinta no meu cabelo e no meu queixo, e flagrei Harrison me olhando com um sorrisinho nos lábios; ou quando alguém diz "tomar tenência" numa conversa e a gente se olha, rindo, lembrando da discussão que tivemos porque eu jurava que a locução era "tomar tendência"; ou como, em certas manhãs, quando ele acha que estou dormindo e se inclina sobre mim, envolvendo de leve meu rosto em suas mãos, com o próprio rosto a centímetros do meu, e sussurra: "Te amo, Mia Graydon." E fica ali me olhando. E nos grandes momentos, como quando andei na direção dele por um caminho de chão batido numa velha fazenda leiteira, nos arredores de Buffalo, em frente a um monte de amigos e parentes ao som da música de Peter Cetera e Cher, "After all"; como ele sorriu de orelha a orelha quando me aproximei e articulou com os lábios: "Pior música do mundo"; como jurou me amar no altar mesmo quando eu tivesse meus surtos de artista e o ignorasse, e como eu jurei amá-lo mesmo quando ele corrigisse meu vocabulário.

E pensei em nosso primeiro encontro.

Na noite *seguinte* à que nos conhecemos na galeria de arte e nos beijamos debaixo do toldo da lavanderia, eu disse a Harrison o que sempre deixava claro em todos os meus primeiros encontros: nunca sonhei em me casar. Fruto de pais separados, eu não via o porquê. A maioria dos caras dava de ombros ou até ficava aliviada, com um lance rápido em mente. Mas Harrison, não.

— Aposto que você vai se casar, sim — declarara ele com o olhar fixo no meu por cima da jarra de sangria e do prato de batatas bravas.

Pega de surpresa pela resposta, retruquei:

— Quer apostar o quê?

Ele poderia ter deixado para lá, encarado como uma pergunta retórica, mas nem hesitou:

— Se você se casar, vai ter que fazer uma tatuagem.

Era uma referência à conversa que tivemos mais cedo, quando estávamos contando coisas idiotas que tínhamos feito quando éramos adolescentes.

— Quase fiz uma tatuagem uma vez. Mas, felizmente, eu estava muito bêbada e o dono do estúdio me expulsou — contei.

— Por que "felizmente"?

— Ia ser um daqueles caracteres chineses, que todo mundo acha que faz a gente parecer culto e diferente, quando na verdade só faz a gente parecer bobo.

— E o que ele diria?

— Não sei. O caractere que significa "criatividade" ou alguma coisa brega nesse nível. Mas não sei chinês, então como vou saber se significava isso mesmo? Poderia tranquilamente ser o símbolo de calça de moletom ou algo do tipo.

Harrison serviu-se do resto da sangria e olhou para mim.

— Combinado então?

Abri um sorriso atrevido.

— Só se você fizer uma também.

Dois meses depois, ele me pediu em casamento pela primeira vez. Pega de surpresa, eu ri e disse que não. Nesta e nas outras cinco, sem dar o braço a torcer. Eu não acreditava em casamento. Mas, à medida que as semanas e meses se passavam, eu ia tendo menos certeza de minha posição inflexível. Talvez não tenha funcionado para os meus pais, mas aquele era Harrison. Eu o conhecia por pouco tempo, mas as lembranças de como era minha vida antes dele tinham começado a se desvanecer. E me dei conta de que, por mais clichê que fosse, e constrangedor, e tudo em que nunca acreditei, não conseguia conceber um dia da minha vida sem ele. Não queria. E sabia que precisava fazer aquilo.

Uma tarde, com dez meses de namoro, entrei pela porta de nosso apartamento, ofegante.

— Me peça de novo — dissera com os braços para trás e uma camada de suor na testa.

Harrison estava de pé em frente à geladeira aberta tomando suco de laranja direto do gargalo. Seus olhos estavam avermelhados de sono, pois tinha chegado de um plantão de vinte e quatro horas.

— Pedir o quê? — perguntara, passando as costas da mão na boca.

— Só me peça — dissera eu, sem conter o sorriso.

Ele inclinou a cabeça, e pude ver em seus olhos o momento em que entendeu. Assenti, incentivando-o. Ele pôs o suco de volta na geladeira, deixando a porta se fechar sozinha, e, em seguida, olhou para mim.

— Quer se casar comigo?

Em vez de responder, levantei o braço esquerdo, virando, devagar, a mão para cima, mostrando a parte interna do antebraço, na qual a pele vermelha, dolorida e inchada agora comportava não um, e sim três caracteres chineses.

Harrison ficou de queixo caído.

— Você não fez isso — dissera ele.

— Fiz.

— O que está escrito?

Meus olhos brilhavam, e eu sorri.

— Calça de moletom.

Agora, na sala da casa da mãe dele, espero pela resposta de Harrison à minha declaração, mas seus olhos permanecem inexpressivos, e a semente da dúvida floresce dentro de mim. Fiz a escolha certa? Estava sendo sincera quando disse a Oliver que tinha sentimentos por ele. E talvez nossa vida juntos tivesse tudo: viagens, aventuras e bebês. Ou talvez brigássemos constantemente. Talvez também não pudéssemos ter filhos. É impossível saber o que o futuro nos reserva.

Então tenho que viver no "que é", e não no "que poderia ser".

E agora, neste momento, amo Harrison. Queira ele admitir ou não, ele precisa de mim. E eu não vou desistir da gente. Não agora.

Arrisco um passo à frente.

— Sei que nunca vou entender pelo que você está passando — afirmo, com um tom delicado. — Mas você não tem que passar por isso sozinho. Não vou deixar que passe. Não consigo.

Ele se vira, desviando o olhar. Fita Jane Pauley, e me pergunto se é isso. Se vai me dizer para ir embora.

Mas ele não diz nada. Só levanta o cobertor sob o qual está deitado, e aproveito a deixa, antes que ele mude de ideia. Esgueiro-me para o sofá, chegando mais perto, inalando seu desodorante de pinho, inalando-o. Deito a cabeça em seu peito e entrelaço nossos dedos, acariciando o anelar dele, no qual sei que, debaixo da aliança, ele tem uma palavrinha tatuada: Mia.

Quando o pai dele acorda, Harrison o ajuda a chegar até a poltrona reclinável na sala e passo a tarde deixando Del me dar ordens sobre tarefas domésticas. Ela não me deixa cozinhar, mas sirvo a comida deles enquanto assistem à partida de golfe, e eles ficam tirando vários cochilos até a hora do jantar.

Naquela noite, eu e Harrison nos deitamos no quarto antigo dele, seus pés para fora da cama de casal e a capa do trompete ainda no armário, no mesmo lugar onde deixou anos atrás.

— Sabe qual é a pior parte? — sussurra Harrison no silêncio da noite.

Viro-me um pouco para ele.

— Não são os gritos da mãe dele nem aquele "pi" que a máquina faz, nada disso. São esses pensamentos que me vêm do nada, as coisas normais do dia a dia que os vivos fazem, e os mortos não. Tipo comer uma banana, ver golfe ou sentir o calor do sol nos braços. Noah nunca vai fazer nada disso. Nunca mais. E a culpa é minha.

— Ah, Harrison... — murmuro.

Ficamos deitados, de novo em silêncio, eu tentando pensar em alguma coisa, qualquer coisa que possa fazê-lo sentir-se melhor, que possa aliviar a dor. Então me lembro de um post que li em certo site, intitulado "oito coisas para dizer a alguém que está de luto", e uma delas era compartilhar uma história parecida pela qual tenha passado.

— Eu já te contei da salamandra? — pergunto, com voz calma, baixa. Ambos estamos encarando o teto texturizado. — Eu e Viv, uma vez, pegamos uma no quintal. E ela me disse que o rabo crescia de novo quando o bicho o perdia. Então, coloquei a salamandra numa caixa de sapato, peguei uma pazinha de plástico na garagem e cortei o rabo dela. Voltei correndo umas duas horas depois superempolgada para ver o rabo novinho em folha, mas não tinha nada lá. — Faço uma pausa. — Estava morta. Fiquei tão arrasada que chorei por quatro dias sem parar.

A história paira no ar, e contá-la reacende toda a culpa e tristeza que senti.

— Mia.

— Oi.

— Você está tentando comparar matar um anfíbio com matar uma criança?

Quando ele fala dessa maneira, parece burrice.

— Não! Não, eu... É, eu estava.

Agora que penso nisso, o título daquele artigo devia ser "oito coisas para não dizer a alguém que está de luto".

— Uau — diz ele.

Continuamos deitados, eu repreendendo a mim mesma, até que de repente sinto a cama balançando de leve, depois mais forte, e percebo que são os ombros de Harrison. Dou uma olhada e vejo que está rindo. Histericamente.

— Harrison?

— Até que... — Ele se engasga em meio às gargalhadas. — Para uma artista... você é muito... muito insensível.

As gargalhadas viram lágrimas, e isso eu entendo. Abraço-o, meus braços e pernas como tentáculos, tentando mantê-lo perto de mim enquanto ele se distancia. Harrison apoia a cabeça na minha. E ficamos ali, conectados, cabeça com cabeça, até sentirmos que somos um só, eu inspiro e os pulmões dele se enchem de oxigênio.

Mais tarde, quando ele está esgotado e quase dormindo, me lembro do que sua mãe me disse quando cheguei hoje de manhã.

— Ei? — sussurro, apoiando-me em um cotovelo para olhar em seus olhos.

— Oi?

— O que "te tomó bastante tiempo" quer dizer? — pergunto, me lembrando das palavras da mãe dele para mim, no alpendre.

Ele faz uma pausa para formular a tradução.

— Que você demorou.

Fecho os olhos e reposiciono a cabeça, processando. Penso nos bebês que perdemos. Penso em Oliver. Penso em quanto tempo Harrison está sofrendo com isso. Não sei se algum dia não vai estar. Se vai se recuperar, se nosso relacionamento vai sobreviver. Mas, neste momento, de uma coisa eu tenho certeza. Abro os olhos e olho diretamente para Harrison.

— Demorei até demais.

Capítulo 27

NA PRIMEIRA SEMANA DE OUTUBRO, Harrison voltou para o trabalho.

Levou certo tempo, desconversando e enrolando nas semanas seguintes após retornarmos da casa dos pais dele, mas finalmente procurou um de seus professores da Emory com quem tem falado por telefone e e-mail. Não falou muito sobre as conversas, mas a curiosidade me impeliu a pedir que eu lesse uma das mensagens.

> Todo mundo erra. Todo cirurgião no mundo vai cometer uma burrice que vai desencadear a perda de uma vida. Todo procedimento é, em essência, um risco. O erro humano é um desses riscos, mas a morte de um paciente deveria impedir que essa pessoa salve outras vidas? Você é um médico excelente, Harrison. Posso estar parecendo um puxa-saco, mas não só acho que você deve seguir em frente com sua carreira, como também acho que você tem a obrigação de fazê-lo. Você tem a habilidade e o potencial para salvar muitas vidas, e um erro atroz não o absolve de encarar a responsabilidade e compensá-lo.

Acho que essa foi especialmente útil, porque, numa semana, Harrison estava falando de largar a medicina de vez e fazer alguma coisa que não lhe causasse estresse, como abrir uma loja de equipamentos para corrida ou fazer um curso de culinária e, na outra, se levantou de manhã, vestiu a camisa e a gravata-borboleta e foi para o hospital.

Seus passos ainda são arrastados, os ombros arqueados, e a dor — embora talvez um pouquinho menor — ainda o deixa para baixo. Às vezes, eu o flagro em momentos privados, segurando um pote de molho de macarrão, estático no meio do processo de amarrar os sapatos ou olhando pela janela para o nada, e sei que está pensando em Noah. Sei que sempre vai pensar em Noah, que nunca vai esquecer. Mas tenho muita esperança de que possa perdoar a si mesmo.

Na segunda semana de outubro, estou de pé diante da horta, olhando para uma fileira de altos e verdes alfaces-romanas. Deveria estar orgulhosa de minha vitória na jardinagem, mas só consigo pensar em Oliver. Quero ligar para ele e me gabar. Mas não ligo. Em vez disso, penso na carta que deixei junto de seu paletó no alpendre de Caroline na manhã em que viajei para Buffalo. Tento visualizá-lo lendo, seu rosto triste absorvendo minhas palavras. Que eu não sabia o que significava a interseção de nossas vidas, mas que não podia mais insistir nisso. Que não podia me apegar ao desconhecido. *Amo meu marido*, escrevi, e, embora disso tivesse certeza, nas semanas que se passaram desde que deixei a carta, do restante eu não tinha mais certeza de nada.

Ainda me pergunto, não consigo evitar. Toda manhã quando acordo de um sonho vívido com ele. Ou no meio de uma noite maldormida, quando as palavras de Isak sondam e se prolongam em minha mente como um disco arranhado: *Ele dá bebê para você.* Ou toda vez que passo por uma mulher grávida na fila do Giant, ou da farmácia, ou andando pelas ruas de Hope Springs, e quase desmaio com um misto sufocante de dor e inveja. Aquela vozinha sussurra em minha cabeça: "Fiz a coisa certa?"

Na terceira semana de outubro, acordo no sábado de manhã e me deparo com o rosto de Harrison na frente do meu. Suas mãos acariciam minhas bochechas, e eu não reajo, minha boca seca como um deserto. Eu estava no meio de um sonho, o qual começa a voltar, me atingindo em flashes. Era o parque de diversões de novo, a música do carrossel, as luzes coloridas; Oliver estava lá.

Oliver.

Tento tirar sua imagem da cabeça. Colocá-lo de volta em seu devido lugar como um enigma, um homem que conheci uma vez, como um ex-namorado que não é um ex-namorado. Mas, à medida que as semanas vão passando, vou descobrindo que ele não é tão fácil de esquecer.

Foco no rosto do meu marido, com os cílios a centímetros dos meus.

— Acorde — sussurra ele no meu nariz. — Vamos fazer stand up paddle.

— Vamos? — reajo, encontrando seus olhos.

— Vamos.

Alugamos as pranchas em uma lojinha em Delaware, e Harrison recusa a aula que oferecem para nos ensinar a usá-las.

— Estou aqui — diz ele quando eu caio.

Harrison é assim. É paciente e calmo, e, embora eu esteja nervosa, equilibrar-me na prancha é muito mais fácil do que pensei. Pego o jeito rápido, e começamos a andar em um ritmo bom, ouvindo apenas nossos remos batendo na água calma. O dia está lindo, o clima fresco de outono, o sol brilhando no céu sem nuvens. Harrison aponta para uma garça na margem à nossa direita. Olho bem a tempo de vê-la abrir as longas asas e, silenciosamente, alçar voo.

Estamos tão ocupados assistindo que não percebo minha prancha deslizar em direção à dele. A colisão e o tremor resultantes fazem com que nós dois percamos o equilíbrio, e não tenho onde me segurar para me estabilizar. Agarramo-nos um ao outro por instinto e afundamos na água, o choque térmico me deixa sem ar. Chego à superfície batendo queixo, e meus olhos encontram Harrison, com a barba e os cabelos molhados.

Mas, em vez do choque que estou sentindo estar refletido em seu rosto, como eu esperava, ele está sorrindo, um sorriso enorme de orelha a orelha que de tão genuíno me deixa sem ar de novo.

Porque, após meses de procura, tentando achar meu marido, de repente, ele está bem ali. Meu Harrison. Que sabe a letra inteira de "I wanna dance with somebody", de Whitney Houston. Que acha *Matador de aluguel* um dos melhores filmes já feitos. E que usa gravata-borboleta todo dia porque, no curso de medicina, durante a prática de ginecologia, usou uma gravata comum e esqueceu de jogá-la para trás antes de examinar uma paciente. "Digamos que eu tive que jogar a gravata fora." Ele me explicou certa noite, depois do sexo, nosso momento preferido para sussurrar segredos um para o outro, até de madrugada, até cairmos no sono.

Sorrio de volta, e, como se ele se lembrasse, o sorriso lentamente desaparece e as rugas retornam à sua testa, ao redor da boca.

— Tudo bem? — pergunta ele.

— Tudo.

Ele sobe na prancha, e eu o sigo, mas a alegria não abandona meu rosto tão rápido como aconteceu com ele. Gravo a imagem de Harrison sorrindo na memória e sei que vou ter de esperar pacientemente para ver vislumbres de meu marido outra vez.

E eu os percebo. É óbvio. Momentos aleatórios durante o mês de novembro, um olho brilhando aqui, uma risada ali, até uma piada (uma piada!) que Finley e Griffin acharam hilária no Dia de Ação de Graças. Vivian e eu trocamos um olhar e sorrimos.

Na primeira semana de dezembro, estou na banheira e ouço a porta de casa abrindo.

— Aqui! — grito, chamando Harrison. São só sete horas da noite, mas recentemente ele tem vindo para casa mais cedo, e estou tentando não ficar mal-acostumada, enquanto aproveito o tempo extra com ele.

— Oi — cumprimenta quando surge na porta do banheiro. Está corado, sorridente, e ergo os olhos para ele com curiosidade. — Tive um dia bom.

— Você teve um dia bom — repito.

Ele assente, e não consigo conter o gesto de retribuir o sorriso, ficar contagiada por sua felicidade.

— Vem cá — chamo e, quando ele chega perto o bastante, toco os botões de sua camisa, agarro o tecido e o puxo para mim, seus lábios para os meus, e o beijo plena e fervorosamente. Beijo-o até ambos ficarmos desorientados, e não dá para saber se fui eu que o puxei ou se foi ele que entrou, mas de repente Harrison está na banheira comigo, com a camisa e a calça encharcadas. Continuamos nos beijando, ambos fingindo estar confortáveis com o roçar e bater de joelhos e cotovelos na porcelana dura, até que não conseguimos mais fingir. Então, ele se levanta, levando metade da água consigo, e me pega como se eu fosse leve como o ar, me leva para a cama, e eu permito. Estou rindo e chorando porque neste momento sei que, apesar de meu marido ter vindo para casa há meses, ele finalmente está em casa.

Capítulo 28

É UM DAQUELES DIAS PERFEITOS de quase inverno. O céu está azul, o sol é um mero enfeite amarelo, que não faz nada para mudar o frescor do ar da tarde. A primeira camada de neve caiu há dois dias, só alguns centímetros, e ainda sobraram alguns montículos, abraçando os pés dos postes de luz, trilhas teimosas e escorregadias na calçada que se recusam a derreter. Estamos em frente ao True Value, observando nosso hálito sair e virar nuvenzinhas brancas. Harrison segura minha mão enluvada, e eu o flagro me olhando pela terceira vez em alguns minutos.

— O que foi? Tem alguma coisa no meu rosto?

— Não. Um homem não pode admirar sua esposa?

— Só acho que você está rindo de mim ou algo assim.

— Nunca. Só pensando em como você é linda. — Ele me examina. — Suas bochechas estão muito vermelhas.

— É esse vento chato! — Bato os pés tentando me aquecer. — Não sei por que achei que ia fazer menos frio em Hope Springs que na Filadélfia.

Ele me abraça.

— Eu ia pegar chocolate quente para gente, mas Gabriel nunca me perdoaria se eu não visse sua apresentação.

Estamos no desfile de Natal de Hope Springs, embora esteja mais para um festival — uma *extravaganza* —, um espetáculo festivo, com milhares de luzinhas brancas e uma série de atividades depois do desfile: uma apresentação de coral e a aparição do Papai Noel, e até fogos de artifício. Quando o panfleto do evento chegou a nossa caixa de correio, deixei-o em cima da bancada. Não tinha certeza se Harrison estaria a fim de ir, mas ele disse que, na última consulta de retorno de Whitney, prometeu a Gabriel que iria, e aqui estamos.

Esperamos na calçada, observando os malabaristas de bastão e um homem de perna de pau jogar doces para as crianças, seguidos por um comboio de carros conversíveis — um levando o prefeito acenando, outro, um corretor de imóveis superconhecido na cidade, e um terceiro com uma mulher de coroa e batom, seu encolher de ombros e seu casaco de pele tampando a faixa em seu peito não deixando claro qual concurso ela venceu.

Ouvimos a banda marcial antes de vê-la, entusiasticamente fora de sintonia. Cinquenta bochechas coradas espreitando por debaixo das abas dos chapéus rígidos. Harrison avista Gabriel no fundo, com a língua para fora, concentrado no ritmo das baquetas em seu tambor.

Está sorrindo para o garoto que capta um vislumbre de meu marido e retribui o sorriso, cometendo um deslize e perdendo o ritmo. Eu os observo, Harrison e esse menino, e não estou mais com frio. A esperança do que ainda pode acontecer me aquece.

Depois do desfile, damos uma volta, compramos castanhas temperadas e chocolate quente, e, quando estamos chegando à praça da cidade, Gabriel vem correndo em nossa direção, com os olhos brilhando de empolgação. Whitney chega logo depois, tentando acompanhá-lo.

— Você veio!

— Eu disse que viria.

— Eu me atrapalhei um pouco quando vi você.

— Pra mim, você estava ótimo.

— Oi!

Whitney abre um sorriso gentil e um leve aceno quando se aproxima.

— Oi — respondo, mas Gabriel ainda está tagarelando sobre as festividades da noite que estão por vir, o Papai Noel e os fogos.

— E vocês viram? — pergunta ele. — Na praça? Tem um carrossel!

Capítulo 29

Oliver

Não importa onde esteja: em uma cabana ecológica nas montanhas do Peru ou em um apartamento em um prédio de vários andares em Cartum; a Filadélfia sempre parece mais suja quando ele volta, como se uma camada extra de poeira tivesse se instalado sobre a cidade, grudando-se aos prédios, às calçadas e até ao para-brisa do Impala no qual está agora, um modelo antigo, sendo conduzido por um jovem que parece não ter idade o suficiente para dirigir, muito menos para trabalhar de Uber.

Oliver olha pela janela para uma mulher de saia social e sapatos passando às pressas, uma criança andando de skate, entrando e saindo da pista de pedestres, um morador de rua de cabelo grisalho e embaraçado falando sozinho, e se pergunta: "Por que continuo morando aqui? O que me prende a esta cidade?" A resposta é nada, exceto pelo hábito e talvez pela própria apatia.

Quando o Uber para em frente ao seu prédio, ele pega sua bagagem na mala do carro e a lança por cima do ombro. Entre um restaurante japonês e uma casa de quiromancia, a familiar entrada espelhada do prédio continua exatamente a mesma: uma rachadura em forma de teia de aranha no centro que a manutenção ainda não consertou. Rita, a vidente que lê mãos, está de guarda em sua posição habitual, olhando para ele e fumando um Virginia Slim, enquanto ele procura pelas chaves no bolso da calça jeans e abre a porta.

— Quando você vem ver seu futuro, garoto? — Ela arrasta as palavras em seu sotaque ilhéu indeterminado, que ele tem quase certeza que é falso, e solta uma fumaça interminável.

— Você deveria saber — responde Oliver, repetindo a típica conversa mensal.

E, simples assim, parece que ele nem tinha estado fora. A mulher desvia os olhos, e Oliver se esgueira pela porta, sendo recebido pelo fedor cálido familiar de peixe morto que emana do restaurante ao lado. Passa pelo hall onde ficam as caixinhas de correio e chega às escadas, subindo os degraus de dois em dois, apesar do peso extra de seus pertences nas costas. E pensa em Mia.

Esperava que a distância entre aqui e a Finlândia diminuísse a conexão que sentia, mas infelizmente a sensação foi junto. Talvez ajudasse se ele tivesse jogado fora a carta dela depois de ler em vez de levá-la consigo, relendo-a *ad nauseam*, como se as palavras fossem mudar lá pela oitava, nona ou décima leitura.

Abre a porta e larga a mala no chão. Vai até a bancada da cozinha onde o vizinho deixou pilhas de correspondência, a maioria contas e flyers. O ponto vermelho na base do telefone sem fio pisca freneticamente, avisando que tem mensagens. Ele precisa escutá-las. Organizar a correspondência. Fazer a barba. Desfazer a mala.

Passa o olho em volta do apartamento e para na porta aberta do quarto, que revela a quina da cama, que está do jeito que a deixou: os lençóis e a colcha forrados de qualquer jeito. Tudo que ele quer fazer é se arrastar até lá e dormir pelos próximos quatro dias.

Mas não pode.

Prometeu a Caroline.

Deixa o café passando na cafeteira, tira a camisa e entra no chuveiro, tentando não pensar se Mia também vai ao desfile.

❧

— Sua barriga! — exclama Oliver duas horas mais tarde, depois de ter estacionado e ziguezagueado em meio à multidão no centro de Hope Springs até finalmente encontrar a irmã.

Ela está toda de preto, com um ar profissional: calças, luvas e um sobretudo que não disfarça nada seu barrigão. Está falando em um walkie-talkie quando Oliver se aproxima. Depois de soltar o botão e ouvir uma resposta satisfatória, pendura-o na cintura e dá um abraço apertado no irmão.

— Viu o desfile?

— Peguei o finalzinho. Muito impressionante! — responde, com sinceridade. — Tudo isso, Care, sério.

Ela fica radiante. E lhe dá um soquinho no braço.

— Senti saudade. Como foi na Finlândia?

— Foi bem.

Não conta que não conseguia dormir direito por causa dos pesadelos com Mia. Nem que durante o dia ele a via em todos os lugares.

No parque para cães, ela usava um vestido de alcinha bege e grandes óculos redondos, chamando um beagle caolho e cansado.

Era a moça de cabelo escuro, de tênis e saia esvoaçante andando de bicicleta com um ramo de flores na cesta.

Quando ele parou num café em Helsinki para comer um pão doce, ela estava anotando pedidos atrás do balcão com um lápis preso na orelha, mascando um chiclete.

Oliver não consegue explicar. Sabia que a coisa certa era que ela ficasse com o marido. Porém, também parecia certo que eles, Oliver e Mia, ficassem juntos. E sente saudade, ou sente saudade do que poderia ter acontecido. Não tem muita certeza se há diferença entre os dois sentimentos. A saudade não é uma ausência, e sim uma presença. Uma constante que ele sente em todo seu corpo. Do mesmo jeito que sentiu quando sua mãe morreu. Seus olhos perscrutam a multidão, procurando por ela sem querer.

— Já foi à praça?

Oliver volta a focar na irmã.

— Não, acabei de chegar. Por quê? O que está tendo lá?

— É o golpe de misericórdia!

Ele a encara, achando graça.

— Eu não acho que isso significa o que você acha que significa.

Ela semicerra os olhos.

— É tipo o evento principal, né?

— Não, está mais para um golpe final numa luta até a morte. Como naquela cena de *Game of Thrones* em que o Montanha enfia os dedos nos olhos de Oberyn Martele e amassa a cabeça dele, o sangue esguichando para todo lado.

O rosto de Caroline se contorce de nojo.

— Não vejo essa série. E não, não é isso que significa. Embora as crianças devam morrer de felicidade quando virem.

— Você vai contar o que é ou não?

— Vou agora! Tem um parque de diversões em Altoona que está fechando, e eles estão vendendo todos os brinquedos. Então entrei em contato para colocar na praça! Vai ficar igual a um parque de verdade! Bem, pelo menos hoje à noite. O carrossel é a única coisa que vai continuar aqui depois. Os carrinhos bate-bate e o Tilt-a-Whirl vão ter que voltar, eu só aluguei.

A princípio, Oliver não se mexe. Não consegue, é como se estivesse congelado no lugar, como se estivesse num sonho. *Um carrossel*, ele quer dizer. *Um Tilt-a-Whirl*. Mas sua boca está seca e tudo parou, ou está em câmera lenta, ou não é real. Então, ele volta ao normal em um piscar de olhos, com um suspiro não natural, cego de pânico, subindo pela sua garganta.

Pensa em Mia.

E, então, começa a correr.

Whitney

— VOCÊ TRABALHA COM QUÊ? — pergunta Whitney à esposa de Harrison, Mia, enquanto esperam Harrison e Gabriel terminarem a volta no carrossel.

Mia parece estranhamente calada, e Whitney se pergunta se está aborrecida ou só tem algum tipo de fobia social.

— Dou aula de artes — responde, sem tirar os olhos do carrossel a uns dez metros de onde estão, mesmo havendo um monte de gente na fila, atrapalhando a visão dos que estão realmente montados no brinquedo.

— Ah, para que série?

— Oi? — reage Mia, com os olhos voltando para Whitney. — Ah, é... para adultos. É tipo um curso de educação continuada. Em Fordham.

— Legal. Eu adoraria saber quando vai ser sua próxima turma.

Estava procurando por algo assim, novos hobbies para expandir os horizontes, como aprender italiano, fazer aulas de improvisação ou um curso de decoração de bolos. Coisas que sempre pensou em fazer quando era casada com Eli, mas nunca fez, por qualquer motivo que seja. Mal percebia o quanto se sentia confinada até deixá-lo, e de repente não tinha que considerar as opiniões (geralmente ruins) do marido sobre sua vida.

Mia não responde, e ambas ficam em silêncio, enquanto Whitney tenta pensar em mais alguma coisa para perguntar. É quando ergue os olhos e o vê.

Eli.

Está ao lado da barraca de chocolate quente com a jaqueta bege que ela encomendou para ele do catálogo da Land's End. Whitney se lembra de como desembrulhou o papel do correio e o deixou na cama, e, quando Eli o viu à noite, em vez de agradecer, disse: "Pensei que tivesse dito que queria a azul." E ela se desculpou. Odeia ter se desculpado.

Agora sente um misto de irritação e apreensão. Esse é o problema das cidades pequenas. E do divórcio. Toda vez que você sai de casa há o risco de encontrar com a pessoa da qual quer distância.

Mas, neste momento, ele olha diretamente para ela, e Whitney vê seus olhos, impassíveis e sem emoção. E já sabe. Já viu esse olhar antes. Tudo em que consegue pensar é: *Gabriel*. O juiz acabou de conceder-lhe a guarda, e ela sabe que isso magoou o ex-marido. Ele chorou no tribunal, o rosto ficando vermelho de raiva. E ela tinha medo de que isso acontecesse. Que ele viesse atrás de seu filho. Conhece as estatísticas. A maioria das crianças é sequestrada por algum conhecido da família, frequentemente um progenitor descontente com o resultado de uma disputa pela guarda. Procura freneticamente na multidão, na direção em que Harrison saiu com seu filho. Ainda estão na fila do carrossel? Já terminaram de andar? Whitney não os vê em nenhum lugar.

— Whitney, está tudo bem? — pergunta Mia.

Ela não responde.

Em pânico, olha para Eli de novo. E vê a arma.

Por algum motivo, pensa na irmã, Holly. Em como Holly sempre ri dela quando assistem a dramas criminais, porque Whitney nunca consegue adivinhar quem é o vilão. É sempre uma surpresa no fim. E, de repente, ela entende.

Caroline

AONDE ELE VAI? CAROLINE SE pergunta. O irmão saiu correndo do nada, no meio da conversa, e estava com uma cara esquisitíssima. Começa a segui-lo, mas uma voz estala em seu walkie-talkie. Precisam dela no palco. Kelvin não consegue lembrar se o Papai Noel entra antes ou depois do coral, e os microfones não estão funcionando direito, então corre o risco de ninguém conseguir se apresentar. E Caroline suspira, pois sabe que planejou tudo, mas ela tem que fazer *tudo*?

A caminho da praça, ouve o estouro. *Não!* Não era para soltarem os fogos agora. Ergue os olhos para o céu, mas tudo que vê é o azul esmaecendo-se, o sol iniciando sua descida vespertina, não há nenhuma estrela nem a lua à vista. Nem fogos de artifício.

Oliver

ELE VÊ MIA PRIMEIRO. OU talvez não. Talvez veja tudo primeiro, a multidão circulando, o carrossel ao lado do Tilt-a-Whirl, exatamente como ele tinha visto, inexplicavelmente, em seus sonhos. Mas, quando a avista, Mia é tudo que consegue ver. Mas Oliver está longe demais. Então, há um som alto, como pipoca estourando, bem próximo ao seu ouvido, e uma parte dele sabe que não é pipoca.

Corre o mais rápido possível, empurrando todo mundo, pessoas que estão começando a entender que não tinham ouvido pipoca estourar, e todos começam a gritar e se dispersar em várias direções, como um bando de pássaros assustados. Oliver não diminui o passo, nem quando a alcança, vendo o terror de perto nos olhos dela. Ele a protege com o corpo, meio segundo antes de uma dor abrasante rasgar seu ombro, como um atiçador de metal em brasa, tão impactante que derruba os dois no chão.

Então, o tempo passa. Se são trinta segundos ou trinta minutos, ele não sabe. Mas a pipoca não está mais estourando, e tudo para. Oliver levanta a cabeça e vê um homem de uniforme, depois uma monte deles, e só consegue pensar que chegaram tarde demais.

Mia

RECONHECI O CARROSSEL NO SEGUNDO em que o vi. O do parque. E à direita estava o Tilt-a-Whirl azul, e fiquei meio fora do ar e apavorada ao mesmo tempo. Mas Gabriel estava pulando de felicidade, e Harrison estava radiante, e não consegui pensar em nenhuma explicação para o porquê de eu não querer que andassem juntos no brinquedo. Então, fiquei com os pés prostrados na calçada, ouvindo Whitney falar, e tentei pensar em uma desculpa para termos que ir embora no instante em que voltassem.

Estou passando mal. Era o que eu planejava dizer, e nem era mentira, porque eu estava: enjoada com um medo, um pressentimento que não conseguia definir.

Foi então que Whitney começou a arfar ao meu lado, e segui seu olhar até um homem que reconheci vagamente. Era o homem do Sorelli's. O ex-marido que fez aquela cena.

Ela agarrou minha mão, e, de repente, não conseguia mais distinguir meu medo do dela.

A primeira bala atingiu Whitney no ombro direito. Então ouvi um segundo estampido. Ou foi o primeiro? Ela foi atingida antes que eu ouvisse?

Mas tudo estava acontecendo rápido demais para que eu reagisse.

Vi Oliver. *Oliver?*

Um segundo antes, ele não estava lá, depois estava, eu caía, e a multidão gritava. Bati com a cabeça no chão de concreto, não consegui me mexer, e por algum motivo comecei a contar os tiros, como se fossem me fazer essa pergunta depois.

Três (ou seriam dois?).

Quatro.

Cinco.

Seis.

Sete.

Depois do oitavo, não ouço mais nada.

Olho para a direita e vejo Whitney no chão ao meu lado, com uma mancha vermelha em seu ombro e um respingo no rosto. Fecho os olhos, viro a cabeça, e vejo o topo de uma cabeça conhecida, no mesmo nível do chão que a minha, mas não consigo enxergar o corpo.

Tento tirar Oliver de cima de mim, mas seu corpo está muito pesado e tudo que consigo fazer é gritar o nome de Harrison. Grito. Grito como se todas as palavras que já falei, gritei e berrei na vida fossem apenas um treinamento de minhas cordas vocais para este momento. Grito com todas as minhas forças. Quando finalmente estou livre, quando Oliver rola de cima de mim ou, de alguma maneira, eu consigo empurrá-lo, fico de joelhos e vejo o suéter vermelho de lã de Harrison. Tento me levantar para ir até ele, mas minhas pernas ficam bambas porque lembro que a roupa que Harrison vestiu hoje de manhã era cinza.

Harrison

HARRISON QUER SE SENTAR, MAS seu peito, seu braço e sua perna estão queimando. Em brasa, e é difícil pensar em qualquer coisa além da dor latente. Tenta bloqueá-la, olhando para Gabriel, que está deitado embaixo dele, choramingando. Não tem certeza de como aconteceu. Foi tudo tão rápido! O carrossel parou, eles saíram e estavam voltando para onde Mia e Whitney o esperavam, quando avistou o homem e a arma. Harrison se colocou na frente de Gabriel. Não foi consciente, não estava tentando bancar o herói, foi como se um instinto tomasse conta dele.

Agora está deitado no chão, em cima do menino, vagamente consciente da gritaria e do caos ao redor e da umidade morna em seu peito, e por um breve instante se pergunta se Gabriel se molhou.

— Está tudo bem — diz Harrison, embora não tenha certeza de que alguma coisa esteja bem. Nem tem certeza se pronunciou as palavras em voz alta ou só mentalmente.

Então, olha para baixo e vê que a umidade é vermelha e que está saindo da quentura em seu peito, e começa a sentir-se fraco. Isso o faz se lembrar de Noah. O sangue que estava por toda parte.

Pensa nos dias, semanas e meses em que quis morrer por causa do que fez. Em que sentiu que merecia.

Mas então: *Mia*.

Também não sabe se disse em voz alta. Mas a palavra toma conta de sua boca e de seu corpo, do jeito que a presença dela toma conta de uma sala, do mundo.

Com grande esforço e agonia, rola devagar de cima do garoto e vira a cabeça para onde a deixou, com Whitney, mas ela não está lá. De repente, Harrison fica desesperado com a necessidade de vê-la. Ela correu? Se machucou? De novo, tenta se levantar, mas seu corpo grita em protesto, desobedecendo a seus comandos. Ele faz uma careta de dor e fecha os olhos.

Então, a ouve. Apesar dos ruídos de tudo que está acontecendo ao redor, ouve um lamento primitivo e penetrante que nunca ouviu antes, mas que reconhece na mesma hora ser de Mia. A brisa traz o grito como um presente. É o nome dele, na voz da esposa, emergindo, como se fosse tocado por um clarim. Um saxofone. Uma gaita.

Harrison quer responder ao seu chamado, mas não consegue. Não consegue nem abrir os olhos.

Mas mesmo assim a vê.

Com um vestido transpassado amarelo e grampos cor-de-rosa no cabelo. Com uma renda cor de creme andando até ele ao som daquela música horrível de Peter Cetera. Jogada no chão cimentado do estúdio. E depois nua, que sempre foi seu jeito preferido de vê-la, para ser bem sincero. Vê seu rosto, refletindo milhares de expressões diferentes, todas em uma contorção dos olhos, nariz e boca, tão instantaneamente reconhecíveis como seu próprio nome. Um pensamento breve de que possa estar alucinando passa pela sua cabeça. Perdeu muito sangue. Depois, outro pensamento breve de que sua vida está passando diante de seus olhos, mesmo enquanto pensa no quanto isso é ridículo, algo que só acontece naqueles filmes ruins que ela adora, mas como na verdade faz total sentido, porque sua vida é Mia.

Ela é a única coisa pela qual vale a pena viver.

É um sentimento romântico, o que o surpreende, já que romance nunca foi seu forte. Agora deseja ter pensado nisso antes, dito isso a ela em voz alta. Entretanto, é óbvio que disse, não é? Disse tantas palavras ao longo dos dias, semanas, meses e anos que passaram juntos. Mas por algum motivo não consegue se lembrar de nenhuma agora. Tudo que consegue se lembrar é da primeira vez que Mia disse que o amava. Não queria dizer aquilo. Saiu sem querer na volta daquele casamento no Maine. Quando estavam parados no acostamento da estrada e ela estava colocando a cabeça para fora da porta, vomitando bile porque não tinha mais nada no estômago para pôr para fora. Ele estava acariciando suas costas, e a frase saiu como uma só palavra num grunhido.

— Aieuteamo.

No começo, Harrison pensou que Mia ainda estava bêbada e não sabia o que estava dizendo, mas então ela virou a cabeça e olhou diretamente para ele, com o rosto mais pálido do que o normal e os olhos redondos borrados de maquiagem.

— É. Eu te amo.

Disse como se fosse um simples fato que estivesse declarando, mas aquilo o surpreendeu. Como descobrir que noventa por cento dos oceanos da Terra ainda não foram explorados. Desconcertante. Intimidador.

Ele ficou chocado demais para responder, para dizer que também a amava. Mas queria que tivesse dito. Queria poder fazer isso agora.

— Também te amo.

Mas está cansado e só quer dormir. Quando acordar, vai dizer. Como faria qualquer coisa por ela, lhe daria qualquer coisa que quisesse. Pensa em sua Ita, que, quando ele era criança e lhe pedia um pastelito, ela colocava vários em seu prato na surdina, quando a mãe não estava olhando. Vai dizer: "Você quer um bebê? Eu te dou dez!"

Mas, por enquanto, sorri para ela, a Mia de hoje com as bochechas fustigadas pelo vento, uma última vez, e espera que ela saiba.

Capítulo 30

ESTOU SENTADA NUMA CADEIRA DURA na sala de espera da emergência. Aguardando. Caroline e sua barriga enorme esperam ao meu lado, e estamos de mãos dadas, em silêncio. A porta continua se abrindo à medida que pessoas entram e saem, trazendo lufadas de ar frio. Ouço fragmentos de conversa das outras pessoas que circulam por ali, segurando copos de isopor com café, enquanto faço uma conta mental, tentando corresponder o número de tiros que contei com seus respectivos destinatários.

Um em Whitney.

Um em Oliver.

Três em Harrison.

Há três não contabilizados, mas não ligo porque... *três em Harrison*.

Faz horas que estamos aqui, sob as luzes brancas, observando a noite cair do lado de fora. Tento pensar nas últimas palavras que Harrison me disse e não consigo, e é por isso que sei que ele vai ficar bem. Toda vez que alguém fala sobre um ente querido que morreu, repete as últimas palavras que a pessoa disse, e eu não consigo, então não eram as últimas palavras.

Uma mulher com o uniforme da polícia se aproxima pedindo uma declaração sobre o que aconteceu, e é a mesma pergunta que não paro de me fazer. O que aconteceu? Por que não agarrei Harrison assim que vi o carrossel? Havia uma série de coisas que eu poderia ter dito: estou com sono, não me sinto bem, quero ir para casa. Poderíamos estar em casa agora. Vendo *Wheel of Fortune* e tomando sorvete no pote mesmo.

Finalmente um médico com um jaleco verde-hortelã se aproxima. Sei que seu nome é Leong e sei que alguém morreu porque o semblante de Leong está triste. Acho engraçado, até pensar que pode ser Harrison, e que Deus me perdoe, mas espero com todas as forças que seja Caroline a receber as más notícias.

Sei que ela está pensando a mesma coisa de mim porque solta minha mão. Leong para na minha frente.

— Harrison foi baleado na parte superior da coxa, no braço direito e no peito — declara ele.

Sua boca continua se mexendo, mas não consigo ouvir as palavras. Não consigo ouvir nada. E me pergunto se estou infartando.

Ou não, talvez *eu* tenha sido baleada.

Talvez tenha sido onde as três últimas balas vieram parar. Devo ter sido baleada, mas por algum motivo não consegui sentir nada até agora. Abro a boca para contar a Leong, para contar a alguém, mas não sai nenhuma palavra. Então escuto uma coisa. Uma frase. Depois outra.

Fizemos tudo que estava ao nosso alcance. Sinto muito. Ele faleceu.

Então me dou conta de que a arma que me atacou não foi um revólver.

Foi um cutelo, que me rasgou ao meio.

Estou aberta ao meio.

E tudo fica em silêncio mais uma vez.

Sempre achei que o luto fosse uma ocasião muito ruidosa, de lamentos, pranto e soluços. Do mesmo jeito que eu me balançava em posição fetal toda vez que sofria um aborto. Mas não é. Pelo menos, nem sempre.

É uma quietude vazia.

Minhas lembranças dos momentos, das horas, dos dias e daquela noite formam um filme mudo. Lembro de rostos no hospital, Caroline, Leong, Gabriel. Mas eles estavam vivos. O rosto de Harrison parecia um manequim engessado em tamanho natural.

Mesmo assim o beijei. Pus a mão em seu ombro sem hesitar e percebi que ele estava frio, embora houvesse um cobertor cobrindo seu corpo até a altura das axilas. Esgueirei-me para cima da mesa de metal que o sustentava e o envolvi, como fiz tantas vezes em nossa vida juntos, emprestando-lhe meu calor. Aninhei minha cabeça sob seu queixo, sentindo sua barba áspera em minha testa, e fechei os olhos. Encaixei minha mão na sua e fiquei deitada ao lado dele, e não queria sair. Nem quando minha irmã chegou. Não me lembro de ter vomitado, mas lembro do cheiro pútrido invadindo meu nariz, entranhando em minha blusa.

E pensei na primeira vez que disse a Harrison que o amava. Depois, vomitei de novo.

Lembro-me de estar sentada no banco de uma igreja na qual nunca havia entrado. O ar tinha um cheiro de mofo, como o de uma casa de repouso, e havia homens com vestimentas extravagantes, então me dei conta de que estava numa igreja católica, embora Harrison nem fosse mais católico.

Lembro-me de ver Oliver, com o braço colado ao corpo por uma tipoia branca e azul-marinho. Quando veio até mim, do lado de fora, pensei vagamente que devia dizer algo sobre ter salvado minha vida, mas, quando ele chegou perto, toda a raiva que eu vinha guardando dentro de mim veio numa torrente e eu despejei em cima dele, gritando:

— Por que eu? Por que você não salvou *ele*?

Devo tê-lo socado, ou tentado. Alguém segurou meu braço.

Mas é do silêncio que mais me lembro. Como se, ao deixar este mundo, Harrison tivesse colocado o som numa mala e o levado junto, debaixo do braço. Queria que, em vez do som, ele tivesse me colocado na mala.

Durmo o dia inteiro e passo a noite em claro. Apesar de saber que tem gente em minha casa, nenhuma delas é Harrison, e não consigo me dar ao trabalho de me importar. Penso que depois de minha explosão na igreja, pode ser que eu esteja sendo monitorada como suicida em potencial, e quero dizer a todos que está tudo bem. Posso até querer morrer, mas não tenho forças para me matar.

Um dia, acordo e escuto alguma coisa. Potes e panelas batendo na cozinha. Cochichos. A televisão sintonizada em Daniel Tiger. E é demais. Preciso que tudo volte a ficar em silêncio, mas não tenho certeza se minha voz vai sair.

Jogo as pernas para fora da cama e me levanto. Vou até a cômoda e vasculho o fundo da gaveta do meio à procura da minha antiga calça de ginástica. Nem sei o que estou fazendo até passar pela cozinha, ignorando as caras boquiabertas e simpáticas de minha irmã, minha mãe... Paro por um instante quando a vejo. Mãe? Sabia que ela veio para o velório, mas achei que já tivesse ido embora.

Lá fora, passo pelo jardim e continuo andando até chegar ao início do caminho de terra batida na mata, meus pés enfiados em um par de alpargatas da Toms, o mais próximo que tenho de um tênis esportivo. Examino a copa das árvores sem folhas, sem saber o que estou procurando exatamente. Então, descubro.

Estou procurando meu marido.

O Harrison cujos pés tocaram este mesmo chão tantas vezes, correndo quilômetros sem chegar a lugar nenhum.

Saio correndo. Primeiro, diminuindo o passo para um trote depois de poucos minutos. Tropeço numa raiz saliente e me esborracho no chão, sentindo uma pontada de dor no tornozelo.

Fico deitada por um minuto com a barriga no mato, tentando recuperar o fôlego. Volto o olhar para a árvore ofensora e depois para cima, para o azul entre os galhos.

É por isso que não corro. Quero dizer em voz alta. A alguém. A Harrison. Quero ouvi-lo rir do jeito que fazia, tão alto e grave que eu sentia meu corpo vibrar.

Grito para a floresta, para as árvores, assustando os esquilos e alguns pássaros. E finjo que ele pode me ouvir. Mas sei que não pode.

Meu marido se foi.

Golpeio a porta dos fundos, me apoiando no pé esquerdo e rangendo os dentes de dor.

— Mia! Ai, meu Deus! Você está bem?

— Deixe eu pegar um gelo.

— Está com fome? Uma tal Rebecca mandou um bolo beija-flor.

— Algumas pessoas te ligaram. Eu estava anotando as mensagens.

Ouço tudo e queria que o silêncio retornasse. Vou mancando até o armário do quarto e olho para as roupas de Harrison. Começo a vesti-las. Enfio os braços na camisa social, as pernas na calça e, com o tornozelo ainda latejando, deixo-me cair no chão, enterrando a cabeça no tecido frio da camisa, encharcando-o com minhas lágrimas.

— Falaram que você ia precisar disso aqui — afirma uma voz familiar, da porta.

Levanto a cabeça e vejo Raya segurando um saco de ervilhas congeladas. Ela se aproxima e se abaixa ao meu lado, pressionando de leve o gelo em meu pé.

— É no outro tornozelo.

Pego o saco e o coloco no tornozelo certo, deito a cabeça no colo de minha amiga, que afaga meu cabelo. Noto meu celular na outra mão dela, junto de um pedaço de papel, e percebo que foi a voz dela que disse que eu tinha mensagens.

Meus olhos são atraídos novamente para o celular, e meu coração começa a disparar. Pego-o na mão de Raya e me sento, com meu ritmo cardíaco cada vez mais rápido. Deslizo o polegar pela tela ignorando todas as chamadas perdidas e mensagens de texto e indo direto para a caixa postal. Vou rolando, meus olhos procurando atentamente pelo nome de Harrison. Como não aparece, clico nas mensagens apagadas. Ele raramente ligava, a gente se comunicava pessoalmente ou por mensagem, mas é óbvio — *óbvio* — que tenho algum recado antigo em algum lugar. Pedindo que eu pegasse mais barrinhas de granola na loja ou avisando que ele vai demorar três horas a mais para vir para casa, nem que seja um: "Vi que você ligou, estou retornando." Tudo que quero agora é ouvir sua voz dizendo qualquer coisa, alguma coisa que o mantenha aqui. Comigo. Numa última tentativa extenuada, ligo para o número dele. Chama quatro vezes e, pressionando o aparelho no ouvido, escuto, prendendo a respiração no segundo silencioso antes da familiar entonação robótica afirmar: "Sua chamada está sendo encaminhada para a caixa de mensagem..."

Resisto ao impulso de tacar o celular longe e o devolvo para Raya. Ela o pega, e, como um toque de mágica, o celular ganha vida em sua mão. Por um milésimo de segundo, permito-me acreditar no impossível, que é Harrison me ligando de volta. Dou uma olhada na tela e vejo um número que não conheço.

— Quer que eu atenda?

— Por favor — respondo, fechando os olhos e engolindo a bile que sobe em meu esôfago ao perceber que a voz de Harrison se foi. Se foi assim como ele. — É só fingir que sou eu.

É o que ela faz. Levo a manga de Harrison ao nariz novamente, me dando conta só agora de que cheira mais a sabão em pó e que eu deveria ter pegado uma do cesto de roupa suja. Sento-me, em pânico: e se alguém tiver lavado a roupa? Vou de joelhos até o cesto no canto do quarto, deixando o saco de ervilha para trás. Meu tornozelo direito lateja a cada movimento. Quando o alcanço, viro tudo no chão, remexendo as peças. As primeiras são minhas, e o pânico aumenta dez vezes mais.

— Mia? — chama Raya.

— Oi. — Estou lançando roupas por cima do ombro.

— Você doou sangue no hospital?

— Oi?

Então, avisto uma camiseta branca com manchas escuras nas axilas de tanto que ele usou. O alívio vai inundando meus membros quando a levo ao nariz e inalo o perfume de meu marido. Penso na pergunta de Raya.

— É, acho que doei.

Lembro que foi ideia de Caroline. Disse que a gente devia fazer alguma coisa enquanto esperava. Alguma coisa para ajudar. Mas aí ela nem pôde doar sangue e fui sozinha, com uma agulha insignificante no braço, que não ajudou em nada.

— Era do banco de sangue do hospital.

— Uhum — faço e me deito no assoalho duro, embolando a camisa para colocá-la sob minha cabeça e fingir que estou deitada em seu peito.

— Aparentemente eles fazem alguns testes para se certificarem de que o sangue pode ser usado com segurança.

— Tudo bem.

Estou cansada demais para dizer que não ligo se eles usarem ou não, porque não pode salvar Harrison, então de que importa? Só quero que Raya vá embora e penso que, se eu perguntar alguma coisa, a conversa vai acabar logo. Depois, penso que eles devem ter encontrado alguma coisa no sangue, senão não estariam ligando.

— Eu tenho aids ou algo assim? Hepatite?

Solto uma risada ao perceber que não ligaria se eu morresse.

Ela fica em silêncio por alguns segundos.

— Você está grávida.

Capítulo 31

TODO MUNDO FAZ UM ALVOROÇO por causa da gravidez.

Vivian vem para a primeira consulta e observa o coração batendo na tela quando eu não consigo.

— Não se apegue. Não vai ficar.

Certa tarde, Del aparece lá em casa, embora eu não me lembre de termos marcado nada, e passa dias cozinhando e enchendo meu freezer de *ropa vieja*, *picadillo* e um guisado de lentilha, a comida preferida de Harrison.

— Você não precisa fazer isso — repito pela terceira vez, enquanto ela está no fogão com uma colher de pau em uma mão e a outra na cintura. Olha para mim e ergue uma sobrancelha.

— O que esse neném vai comer? Você vai cozinhar?

Não tenho coragem de dizer a ela o que disse a Vivian.

Então, em fevereiro, chegam duas pessoas de uma vez: um homem numa van da floricultura com um buquê de hortênsias e Rebecca, a esposa de Foster, carregando uma caixa de papelão com as coisas do consultório de Harrison.

— Pensei que fosse querer.

Põe as flores na ilha da cozinha e faz um bule de chá — eu nem sabia que tinha chá —, depois nos sentamos nas banquetas azul-petróleo enquanto ela fala. Acho que não digo uma palavra, mas isso não a faz parar. Conta-me do primeiro dente de seu netinho, da aposentadoria de Foster que está chegando e do desfile de moda que está ajudando a produzir para a Junior League.

— Caroline teve o neném — conta.

— Ah, não sabia que você a conhecia.

— Cidade pequena.

Rebecca dá de ombros. Percebo que, mesmo que não conhecesse Caroline antes, conheceria agora. Todo mundo sabe sobre a gente por causa do que aconteceu.

Sei que deveria entrar em contato com ela. Com Oliver. Ainda não me desculpei. Nem agradeci.

— Sabe se o irmão dela...?

— Ele ficou por aqui mais um pouco. Para ajudar. Depois foi embora. Para algum lugar no exterior, talvez?

— Ah.

Um tempo depois, quando Rebecca se levanta, pousa a mão na minha.

— Eu realmente espero que você volte a dar aula em breve. A substituta fez a gente pintar uma cesta de frutas.

Olho para ela, ponderando.

— Na quarta estou de volta — respondo, não por causa das frutas, e sim porque preciso sair de casa.

Quando Rebecca vai embora, levo a caixa para a sala e começo a tirar as coisas de dentro: o bonequinho cabeçudo do Gollum; a caneca que lhe dei de aniversário com a frase "vai ser um dia fibuloso"; e o peso de papel em formato do capacete do Eagles no ano em que foi campeão do Super Bowl, que ele ganhou numa aposta com um colega, um torcedor doente do Patriots. Passo um tempo segurando cada item, como se pesasse seu valor. Então... *então*, o avisto; encaixado na lateral da caixa, lá no fundo, o aparelho retangular, fino e bege que às vezes ficava ao lado das chaves e da carteira dele na caixa de papelão no hall de entrada, ou na ilha da cozinha ou guardado no bolso lateral da capa do laptop dele.

O ditafone de Harrison.

Encaro-o com a respiração presa na garganta. É um presente mais valioso do que todos os outros juntos. Depressa, junto o bonequinho, a caneca e o peso de papel e vou deitar em nossa cama com todos os pertences de meu marido. Respiro fundo e aperto o play. A voz grave de Harrison enche o quarto. *Três de dezembro de 2018. Endarterectomia de carótida.* Um misto de alegria, pesar e alívio toma conta de mim, picando o canto de meus olhos. Fecho-os e escuto meu marido descrever cada passo de sua última cirurgia. Depois escuto de novo.

E de novo.

E de novo.

E, em algum momento, caio no sono, embalada no casulo de sua voz serena.

No dia seguinte, leio o cartão que veio com as flores e descubro que são de Whitney.

Ele salvou meu filho. Tenho uma dívida eterna com vocês.

Fito-o, tentando não ficar alarmada com meu breve mas veemente desejo de que Gabriel tivesse morrido no lugar de Harrison.

Vou até o estúdio. Em vez de pintar, desenho. No chão. Perto da mãozinha, eu acrescento uma mão grande, depois um rosto, depois outro. E depois outro. Todos os rostos são de Harrison.

Penso em me mudar. Voltar para a Filadélfia. Talvez para Maryland, para ficar perto de Vivian e do meu pai. Mas aí volto a dar aulas todas as quartas-feiras, Rebecca aparece toda semana para tomar chá, Raya vem para cá em seus dias de folga e Vivian continua marcando as próximas consultas médicas e vindo para cá para ir comigo. Em março, quando o solo começa a degelar, planto mais verduras na horta. Acelga-suíça desta vez, e brócolis, além de espinafre e alface.

Digo a mim mesma que é demais mudar tudo, mas, na verdade, este é o último lugar em que morei com Harrison e, ironicamente, agora é o único lugar em que me sinto em casa. Então fico.

Em abril, sinto o bebê chutar, como um leve bater de asa, mas sinto, e me sento, aturdida. Mas, mesmo assim, não levo isso a sério.

Certo dia, o sol brilha no céu como uma bola de fogo, escaldando a terra. Faz semanas que acabou meu período de aulas; o começo do próximo semestre está mais perto que o fim da primavera. Não posso mais ficar no chão do estúdio porque minha barriga está muito grande, então estou sentada na beirada de um banco, desenhando em um *sketchpad* apoiado no cavalete e levantando a cada poucos minutos para alongar as costas doloridas.

Então escuto os pneus estalando no cascalho da entrada. Primeiro penso que deve ser um motorista perdido, ou talvez um vendedor de TV a cabo tentando me convencer a trocar de assinatura.

Espero para ver se seja lá quem for vai embora, mas ouço o motor do carro desligar e a porta bater. Passos ressoam no cascalho, em vez dos pneus.

E, de alguma forma, eu sei.

Devagar, limpo o carvão das mãos com um pano e vou em direção à porta do estúdio, espreitando pela janela. O capô do Prius resplandece ao sol, confirmando meu pressentimento. De repente, fico morrendo de vergonha por não ter entrado em contato até agora. Pensei nisso algumas vezes. Mas algo sempre me impedia. Hesito, só por um segundo, giro a maçaneta e dou um passo na luz do dia, semicerrando os olhos contra os raios brilhantes de sol.

— Oliver.

Está virado de costas para mim enquanto percorre o caminho de cascalho até a porta da casa. Para e se vira em direção a minha voz.

— Oi — cumprimenta.

Está usando uma camiseta listrada com um bolsinho no peito, calça verde-oliva e seu chinelo Reef. O cabelo está mais maltratado, os olhos, ainda intensos. E só agora realmente penso em como minha aparência deve estar. Estou usando a roupa com que dormi, uma camiseta de Harrison justa na barriga e calça legging. Meu cabelo está preso em um rabo de cavalo desgrenhado no topo da cabeça. Se a forma redonda de minha barriga o surpreende, sua expressão não denuncia.

— Sinto muito. Por... — começo.

Sinto todas as emoções de uma vez só e fico confusa, o que torna o processo de formar frases impossível. O suor faz cócegas entre meus seios. Um avião passa voando no céu, o único som é o barulho distante do motor.

— Eu sei. Não foi nada.

— Ouvi dizer que você estava fora do país.

— Costa Rica.

— Fazenda de café?

— Plantação de banana.

Então, nos olhamos, e sei que não preciso dizer mais nada. Não preciso dizer como é estranha a maneira com que nosso destino se cruzou. Como nenhum de nós poderia sequer ter adivinhado como tudo acabaria. Como ninguém nunca acreditaria se contássemos.

Não preciso explicar que, às vezes, fico confusa. Que, por meus pesadelos com Oliver terem se tornado realidade, começo a questionar se Harrison era apenas um sonho. Não da forma romântica com que as pessoas geralmente comentam, mas daquela forma com que a gente acorda de um sonho muito bom e tenta com todas as forças capturar o sentimento que vivenciou enquanto estava lá, para guardá-lo. Como o luar, um relâmpago. Mas está se esvaindo — dançando em sua visão periférica, provocando, e, então, se vai. Não me lembro mais como é sentir meu marido. Qual é o seu cheiro. O timbre de sua risada. E às vezes vou dormir esperando que ele seja um sonho para que eu possa vê-lo de novo.

O avião se foi, e Oliver ainda está aqui.

— Não vou demorar. Só queria ter certeza de que você estava... bem.

Não preciso dizer a ele que, ao mesmo tempo, estou bem e em dúvida se algum dia vou ficar bem de novo. Então apenas assinto.

— E você?

Ele mexe todos os dedos da mão direita.

— Quase novo.

— Que bom — comento e depois pergunto por Caroline. Descubro que batizou o filho de Lewis.

Conto que comecei a estudar, que decidi fazer meu mestrado em educação. Ele me conta que vai voltar para a Austrália. Pergunto se só está tentando terminar com alguém, e ele ri.

— Não, mas as leis de armas são mais interessantes lá.

— Entendi.

A gente se olha por mais um segundo. Penso nos meses que passamos juntos tentando entender como e o porquê disso tudo. Penso em como, estranhamente, ainda não tenho uma resposta. Por que Oliver está em minha vida? Eu poderia dizer que era para me salvar, mas isso traz outra dúvida: por que Whitney estava na vida de Harrison? Uma vida foi salva, só para que outra fosse perdida. Então, penso que talvez Harrison estivesse certo: talvez não haja lógica. Talvez, em vez de ficar perguntando por que estamos todos conectados, o importante, a única coisa que importa, é saber que estamos.

— Estou trabalhando num livro. Um romance. Outro. Acho que não custa nada tentar de novo — conta.

— Baseado em fatos?

— Não — responde, dando uma risadinha. — Já ouviu aquela citação "a verdade é mais estranha que a ficção"?

— É mesmo — confirmo, sorrindo. — Bem, parabéns.

Ele dá de ombros.

— Vamos ver se dá em alguma coisa.

Abro a boca para dizer que vai, sim, mas sinto uma pontada no ventre. Ponho a mão na barriga e faço uma careta.

— O que foi?

— O bebê — respondo, e a pontada seguinte quase me faz cair de joelhos. — É muito cedo.

Quando chegamos à emergência, estou com tanta dor que nem consigo ficar de pé. Oliver corre para pedir ajuda, um enfermeiro chega empurrando uma cadeira de rodas, e de alguma forma os dois me põem nela. Depois, só sei que estou numa sala iluminada, com os pés nos estribos, e uma mulher de máscara está com a mão entre minhas pernas, gritando para eu não empurrar ainda.

Mas empurro mesmo assim, porque não consigo evitar. Oliver aperta minha mão.

Outra mulher entra, a enfermeira estica as luvas descartáveis, e ela enfia as mãos nelas. Percebo que é a médica quando ela toma o lugar da enfermeira entre minhas pernas.

— É muito cedo — informo.

— O bebê parece discordar. Está de quantas semanas?

Tento pensar. Fazer as contas. Estamos na primeira semana de agosto. Como já estamos na primeira semana de agosto?

— Trinta e duas — respondo.

Ela assente, mas franze o cenho, e sei que está preocupada. Então me lembro. É o tempo que faz que Harrison se foi.

— Não, peraí. Estou de trinta e seis semanas.

Mas, mesmo assim, eu tinha um plano. Pelo menos Vivian tinha. Ela viria uma semana antes da data prevista. Ficaria comigo até eu entrar em trabalho de parto, me levaria para o hospital.

— Não era para ser assim.

Oliver aperta minha mão outra vez, e tudo que eu queria é que fosse a mão de Harrison. *Não era para ser assim.*

A expressão da médica relaxa enquanto me examina.

— Temos uma cabeça, continue empurrando.

Meu baixo-ventre arde, queima, e sinto a pressão subir como se fosse uma garrafa de champanhe que precisasse ser estourada.

— Não consigo. Não consigo fazer isso sem ele.

— Você consegue! — encoraja Oliver. — Olhe para mim. — Eu olho.
— Você consegue.

— Respire fundo — orienta a médica —, só mais um empurrão forte.

Sigo as instruções, e Oliver aperta meu ombro. Mas não é mais um empurrão forte, como a médica prometeu. Não são dois, nem três, nem quatro. Durante o oitavo empurrão excruciantemente doloroso, justo quando começo a pensar que nunca vai acabar, que vou ficar em trabalho de parto com minha barriga se contraindo e meu baixo-ventre parecendo um anel escaldante de fogo para sempre, a pressão em meu abdome dá uma trégua e, de repente, sinto alguma coisa deslizar como um peixe escorregadio por entre minhas pernas para as mãos expectantes da médica.

— É uma menina — anuncia ela, erguendo um pedacinho de gente todo ensebado, com braços, pernas e um tufo de cabelo castanho cacheado, como um presente.

Olho descrente para o rostinho contorcido, com uma admiração atordoante. É o momento que conjurei milhões de vezes em minha cabeça, mas que, desde certo tempo após o terceiro aborto, não acreditava mais que se materializaria. É o meu bebê. Os olhos de Harrison em seu rostinho me encaram.

Nosso bebê.

Levanto os braços cansados, procurando por ela, mas de repente uma enfermeira a afasta de mim, levando-a para a incubadora. Ouço seu choro ficar mais alto, até se transformar em uma gritaria, e penso que infelizmente tudo que ela parece ter herdado de mim é minha predisposição para chorar.

— Ela está bem? — pergunto para ninguém específico.

— Ela é perfeita — responde a enfermeira, embrulhando a neném num tecido branco bordado com listras azuis e vermelhas. Depois entrega a bebê para Oliver, que a traz direto para mim.

Então, estou segurando minha filha. Ela é minúscula. Mal consigo sentir seu peso, mas, quando olha para mim, paro de respirar. Sou dominada por quanto tudo isso é maravilhoso, miraculoso e injusto.

Penso naquele dizer clichê: "O amor não foi feito para fazer ninguém sofrer." Mas, na verdade, quando fazemos o certo, sofremos o tempo todo. Baixo os olhos para os de minha filha e enxergo meu marido. Meu coração está tão emocionado que parece que vai explodir de felicidade e tão vazio que parece que eu poderia sair voando para o nada.

O amor é assim. De todos os maiores mistérios do mundo, talvez seja o mais misterioso.

Ou talvez não o mais misterioso. Penso no vidente. E tenho uma epifania.

Ergo os olhos para Oliver, surpresa e chorosa.

— Você me deu um bebê — declaro.

— Eu dei um bebê para você — repete ele, devagar, como se também só estivesse se dando conta agora. Depois, inclina a cabeça, refletindo, com o canto da boca se curvando para cima. — Não foi bem do jeito que eu estava esperando.

Uma gargalhada explode, vinda do meu âmago. Volto a olhar para minha filha, observando suas orelhinhas, dedinhos e cílios perfeitos, e penso em como é maravilhoso e assustador como não temos controle sob nada em nossa vida.

Estou em frente à estátua de Rocky Balboa, olhando para cima, o bronze refletindo a luz do sol da tarde. O céu está azul, uma das raras vezes em que realmente combina com o tom do lápis de cor. As pessoas passam em um borrão.

Avisto um homem subindo as escadas correndo, a testa brilhando de suor, a mandíbula cerrada pelo esforço. Não o reconheço, mas é familiar. Sei que o conheço.

Depois, simplesmente, ele está ao meu lado. Tão próximo que quase consigo sentir o calor que irradia de seu corpo.

— Oi — cumprimenta ele, encaixando a mão na minha.

— Oi — respondo.

Então, estamos no meio do Museu da Filadélfia, cada cena se mesclando com a seguinte. Um quadro se metamorfoseando em outro do jeito que só acontece nos sonhos. Estou fitando uma tatuagem emoldurada: três caracteres chineses. Minha tatuagem. Olho para meu pulso e vejo que ela não está mais lá. Agora está neste museu. Olho para a esquerda, e há uma versão do rosto de David Bowie em tamanho real retribuindo meu olhar. Já vi isso antes.

— É engraçado — diz o homem, ainda segurando minha mão. — As coisas que as pessoas deixam para trás.

Um pássaro pia no céu, e ergo os olhos. Depois, volto a olhar para o homem. Realmente olho para ele. E vejo.

— Harrison — digo.

Ele sorri.

— *Dios Mia.*

Sou inundada pelo alívio. E por uma vontade inexplicável de rir.

— Por que você não parece você?

— Não sei. O sonho é seu.

— Você a viu?

— Ela é perfeita.

— Ela é.

Eu o fito. Este homem que não é Harrison, mas é.

— Não quero acordar.

— Mas você tem que acordar. Ela precisa de você.

Neste momento, escuto o canto das aves que se converteu em choro de bebê. Harrison começa a se desvanecer.

— Peraí! Não vá!

Mas ele se vai.

Acordo, o choro de bebê crepitando alto e metálico pelo monitor. Pisco, longa e lentamente, tentando ultrapassar o abismo entre sonho e realidade. Entre o que quero acreditar que é verdade e o que realmente é.

Talvez o futuro já exista.

Talvez um dia eu veja meu marido novamente.

Talvez o tempo seja cíclico.

Ou talvez não.

Talvez tudo que importa é que o amor é um ciclo. Infinito. Eterno. Presente, mesmo quando a pessoa que você mais quer presente esteja ausente.

Penso em Oliver. No que disse quando foi embora do hospital, logo antes de Vivian chegar.

— Mia — começou, e eu o interrompi antes que ele pudesse dar voz às palavras que vi em seus olhos.

— Eu sempre vou amar Harrison. Sempre foi ele — digo baixinho.

— Eu sei — respondeu Oliver, assentindo. — Mas talvez, algum dia, mesmo enquanto você o ama, possa me deixar amar você.

Talvez um dia.

Mas hoje, não.

Fecho os olhos e tento voltar a dormir, voltar ao sonho, a Harrison, deixar que a dor em meu peito diminua por um momento muito breve, mas outro som agudo no aparelho em minha mesa de cabeceira me lembra de que a vida me chama.

Levanto-me da cama e vou ver nossa filha.

Agradecimentos

Em primeiro lugar, muito obrigada de coração aos meus leitores e a todos os blogueiros, livreiros e bibliotecários talentosos que conheci ao longo dos anos. Sem vocês, eu realmente teria de arregaçar as mangas e procurar outra vocação. Obrigada pelo apoio de vocês e por fazerem do mundo um lugar melhor.

Muito obrigada às seguintes pessoas, sem as quais este livro muito provavelmente seria um nó de palavras incoerentes escondidas em meu laptop:

À minha agente extraordinária, Emma Sweeney, e sua equipe prestativa e incansável, Margaret Sutherland Brown e Hannah Brattesani. Kira Watson, você já seguiu em frente, mas seria uma negligência de minha parte não lhe agradecer também.

À minha editora, Kerry Donovan, por seu entusiasmo inigualável e sua percepção aguçada, e por me proporcionar um novo e maravilhoso lar editorial na Berkley.

Ao restante da equipe da Berkley, incluindo Diana Franco, Tara O'Connor, Fareeda Bullert e Sarah Blumenstock.

Ao dr. David Rice, que, com toda sua gentileza, passou horas e mais horas (e mais horas!) explicando terminologias médicas e detalhes minuciosos de sua profissão.

Ao dr. Brent Stephens, por responder a todas as minhas perguntas estranhas e pessoais, e pelas décadas dessa amizade.

À dra. Jane Greer, por suas dicas sobre terapia de casal e sonhos psíquicos.

A C. Noel, por compartilhar seu conhecimento em artes, vidas passadas e conversas com os mortos. Foi uma tarde estranha. E, sim, a luz piscou.

Quaisquer erros ou imprecisões relacionados a essas profissões e/ou tópicos são somente meus.

Aos livros *The esp Enigma: The Scientific Case for Psychic Phenomena*, da dra. Diane Hennacy Powell, e *The Mind at Night: The New Science of How and Why We Dream*, de Andrea Rock, que preencheram as lacunas de conhecimento sobre sonhos e fenômenos psíquicos e proporcionaram uma base científica para meu enredo excêntrico.

Escrever é uma atividade solitária, mas editar e revisar geralmente requer uma equipe. Obrigada à minha equipe, da qual todas as pessoas leram diversos esboços deste livro, frequentemente mais de uma vez, e ofereceram contribuições valiosas que ajudaram a moldá-lo no formato atual: Caley Bowman, Karma Brown, Brooke Hight, Kelly Marages, Kirsten Palladino, Amy Reichert, Renée Rosen, Jaime Sarrio e Barbara Khan, pela história engraçada da pizza do posto de gasolina. Agradecimentos especiais à Aimee Molloy Pam Cope, por seu incrível retiro de escrita, onde finalmente encontrei os fios para tecer esta história.

Obrigada à minha irmã, Megan Oakley, que não gritou comigo nenhuma das vezes em que a importunei com: "Leia isso!" E então: "Não, peraí. Leia esse aqui!"

Ao meu irmão, Jason Oakley, por viajar por horas para ir aos meus eventos literários, mesmo que só tenha ido pela vodca.

À minha mãe e ao meu pai, Kathy e Bill Oakley, por seu apoio incessante, mas especialmente à minha mãe por ler este livro no mínimo quarenta e sete vezes e, de alguma forma, ficar empolgada todas as vezes.

À minha avó, Marion Oakley. Aos meus avós, Jack e Penny Wyman; e ao restante dos meus familiares Tull, Wyman e Oakley pelo apoio imensurável. Nesse sentido, sou extremamente rica.

A Henry, Sorella, Olivia e Everett, meus quatro filhos, cuja criatividade ultrapassa de longe a minha e que fazem de cada dia uma alegria totalmente caótica de se viver. Espero dar a vocês ao menos a metade do orgulho que vocês me dão.

E, por último, mas nunca menos importante, ao meu marido eternamente paciente, prático, prestativo e amado, Fred: se nossa vida é um sonho, que a gente nunca acorde.

Impresso no Brasil pelo
Sistema Cameron da Divisão Gráfica da
DISTRIBUIDORA RECORD DE SERVIÇOS DE IMPRENSA S.A.
Rua Argentina, 171 – Rio de Janeiro, RJ – 20921-380 – Tel.: (21) 2585-2000